Sarah

Sigrid Wagner

Sigrid Wagner

Zeit zum Aus(auf)brechen
Sarah

Roman

Information der Deutschen Nationalbibliothek
Die Deutsche Nationalbibliothek verzeichnet diese Publikation
in der Deutschen Bibliografie: detailliert bibliografische Daten
sind im Internet: dnb.dnb.de abrufbar.

Verlag: BoD • Books on Demand GmbH, In de Tarpen 42, 22848
Norderstedt
Druck: Libri Plureos GmbH, Friedensallee 273, 22763 Hamburg

ISBN: 978-3-7597-0715-4

1

Bedrohlich nah rückten ihr die hässlich grauen Betonmauern links und rechts auf den Leib und entsetzt über sich selbst verharrte Sarah. Es war nur eine Empfindung, wie sollten sich dicke Mauern ohne Erdbeben aufeinander zubewegen, nur ein Gefühl, das ihr Schauer über den Rücken jagte. Welcher Teufel hatte sie wohl geritten einem fremden Mann bis in diese Gasse zu folgen, ihm einfach hinterherzulaufen und dabei in dieser unheimlich düsteren Gegend zu landen. Blitzartig erinnerte sie sich an einen Schriftzug am Anfang der Gasse; „yok bölge" stand an der Wand. Sie hatte davon gehört, verbotene Zone bedeutete es übersetzt, und jeder normaldenkende Mensch mied diese Ecke in der Stadt. Dafür trieben sich jede Menge zwielichtiger Personen hier herum, wickelten dubiose Geschäfte ab, dealten und blieben so gut wie unbehelligt dabei.

Sie musste sofort weg hier, ob es nun der Mann war oder nicht, der ihr vor Wochen einmal beigestanden hatte, als sie vor Marys Bar von zwei Männern belästigt wurde. Heute hatte sie ihn in der Stadt gesehen und wollte es herausfinden.

Es war zu spät! Sirrende Geräusche kamen auf sie zu, gespenstisch tanzten Schatten hin und her im trüben Licht der Straßenlaterne. Die Geräusche wurden lauter, kamen schnell näher und ihr blieb nur die Flucht nach vorn. Sie drückte sich an die alten Mauern und zündete sich mit zitternden Fingern eine Zigarette an. Drei E-Roller sausten an ihr vorbei, dann war Ruhe und langsam beruhigte sich auch ihr Puls. ‚Mein Gott, wir waren doch nicht in Chicago. Sie hatte wohl zu viele Krimis gesehen.' Sarah kicherte vor sich hin und legte im Eiltempo die letzten Meter in der engen Gasse zurück. Das flaue Gefühl in der Magengegend blieb.

Auf der linken Seite öffnete sich ein kleines Wäldchen. Der Weg hindurch führte über den Bahnhof zur Stadtmitte. Aber das war ihr zu unheimlich. Am Gebäudeende gabelte sich ein anderer Weg, scharf rechts an einer Baustelle vorbei oder noch ein Stück gerade aus an einem bunkerähnlichen Gebäude vorbei, die führten auch in der Stadt. Sie ging erst einmal geradeaus und blieb wie angewurzelt stehen. An der Hausmauer leuchtete ihr flammendrot ein großes Herz entgegen mit den Buchstaben „ask" in der Mitte. Fasziniert schaute sie darauf.

„Was machst du hier, spionierst du herum?"

Erschrocken drehte sie sich um und schaute einem jungen schwarzhaarigen Burschen direkt ins Gesicht. Doch ehe sie etwas erwidern konnte, schob er sie sanft durch eine Tür, in einem Raum, der erfüllt war von Stimmengemurmel und von Ausdünstung geschwängerter Luft, die ihr fast den Atem nahm. Dann flogen Worte durch die Luft, wie: Batu, wer ist die Lady, wem schleppst du da an? Was sucht die hier, braucht sie Abwechslung und ähnliches mehr. Plötzlich war sie von 10,12 jungen Leuten umringt. Sie starrten sie neugierig an, liefen um sie herum, scherzten und lachten. Das gefiel ihr gar nicht und ihr Kampfgeist erwachte. Angst verspürte sie nicht, aber wohl fühlte sie sich auch nicht in ihrer Haut. Das vage Gefühl mochte sie nicht und je näher sie zusammenrückten, umso ärgerlicher wurde sie auf sich selbst. Warum rannte sie auch einen Fremden hinterher und brachte sich in eine derart blöde Lage. ‚Aber es waren noch halbe Kinder und die würde sie wohl in ihre

Schranken weisen können', dachte sie, und schaute gelassen in die Runde. Sie musste ihn Ruhe darüber nachdenken, wie sie den Jugendlichen entgegentreten wollte. Es war hier wohl ihr Revier und sie der Eindringlich. Also, die Autoritätsmasche wäre unangebracht, zu locker sollte es auch nicht sein. Der harmlose Mittelweg musste her, sie einfach überrumpeln mit einer einfachen Frage.

„Habt ihr vielleicht einen Schluck Wasser für mich? Die Luft ist hier ziemlich dick."

„Da schau, da wird sie munter, die Lady", knurrte einer aus der Runde und griff nach ihrem Arm.

„Lass das, Aky, die Lady sucht mich, sie gehört zu mir, ist das angekommen?", mischte sich ein großer, dunkelhaariger Mann ein, schob die anderen zur Seite und dirigierte sie an einen kleinen Tisch in der Ecke. Seine Worte verfehlten ihre Wirkung nicht, vor allem wie er sie aussprach. Die Jungs verkrümelten sich ohne Widerspruch. Und beim Klang seiner Stimme war sie sich 100% sicher, es war der Fremde, der ihr vor „Marys Bar" beigestanden hatte, als zwei Männer sie am Einsteigen ins Taxi hindern wollten. Diesen Machos hatte Sarah in der Bar eine deftige Ansage gemacht, laut und deutlich, alle bekamen es mit. Und warum, die hatten sich auf die übelste Weise und sehr obszön über jede Frau in der Bar ausgelassen, und das hatte Sarah maßlos geärgert. Jetzt saß er vor ihr, der Fremde, konnte sich wohl nicht an sie erinnern, und sie rannte ihm durch die halbe Stadt hinterher.

Eine gefühlte Ewigkeit musterten sie sich ohne Worte und Sarah wich seinem durchdringenden Blick nicht aus. Leichtes Kribbeln breitete sich in ihr aus und schüttelte einige Emotionen durcheinander. Darüber wurde sie wütend, wütend auf sich selbst, weil ihr einfach die Worte fehlten, um ein Gespräch zu beginnen. Sie war doch sonst redegewandt und nicht auf dem Mund gefallen. Er schien sich darüber zu amüsieren. Kleine Fältchen legten sich um seine dunkelbraunen Augen und das ärgerte sie noch mehr.

„Tee oder Kaffee?"

„Tee, am besten mit Schuss!", knurrte sie gereizt zurück und schaute ihm mit gemischten Gefühlen hinterher, als er hinter einer Tür verschwand. Nur ein paar Minuten ließ er sie allein. Aber die reichten aus, um sich genau an die Nacht zu erinnern, als er plötzlich neben ihr stand. Es war an einem ihrer „furchtbaren Tage" im Jahr, mit denen sie seit 4 Jahren immer noch nicht zurechtkam.

Schon am Freitagabend verschlechterte sich Sarahs Laune von Stunde zu Stunde. Und der einzige Mensch, der sie da rausholen könnte, war sehr weit weg, ihre Freundin Maren. Maren, eine wunderbare, wenn auch etwas durchgeknallte Künstlerin machte Urlaub mit Jose in seiner Heimat. Sie gönnte es den beiden von Herzen, aber heute trauerte sie ihr nach, der lustigen, warmherzigen Freundin, die sie in jeder Lebenslage zum Lachen brachte und immer sagte; irgendwann hört das auf. Da hatte sie wohl Recht, aber trotzdem graute es Sarah vor ihrem Hochzeitstag morgen, der seit 4 Jahren keiner mehr war.

Mit schwerem Kopf quälte sie sich am Samstagmorgen aus den Federn. Das letzte Glas Wein war wohl zu viel, egal. Eine warme Dusche, starker Kaffee, Herumkramen und Klamotten aussortieren in ihren Schränken brachten sie wieder ins Gleichgewicht, ein guter Anfang. Eigentlich kam sie mit ihrem Singledasein sehr gut zurecht, außer an den furchtbaren Tagen, die sie immer wieder zurückwarfen. Die musste sie endlich aufarbeiten und genau heute würde sie damit beginnen. ,Jawoll, heute Abend würde sie in „Marys Bar" gehen, das erste Mal nach 4 Jahren, und endlich den Restmüll entsorgen. Mentalen Restmüll, den ihr Ex Ehemann nach 20 gemeinsamen Jahren zurückgelassen hatte.' Laut trällerte Sarah durch ihre Wohnung, putzte sich später heraus und zog gegen 20 Uhr die Tür hinter sich zu.

Mary, die Seele der Multi Kulti Kneipe war leider nicht da. Aber Jo, ihr Lebensgefährte, er starrte sie an wie einen Geist. Sein Blick sprach Bände, drückte Überraschung, ehrliche Freude und gleichzeitig schlechtes Gewissen aus. „Sarah, was für ein wunderbarer Abend", rief er überschwänglich aus, eilte hinter dem Tresen hervor, nahm sie fest in die Arme und schob sie dann ein Stück von sich. „Du siehst toll aus, wie geht es dir?"

„Willst du das tatsächlich wissen? Ihr habt es alle gewusst, nur die treudoofe Sarah nicht, oder?" Mit Absicht dämpfte Sarah sehr kühl die Wiedersehensfreude ihres Lieblings Barkeepers und amüsierte sich, wie kleinlaut er plötzlich wurde, einen Gin Tonic mit Eis und Zitrone mischte und mit Dackelblick vor ihr abstellte. „Na wenigstens das hast du nicht vergessen, herzlichen Dank!", rief sie laut, packte lachend seine Hand und strahlte ihn an. „Du kannst ja nichts dafür, dass mein Freddy sich ein anderes Kuscheltier gesucht hat."

„Oh Gott", stieß Jo erleichtert aus, „alles gut zwischen uns? Mary liegt mit Grippe zuhause, schade, sie hätte sich auch gefreut, dich endlich mal wiederzusehen. Wie lange ist das jetzt her, doch bald 4 Jahre, oder?" Jo plapperte und plapperte bis ein Gast ungnädig wurde, er wartete auf seine Bestellung und in dem Moment platzierten sich noch mehrere Männer am großen Tisch in der Ecke.

Sarah war das sehr recht. Sie nippte genüsslich an ihrem Lieblingsgetränk, drehte ihren Barhocker und schaute sich in aller Ruhe um. Es hatte sich kaum etwas verändert, vielleicht die liebevoll ausgesuchte Deko, die auf den

Fensterkonsolen stand, aber die Poster mit Künstlern aus aller Welt zierten immer noch die Wände. Genau hier fing es vor 26 Jahren an. Sie lernte ihre erste große Liebe kennen und blieb an ihr hängen wie eine Klette, und das sehr glücklich. Aber wie jeder weiß, ist das Leben kein Wunschkonzert. Sie musste einige Tiefschläge einstecken und der zweite „furchtbare Tag" brachte sie aus dem Gleichgewicht und hinterließ tiefe Spuren bis heute. Nach 5 Ehejahren kündigte sich endlich Nachwuchs an, sie freuten sich wahnsinnig, aber es sollte nicht sein, sie verlor das Kind und die Gebärmutter gleich mit, aus der Traum. Gemeinsam standen sie die traumatische Zeit durch, doch einige Steinchen bröckelten aus den festen Mauern. Immerhin hatten sie noch 15 schöne Jahre standgehalten, dachte sie immer, bis heute vor vier Jahren, als sie gnadenlos zusammenbrachen.

„Ist Ihnen kalt?" Die dunkle Stimme holte sie aus den unschönen Erinnerungen zurück in die Wirklichkeit und das Frösteln ebbte ab. „Nur Schatten der Vergangenheit, die ich endlich abschütteln will", antwortete Sarah, zog eine Grimasse und beobachtete den Mann. Er stellte zwei Teegläser auf den Tisch, setzte sich ihr gegenüber, musterte sie mit zusammengekniffenen Augen. Sarah nippte an ihrem Glas, schmeckte Rum heraus und spürte Wärme, die sich sofort in ihr ausbreitete und sie fühlte sich wohl dabei. Er quittierte es mit einem Lächeln, wurde gleich darauf wieder ernst.

„Warum sind Sie hier, was suchen Sie hier, haben Sie sich verlaufen? Sie sollten diese Gegend meiden, hier gehören Sie einfach nicht hin, glauben Sie das nicht auch?"

„Reden Sie nicht mit mir wie mit einem Kind, verdammt. In meiner Stadt kann ich herumlaufen, wo ich will und wann ich will! Wer will mir das verbieten?", protestierte Sarah laut und nahm einen großen Schluck.

Etwas überrascht von dem Ausbruch bewegte ihr Gegenüber die Hände auf und ab, wollte sie so beruhigen, da die Szene von allen anderen im Raum grinsend beobachtet wurde. „Klar können Sie das, aber ein bisschen nachdenken vielleicht, und an einem sicheren Ort oder in einer Bar mitten in der Stadt die Schatten der Vergangenheit bewältigen, oder Sarah."

Das gab ihr jetzt noch den Rest, er hatte sie im Café am Marktplatz also doch erkannt, wusste sogar ihren Namen. Jetzt wurde sie richtig wütend. Sie beugte sich ein wenig vor und zischte mit verhaltener Stimme. „Ach, sicherer Ort, mitten in der Stadt, nirgends ist man heute noch ganz sicher, oder? Und außerdem sind Sie schuld, dass ich hier gelandet bin. Und was sollte dieser bescheuerte ZIK ZAK Lauf durch die halbe Einkaufsstraße? Ein kleines Hallo hätte gereicht, dann würde ich wohl nicht hier sitzen an diesem unheimlichen Ort." Sarah lehnte sich zurück und schaute ihm gerade ins Gesicht. Das musste jetzt einfach raus und sie war sehr gespannt auf seine Reaktion. Bis jetzt schwieg er, aber sie konnte sehen, dass es in seinem Kopf arbeitete. Sie betrachtete ihn in aller Ruhe, forschte in seinem Gesicht. Und was sie sah, gefiel ihr. Da wurde ihr klar, dass es der erste Mann seit Jahren war, der ihr Interesse am männlichen Geschlecht überhaupt wieder wachrüttelte.

„Touché", ein Lächeln huschte über sein Gesicht. Er nahm die leeren Gläser, stand auf und schaute sie fragend an. Sarah hob abwehrend die Hand und er kam nach wenigen Minuten zurück. „Ich bin Wolf und ich wollte dich auf jedem Fall abschütteln, was ja wohl nicht gelungen ist."

„Warum?", schoss es aus Sarah heraus. Diese Frage stand für Sekunden zwischen ihnen. Er schlug die Hände vors Gesicht, nahm sie wieder runter und kam ihrem Gesicht ganz nah. „Nicht alle   Menschen in dieser Stadt mögen Wolf. Genügt das als Antwort?" Sarah begriff den Sinn dieser Worte sofort und sie fühlte eine nicht zu erklärende Erleichterung. „Das reicht mir." Entspannt hielt sie seinen erstaunten Blick stand und drehte sich dann zum Billardtisch, der gerade frei wurde. Wolf schüttelte den Kopf und sah auf seine Uhr. „Nicht heute, ich muss weg. Kann ich dich zuhause absetzten, oder möchtest du noch in die Stadt?"

„Nach Hause ist okay, aber das nächste Mal…" Sie versuchte grimmig zu schauen und zeigte zum Billardtisch. Er reagierte nicht darauf, keine Miene verzog er und wechselte noch ein paar Worte mit dem Kerl am Tresen. Ein Dutzend Augenpaare beobachtete sie, musterte sie von oben nach unten und ihre Nackenhaare sträubten sich. Trotzig warf sie die dunkelblonde Mähne nach hinten, wollte gerade etwas sagen, da packte Wolf ihren Arm und schob sie zum Ausgang.

„Es gibt wie überall auch hier Gute und Böse, glaube mir das, Sarah."

Der Ton gefiel ihr gar nicht, doch sein Gesichtsausdruck war eindeutig und sie schwieg lieber. Sie hätte gern etwas über das rote Herz an der Hausmauer gewusst, aber na ja.…

Fragen über Fragen schwirrten in Sarahs Kopf herum, als sie vor dem Hauseingang stand und dem schwarzen Auto hinterherschaute, bis es in der Linkskurve ihren Blicken entschwand. Er hatte nicht einmal nach ihrer Adresse gefragt, er wusste es einfach. ‚Such mich nicht, ich finde dich' waren seine letzten Worte, oder besser gesagt, die einzigen Worte überhaupt, die er nach Verlassen des Bunkers an sie gerichtet hatte.

Mit langen Schritten, so dass sie kaum folgen konnte, war er ein Stück durch die kleine Gasse gelaufen. Dann hatte er sie durch eine Pforte in einen Werkstatthof geschoben, da stand das Auto. Die Fahrt hatte keine 10 Minuten gedauert. Er hatte sie beim Aussteigen angelächelt und erst als sie den Schlüssel in der Hand hielt, war er losgefahren und sie blieb ziemlich verwirrt zurück, wusste nicht was sie davon halten sollte. Aber eins wusste sie genau, dass war sicher nicht das letzte Mal, dass sie diesen Menschen, der sie einige Zeit schon durcheinanderbrachte, sehen würde.

2

Irgendetwas war anders an diesem Sonntagmorgen. Lange betrachtete Sarah ihr Ebenbild im Spiegel, nahm akribisch jeden Gesichtszug unter die Lupe. Die Einkerbung zwischen den Augenbrauen war tiefer als früher, einige Krähenfüße in den Augenwinkeln dazugekommen und die Mundwinkel hingen leicht herunter, betont von sichtbaren Linien links und rechts zur Kinnspitze. Also keine Veränderungen und trotzdem spürte sie tief in sich drin; der gestrige Abend hatte etwas mit ihr gemacht. Mechanisch beendete sie die Morgentoilette, nahm ein leichtes Müslifrühstück im Stehen zu sich, so wie sie es immer machte in ihrer Miniküchenecke, und rauchte eine Zigarette auf der kleinen Terrasse, ihr tägliches Morgenritual an den Wochenenden.

Einer Eingebung folgend ging sie zum Schlafzimmerschrank, holte aus der hinteren Ecke einen größeren Karton hervor und stellte ihn auf den Wohnzimmertisch. Sie zögerte nicht lange, öffnete den Karton und verteilte den Inhalt auf Tisch und Couch. Kleine Geschenke ihres Mannes und Souvenirs aus vielen Ländern, in denen sie in glücklichen Zeiten den gemeinsamen Urlaub verlebt hatten, Jahr für Jahr. Beim Umzug in die neue Wohnung hatte sie den Karton, erfüllt von Wut, Verletztheit und tiefer Enttäuschung, schon in der Mülltonne entsorgt und holte ihn später wieder heraus, warum auch immer. Ganz entspannt nahm sie jedes einzelne Teilchen in die Hand und Erinnerungen überwältigten sie, schöne Erinnerungen. Und da wurde es Sarah bewusst, sie begann die Altlasten eines ihrer „furchtbaren Tage", endlich abzustoßen, und genau das spürte sie tief in ihrem Inneren. Ein unangenehmer Schauer rieselte doch durch ihren Körper bei dem Gedanken, ob Fred ihr letztes Geschenk auch aufbewahrte.

In Berlin hatte sie es eigens anfertigen lassen, einen vergoldeten Kompass, eingebettet in einem roten Herzen mit der Aufschrift „Immer auf Kurs bleiben, in Liebe deine Sarah" Sie war dort zu einer Weiterbildung und am Wochenende wollten sie in „Marys Bar" ihren 20. Hochzeitstag feiern. Aus den Telefonaten hörte sie heraus, dass ein wichtiger Auftrag kurz vor dem Abschluss stand und in der Firma der Teufel los sei. Da nahm sie sich einen halben Tag frei, fuhr kurz entschlossen nach Hause, um mit ihrem Fred in den denkwürdigen Tag hin einzufeiern.

Herr Bertram, der nette Hausmeister der Firma „Strakmann & Co", schaute sie völlig verdutzt an, als sie mit leichtem Handgepäck auftauchte, er wollte gerade abschließen. Frau Winter, rief er schon von Weitem, die feiern doch heute alle bei Strakmann den letzten Vertragsabschluss, wussten sie das nicht?

Sie bedankte sich und machte auf dem Absatz kehrt. Die alleinstehende Villa mit einem riesigen Anwesen war zu Fuß in gut 20 Minuten zu erreichen. Die brauchte sie jetzt auch. Bei jedem Schritt schwand ihre Wiedersehensfreude etwas mehr. Fred hatte ihr nichts gesagt davon und sie verstand es nicht. War das Absicht, oder was war das? Ein ungutes Gefühl machte sich in ihrem Körper breit, je näher sie dem Ziel kam. Aber wenn sie geahnt hätte, was sie dort erwartete, wäre sie stehenden Fußes umgekehrt.

Auf ihr Läuten reagierte niemand. Sarah war schon öfters in diesem Haus und kannte den Nebeneingang, der direkt in den Wellness Bereich führte mit Swimming Pool, Wörl Pool und großzügiger Ausstattung zum Relaxen.

Laute Musik und Stimmengewirr drangen herüber aus dem Wohnbereich und da sah sie es. Ihr Freddy und eine junge Bauzeichnerin hingen im Wörl Pool wie zwei Frösche im Liebesspiel übereinander und durch das brodelnde Wasser drangen laute, verzückte Töne an ihr Ohr. Zur Steinsäule erstarrt starben alle nur denkbaren Regungen in ihr ab. Die wenigen Sekunden kamen ihr vor wie Stunden. Dann trafen sich ihre Augen, sein Blick erschrocken, fast entsetzt. In ihrem Kopf hämmerte nur der eine Satz; diesen Verrat verzeihe ich dir nie. Plötzlich kam Strakmann, sein Chef, auf sie zu mit erhoben Armen. Wie sie später mal erfuhr, hatte der Pförtner ihn wohl angerufen und er war im Begriff seinen Mitarbeiter zu warnen, zu spät. Hocherhobenen Hauptes drückte sie ihm das Geschenk in die Hand, durchquerte die Party Szene und verschwand durch den Haupteingang.

Lange quälte sie der Gedanke, ob es besser gewesen wäre, auf diesen Überraschungsbesuch zu verzichten. Aber wie wäre es weitergegangen, sein Verrat an sie stand im Raum. Und heute wusste sie, es sollte wohl so sein. Naja, Schnee von gestern. Die Erinnerungen hatten sie so überfallen, aber zum ersten Mal tat es nicht mehr weh. Sie spürte es deutlich, einige bedrückende Schatten ihrer Vergangenheit lösten sich einfach auf. In dem Moment klingelte das Telefon, wie an jedem Sonntag, Punkt 11 Uhr.

‚Hallo my Dear, wie geht es dir', zwitscherte Marens Stimme ihr ins Ohr, klar und deutlich, als würde sie neben ihr stehen, dabei trennten sie gerade über 2000 km. Ehe sie die richtigen Worte finden konnte, schwärmte ihre beste Freundin geschlagene zehn Minute von einer fantastisch gelegenen Finca, von traumhaft schönen Olivenhainen und Stränden am blauen Meer und wie glücklich sie hier sei. Plötzlich war Funkstille.

„Sarah, bist du noch da, warum sagst du nichts?"

„Wie könnte ich denn, meine Süße, du lässt mich ja nicht zu Wort kommen", reagierte sie und lachte, „und ja, mir geht es gut." Mit wenigen Worten erzählte sie von ihrem Besuch in „Marys Bar", schilderte ganz undramatisch die Belästigung zweier Männer beim Nachhauseweg und von einem Unbekannten, der ihr beigestanden hatte. Und sie erwähnte auch, dass sie gerade im Begriff sei Schatten der Vergangenheit zu verjagen. Den gestrigen Abend verschwieg sie ihr, warum auch immer. Nach ein wenig Hin und Her Geplänkel beendete Maren das Gespräch, ihr Jose wartete. Sarah war nicht enttäuscht darüber. Sie hatte wohl bemerkt, dass Maren nur halbherzig heute bei ihr war und ganz andere Sachen im Kopf hatte, genau wie sie selbst. Dafür verspürte sie jetzt richtig Hunger und beschloss, sich eine Pizza frisch vom Holzkohleofen zu gönnen bei ihrem Lieblingsitaliener in der Einkaufsstraße.

Lecker, das würde sie jetzt öfter tun, passte doch genau zu den positiven Schwingungen, die seit heute Morgen ihr eingestaubtes Innenleben in Wallung brachten. Langsam kam Bewegung auf, Menschen spazierten hin und her, genossen die Aprilsonne beim Schaufensterbummel oder verschwanden in einem der Restaurants. Gegenüber saß ein Straßenmusikant. Er saß öfter da, hatte einen Blindenstock neben sich stehen. Ob er nun blind war oder nicht, sein Gitarrenspiel gefiel ihr. Sie schmiss auch heute 1 Euro in seinen Becher und drehte sich noch einmal um. Zwei junge Männer, die lungerten länger schon herum, gingen über die Straße auf den Musiker zu. Der eine legte kumpelhaft die Hand auf seine Schulter, der andere bückte sich im Gehen, schnappte den Becher und weg waren sie. Was war das denn, Sarah konnte es nicht glauben, es dauerte nur

Sekunden und keiner der Passanten hatte es mitbekommen. Empörung brodelte in ihr hoch, aber was hätte sie denn tun können, nichts. Krampfhaft versuchte sie sich an die Kerle zu erinnern, dunkelhaarig, dunkle Klamotten und ein oranger Aufdruck am Jackenärmel, das war alles.

Die Freude am Stadtbummel war ihr nach diesem Vorfall vergangen und auf dem kürzesten Weg eilte sie nachhause. In ihrem Kopf kreiselten die Gedanken. Was war los mit ihr? Unzählige Delikte, Übergriffe, Diebstähle, Rempeleien, Schlägereien bis hin zu Attacken mit Messern oder anderen Waffen, fanden täglich irgendwo statt, auch in ihrem Städtchen. War sie so naiv, lief sie blind durch den Tag, oder schaute sie einfach weg so wie die meisten Mitbürger. Dabei hatte sie es am eigenen Leib schon gespürt. Drei Tage vor Weihnachten wurde ihr an der Bushaltestelle sekundenschnell das Portmonee mit allen Ausweisen entwendet und das Konto leergeräumt.

An der Haustür schaute Sarah suchend die Straße hinunter bis zu der Linkskurve und eine dunkle Stimme drängte aus ihrem Unterbewusstsein hervor. ‚Es gibt wie überall auch hier Gute und Böse, begreife es endlich, Sarah‘, vernahm sie ganz deutlich, und die Erinnerung an den gestrigen Abend überrollte sie mit aller Macht. Ihr Inneres füllte sich mit Sehnsüchten; Sehnsucht nach Nähe, nach Berührung und Abenteuer, nach einem neuen Leben. Ihr eigenes war einfach in den letzten vier Jahren leergelaufen. Verlangte sie da zu viel, mit Mitte 40?

Fröstelnd verließ Sarah ihre kleine Terrasse, es war spät geworden. Hunger verspürte sie nicht und auch keine Lust auf Fernsehen. Ohne Groll packte sie die Geschenke und Andenken wieder in den Karton. Sie war schon lange auf der Suche nach einer schmalen, hohen Vitrine, darin würden sie dann ihren Platz finden. Das Mallorca Käppi hängte sie lächelnd an die Garderobe und atmete tief durch. Es war ein Anfang.

3

Am Freitagmorgen knisterte es im Büro. Der Chef rief sie zu sich und sie spürte die Blicke ihrer Kolleginnen im Rücken.

„Guten Morgen Sarah, wie geht es dir heute?", forderte er sie mit den üblichen Floskeln zum Sitzen auf und sortierte Unterlagen dabei. Ein sicheres Zeichen, dass er sich nicht wohlfühlte in seiner Haut, so gut kannte sie ihn. Sie machte es ihm auch nicht leichter und wartete stumm wie ein Fisch darauf was er zu sagen hatte. Er rutschte im Sessel hin und her, hüstelte und nahm einen Schluck Wasser zu sich. „Also kurz gesagt, heute ist ja Frau Wellers letzter Arbeitstag. Wir verabschieden sie gebührend um 15 Uhr nach 30 Jahren Zugehörigkeit in den Ruhestand. Und wir müssen uns neu aufstellen. Ab sofort wird mein Sohn Frank gleichberechtigter Partner und seine jetzige Planstelle wird Frau Wilke einnehmen, als Abteilungsleiterin. Das wollte ich dir vorab schon mitteilen und ja ich weiß, den Posten hatte ich dir nach der Weiterbildung in Aussicht gestellt, aber…"

Sarah hatte es schon längst geahnt, drückte die aufsteigende Enttäuschung weg und bremste ihn aus, „Lassen Sie es gut sein, Herr Theusdorf, die Kollegin ist bestens qualifiziert, absolvierte auch Weiterbildungen und stolperte durch Juniors Bett zwei Gehaltsgruppen höher, ist doch so, oder Chef?"

„Sarah, bitte, wir bieten dir eine Gehaltserhöhung und die Stellvertretung an, ist doch eine Anerkennung, oder?"

„Gehaltserhöhung sehr gerne, Stellvertretung nein!" konterte Sarah, ohne zu überlegen und verließ lächelnd sein Büro. Das musste sie jetzt auch, denn der Enttäuschung folgte die Wut, und die ließ sich nicht einfach so wegdrücken. Mit einem Espresso aus der Kaffeeecke ging sie auf den kleinen Flurbalkon und genehmigte sich eine ausgedehnte Raucherpause. Sie würde sich nichts anmerken lassen, ihre Arbeit korrekt wie immer erledigen, aber mehr auch nicht. Dienst nach Vorschrift, nicht mehr freiwillig einspringen, wenn mal Not am Mann war, oder Fehler anderer ausbügeln, ehe sie schlechtes Licht auf die Chefetage werfen konnten. Der Alte wusste, was er an ihr hatte, sie war nach Frau Weller die meisten Jahre dabei, fast 20 Jahre. Der Seniorchef hatte sich verändert seit ihm vor 5 Jahren seine Frau, eine sehr feine, kluge und diplomatische Dame, weggestorben war. Das hat er bis heut noch nicht verwunden. Sarah konnte das gut verstehen. Aber dass er sich suggestiv von seinem Sohn das Ruder aus der Hand nehmen ließ, der mit ach und krach gerade mal den Abschluss geschafft hatte, das bekümmerte sie tief. Die Fluktuation bei den Angestellten war gestiegen. Und sie hatte das Gefühl, dass Frau Weller ohne Herzschmerz die Arbeit hier beenden würde. Darüber gesprochen hatten sie nie, als rechte Hand des Chefs war sie viel zu loyal.

Dr. Theusdorf verabschiedete mit wenigen aber herzlichen Worten seine langjährige Mitarbeiterin Frau Weller. Kurz und knapp teilte er die personellen Veränderungen mit und erhob das Glas auf weitere gute Zusammenarbeit. Sein Sohn Frank schwenkte stolz das neue Firmenschild, „Theusdorf & Partner" durch den Raum und eröffnete den gemütlichen Teil.

Mit gemischten Gefühlen beobachtete Sarah das Szenarium. Früher waren die kleinen Feiern schön, sehr familiär und doch professionell, aber heute... Die hübsche Anja, gerade mal 5 Jahre dabei, genoss ihren Aufstieg, hatte sich extra umgezogen und herausgeputzt. Sie scharwenzelte ständig um den Senior herum, hatte wohl schon den Schwiegerpapa in Spee im Kopf, was dem sichtlich unangenehm war. Er wollte sich in Ruhe mit Frau Weller unterhalten und gab seinem Sohn ein Zeichen. Der entführte sein Betthäschen zum kleinen Büfett am anderen Ende des Konferenzraumes. Insgesamt tummelten sich incl. Gästen und Servicepersonal etwa 15 Personen herum, lachten und scherzten und je öfter die Sektgläser nachgefüllt wurden, umso lauter wurde es.

Sarah hielt sich zurück, packte sich 3 Kanapees auf den Teller, mischte sich noch einen Sekt mit Orangensaft und platzierte sich nahe der Tür. Von Frau Weller hatte sie sich schon verabschiedet. ‚Vielleicht gehen wir mal einen Kaffee trinken und quatschen über alte Zeiten‘, schlug ihr die langjährige Kollegin schmunzelnd vor, und Sarah stimmte erfreut zu.

„Das hättest du auch haben können, liebe Sarah", flüsterte ihr eine Stimme ins Ohr. Sie hatte wohl bemerkt, dass der Juniorchef sie beobachtete und jetzt spürte sie eine Hand auf ihrem Po.

„Ach wirklich? Warum hast du nichts gesagt?", rief sie laut, drehte sich ruckartig um und der Inhalt ihres Glases verteilte sich auf Franks blütenweißem Hemd. „Oh, sorry, das wollte ich nicht", reagierte sie zerknirscht, schnappte eine Serviette und putzte an ihm herum. Alle Augenpaare im Raum waren auf sie gerichtet und einige grinsten dabei.

„Kannst du nicht aufpassen", zischte Frank wütend, schubste sie leicht weg und entschwand durch die Tür. Frau Anja Wilke schleuderte ihr einen bösen Blick entgegen und folgte ihm. Geraune und Gekicher war nicht zu überhören, der ungnädige Blick des Seniorchefs auch nicht zu übersehen. ‚Na und‘, dachte Sarah, Strafe muss sein. Sie füllte ihr

Glas noch einmal nach, zog es in einem Zuge weg und verließ lächelnd die Veranstaltung.

Der kleine Triumph hielt nicht lange an, dienlich für das zukünftige Arbeitsklima war ihr Abgang allemal nicht. Das war Sarah klar, machte ihr aber keine Kopfschmerzen. Der Seniorchef hatte es sicher längst vergessen und das zählte. Beim Junior war sie sich nicht so sicher. Nach ihrem Ehe Aus hatte er sich sehr bemüht um sie, wollte für sie da sein, sie trösten und mehr. Aber sie hatte null Interesse, an ihm nicht und an keinem anderen. Er versuchte es trotzdem immer wieder, bis ihr es zu viel wurde und sie sich dem Seniorchef anvertraut hatte. Der pfiff damals seinen Sohn zurück und das verübelte Frank ihr bis heute, und jetzt ein nasses Hemd.

Hängengeblieben in ihren Gedanken bemerkte Sarah zu spät, dass sie viel zu weit gelaufen war und gerade am Ende der Einkaufsmeile landete. Hier war Schluss, links ein großes Baugebiet, hier sollten 60 behindert gerechte Wohnungen entstehen, rechts ging es zum Bahnhof und zurück in die Stadtmitte. Dazwischen lag eine ehemalige Autowerkstatt. Werkstatthof. Da klingelte es bei ihr, Werkstatthof, natürlich. Sie suchte Deckung und starrte hinüber. Das Tor war offen, aber zu weit weg. Und da war es wieder, das Kribbeln unter der Haut, die Sehnsucht nach Abenteuer, nach etwas erleben wollen mit erhöhtem Puls und Vibrationen bis in die letzte Nervenspitze. Nannte man das nicht Adrenalin, dachte sie belustigt und gleichzeitig rieselte ein Schauer durch ihren Körper. Da müsste doch hinter den Mauern die verbotene Zone liegen und das Haus mit dem roten Herz. „Nein, verdammt! Das kann ich nicht tun", rief Sarah sich halblaut zur Ordnung. Nicht jetzt und nicht in diesem Outfit.

Eigentlich wollte sie noch etwas einkaufen und danach bei Mary den Büro Frust ertränken. Einkauf gestrichen, doch einen kurzen Blick würde sie vorher in die Werkstatt werfen. Und tatsächlich, da stand ein schwarzes Auto. Eine heiße Welle fuhr ihr durch den Körper und die Neugier trieb sie weiter. Sie schaute sich um in der menschenleeren Werkstatt und dann hinein in den Wagen.

„Was suchen Sie hier, kann ich helfen?"

„Weiß ich noch nicht, bin irgendwie hier reingestolpert", reagierte Sarah spontan, und versuchte damit ihre Unsicherheit abzuschütteln. Mit einem schiefen Grinsen schaute sie hoch zu dem Mann, der zwei Köpfe größer, rothaarig und im ölverschmierten Overall misstrauisch auf sie herabsah „Eigentlich wollte ich einen Gin Tonic trinken gehen."

„Gin Tonic möchte die Dame trinken, Jungs kommt doch mal, haben wir vielleicht Gin Tonic?", rief der Riese lachend in den Raum hinein. Drei junge Burschen kamen johlend näher und umringten sie, den einen kannte sie. Vielleicht trinkt sie ein Bier mit uns, rief der andere und rückte ein Stück näher zu ihr. „Lass das, Ronny, ich kenne sie, das ist die Lady von …"

„Hi Aky, schön dich zu sehen", fiel Sarah ihm ins Wort und blitzte ihn vielsagend an. „Und jetzt Tschüss Jungs, vielleicht beim nächsten Mal ein Bier?" Sie grinste in die Runde und marschierte ganz gelassen zum Tor hinaus. Keine Ahnung was Aky, den sie vom „ask" Haus ja kannte, den dreien erzählen würde. War ihr auch egal, sie brauchte jetzt einen Gin Tonic mit Eis und Zitrone. Sie lief zurück bis zum Taxistand am Ende der Meile und fuhr zu Marys Bar.

Ein wenig enttäuscht hockte Sarah sich ans Ende der Theke. Es war rappelvoll. Mary begrüßte sie herzlich, umarmte sie und bedauerte, dass sie im Moment keine Zeit zum Quatschen hatte. Jo habe sich den Fuß gebrochen erzählte sie, fiel seit Tagen aus und mit einer jungen Aushilfe versuche sie den Laden am Laufen zu halten.' Wie immer', rief sie ihr noch zu und eilte hinweg. Tja, kann man nichts machen, sinnierte Sarah vor sich hin, nahm einen großen Schluck, genoss das Rieseln im Hals und schaute sich erst einmal um. Zwei Tische weiter fiel ihr ein Mann auf, der sie voll im Visier hatte, seinen Nachbarn etwas zuflüsterte und richtig dämlich grinste. Sarah kniff die Augen etwas zusammen und sie bekam eine Gänsehaut. Tatsächlich, die kannte sie, die Machos vom letzten Mal. Sie schnaufte tief durch die Nase, hob Zeige und Mittelfing in Richtung Augen und ließ ihren Blick weiterwandern. Sie blieb völlig unaufgeregt dabei, wachsam würde sie natürlich bleiben.

Der bescheuerte Büro Tag holte sie wieder ein und so langsam kam doch etwas Besorgnis hoch, wie es wohl weiter gehen sollte. Früher hatte die Arbeit Spaß gemacht. Sie war weit mehr als nur eine gute Steuerfachfrau, sie war auch so etwas wie eine Vertraute des Seniorchefs, aber jetzt… Vielleicht musste sie da auch neue Wege gehen. Aber was dachte sie sich mit „auch"? Ein glucksendes Lachen schüttelte Sarah als eine Vision in ihr hochstig, ‚sie stand plötzlich in einer großen Werkstadt und wollte Gin Tonic trinken.'

„Liebes, geht es dir gut?" Etwas besorgt schaute Mary sie an und stellte ein neues Getränk ab.

„Alles gut, den noch in Ruhe genießen und dann ab nach Hause", beruhigte Sarah immer noch lachend ihre Freundin, „Aber das nächste Mal müssen wir plaudern, ich glaube Maren kommt in zwei Wochen zurück, sie ist schon wieder auf der Insel." Mary warf ihr ein Handküsschen zu und zapfte weiter. Sie selbst verschwand kurz auf der Toilette, nicht ohne sich genau umzuschauen beim Zurückkommen. Ein Zweimanntisch in der Ecke wurde gerade frei, sie schnappte ihr Glas und wechselte den Platz, endlich rückenfrei. Und da spürte sie es, sie wurde beobachtet. Nicht vom zweiten Tisch, die Kerle waren voll beschäftigt drei junge Frauen abzufüllen und mit ihnen zu flirten. Es kribbelte ihr unter der Haut und suchend ließ sie den Blick durch den Raum schweifen.

„Wer hat dich geärgert, Sarah?" Lächelnd stand er vor ihr und ein Gefühlschaos machte sie unfähig gelassen darauf zu reagieren. Er setzte sich ihr gegenüber und impulsiv griff sie nach seiner Hand, spürte die Wärme, die Kraft und seinen erstaunten Blick. Gott bin ich bescheuert, dachte sie nur und zog etwas beschämt ihre Hand zurück. „Nun sag schon, Sarah, was hat dich geärgert", fragte er wieder und half ihr aus der Verlegenheit. ‚Hi Wolf, schön dich mal wieder zu sehen', platze Mary dazwischen und stellte ein Glas vor ihm ab. Er nickte lächelnd, wechselte ein paar wenige Worte mit ihr. Das verschaffte Sarah Zeit, um sich wieder in den Griff zu bekommen.

„Geärgert kann man so nicht sagen, hat mich eher nachdenklich gemacht", ging sie entspannt auf seine Frage ein. Sie erzählte von ihrem Büro Tag, angefangen vom Gespräch mit dem Chef und hörte beim nassen Hemd des Junior Chefs auf. Fast hätte sie weitergeredet und stoppte sich in letzter Sekunde. „Wolf, wusstest du, dass ich hier bin, oder ist es der reine Zufall?" Sie stützte die Ellenbogen auf den Tisch und fixierte ihn mit Blicken.

„Ich habe dir doch gesagt, dass ich dich finde", wich er aus, verschränkte die Arme vor der Brust und lehnte sich gelassen zurück. Missmut machte sich in ihr breit. „Das war nicht meine Frage, verdammt!" Sie klatschte mit den Händen auf den Tisch und starrte provokant in seine Augen. Jetzt fing er an zu lachen und die tiefen glucksenden Töne brachten sie richtig in Rage. Doch ehe sie reagieren konnte, beugte er sich vor, packte ihre Hände und erwiderte den Blick, aber warm und freundlich. „Sarah die Rebellin, ab jetzt Karten auf den Tisch, ist das in Ordnung?" Sie nickte verhalten und er sprach leise weiter. „Meine Jungs erzählten mir, dass eine gewisse Lady in einer Werkstatt Gin Tonic trinken wollte, mehr muss ich ja wohl nicht sagen. Aber reden müssen wir, Sarah, nicht jetzt und nicht hier."

Sie horchte eine Weile in sich rein. Der Magen knurrte leise. In der Firma hatte sie nur ein paar Kanapees während Frau Wellers Verabschiedung zu sich genommen und der Alkohol wirkte langsam. Bleierne Müdigkeit legte sich auf ihre Glieder und eigentlich wollte sie nach Hause, einfach schlafen. Sie riss sich zusammen und hielt seinem Blick stand. Augen, die sie sicher heute Nacht wieder im Traum verfolgen würden. Und was sie in letzter Zeit für Träume hatte; starke Hände, die sie streichelten, warme Lippen, die sie liebkosten und eine dunkle Stimme, die ihr zärtliche Worte zuflüsterten. Und er saß ihr gegenüber, freundlich, verständnisvoll, kühl und auf Distanz, wie absurd. Plötzlich fing sie an zu lachen, in was war sie da nur reingeraten.

„Natürlich müssen wir reden, Wolf, aber jetzt will ich gar nicht reden, ich habe Hunger, bin langsam angedudelt und brauche dringend eine Zigarette." Sie stand auf, rief Mary noch zu sie solle bitte anschreiben und marschierte zur Tür hinaus. Dreimal atmete sie tief ein und aus, der Puls normalisierte sich wieder und voller Genuss sog sie den Zigarettenrauch ein.

„Immer noch Hunger, oder doch nach Hause?" Sie hatte auf diese Frage gehofft, und war innerlich doch noch aufgekratzt. Konnte er vielleicht Gedanken lesen, das fehlte auch noch. Stumm hob sie den Daumen und die Müdigkeit war wie weggeblasen. Wir laufen, die frische Luft wird dir guttun, sagte er. Und ehe sie mit spitzer Zunge etwas erwidern konnte, umschloss er ihre Hand und lief los. Wärme durchflutete sie vom Kopf bis zu den Füßen und sie spürte Geborgenheit. Das „gute Gefühl", das vor Jahren verschütt gegangen war, kehrte allmählich zurück. Sie durchquerten kleine Nebenstraßen, die sie noch gar nicht kannte, und sie versuchte so viel wie möglich abzuspeichern. Plötzlich standen sie mitten auf der Einkaufsmeile. Die Geschäfte kannte sie alle und die Seitenstraße neben dem Gemüseladen führte direkt zu ihrem Haus. Dort bog er ein, schmunzelte, als er ihr ins Gesicht sah, und blieb nach wenigen Metern vor „Yemek", ihrem Dönerladen um die Ecke, stehen.

Der kleine Raum war voll besetzt. Eskil, der Inhaber, zeigte nach hinten und Wolf wechselte ein paar Worte mit ihm. Sarah setzte sich. Es war die Personalecke, durch einen Serviceschrank abgetrennt vom übrigen Lokal, das gefiel ihr. Ehe Wolf zurückkam, stellte Eskil Tee und Raki ab und strahlte sie wortlos an. Er erkannte sie, obwohl sie sich selten mal einen Döner holte.

Wolf setzte sich ihr gegenüber und schon standen einige lecker angerichtete Platten auf dem Tisch. Es schmeckte köstlich, aber sie war schnell gesättigt und spülte es mit einem Raki runter. Sie beobachtete Wolf dabei wie er bedächtig Teller für Teller leerte und manchmal trafen sich ihre Blicke. Sie wurde nicht schlau aus ihm, man wusste nie, was als nächstes kam. Genüsslich schlürfte sie den süßen, heißen Tee und unzählige Emotionen hüpften durch ihr Innenleben. Etwas Mystisches ging von ihm aus, düster und hell zugleich, und das zog sie magisch an.

Eskil räumte den Tisch ab, füllte die Gläser nach, rief fröhlich ‚serefe' und schon flitzte er wieder weg. Ob es ihr gut gehe, wollte Wolf wissen und forschte in ihrem Gesicht.

„Erzähle mir etwas von „yok bölge" und „ask", forderte sie ihn auf, ohne auf seine Frage einzugehen. Ihr entging nicht der Schatten, der über sein Gesicht huschte. Mit leicht geneigtem Kopf und treuem Dackelblick schaute sie ihn an, bis er lachen musste und sein Gesicht sich entspannte. So erfuhr sie von einer jungen Türkin, die sich vor etwa 20 Jahren in einen deutschen Jungen verliebt hatte, und mit 16 Jahren, obwohl sie hier in dieser Stadt geboren war, in ihre Heimat zurückgeschickt werden sollte. Dort sollte sie zwangsverheiratet werden mit einem Cousin, dem sie von klein an versprochen war. Man sperrte sie wochenlang im Haus ein, der junge Mann wurde von den Brüdern bedroht und verprügelt. Als ihr eines Nachts die Flucht gelang und die beiden die Stadt verlassen wollten, spürte die Sippe das Pärchen auf, jagte es durch die ganze Stadt. Die beiden Liebenden   flüchteten durch die kleine Gasse in das leerstehende Haus und verbarrikadierten sich. Nach kurzer Zeit verschafften sich die Brüder mit ihren gleichgesinnten Freunden gewaltsam Zutritt und sie fanden ein engumschlungenes Pärchen das lieber den Freitod gewählt hatte, als getrennt zu werden, erzählte Wolf mit dunkler rauer Stimme, die ihr unter die Haut ging.

Schnell sprach sich das Drama herum und das Entsetzen war groß, fuhr er fort. Es bildeten sich rivalisierende Gruppen von Jugendlichen. Sie trafen in der Gasse, am und im Haus aufeinander und lieferten sich derbe Schlägereien. Durch ständige Kontrollen der Stadt und Polizeieinsätzen, wurde es in der Gegend ruhiger. Am 10. Jahrestag prangte plötzlich dieses Herz an der Hausmauer und wird seitdem von Jugendlichen gepflegt. Sie brachten auch das Haus so gut es ging in Ordnung und es wurde ihr Treffpunkt, später dann ein von der Stadt betreutes Quartier. Die Schrift am

Anfang der Gasse sprühte irgendjemand, wahrscheinlich für ungebetene Gäste, beendete Wolf mit lauter Stimme die Geschichte.

Still hatte Sarah zugehört, sie war etwas aufgewühlt und ihre Augen glänzten verdächtig. Aber bei seinen letzten Worten zuckte sie hoch. Da entdeckte sie den Schalk in seinen Augen und grinste schwach. „Jetzt gehe ich nach Hause." Sie stand auf, verabschiedete sich von Eskil und zündete sich vor der Tür eine Zigarette an, die brauchte sie dringend. Dann spürte sie den festen Griff seiner Hand und stumm legten sie die wenigen Meter bis zu ihrer Wohnung zurück. Vor der Haustür schaute er sie sehr ernst an.

„Sarah, wir müssen reden. Ich bin ein paar Tage nicht in der Stadt, doch vorher müssen wir reden, morgen 20 Uhr holt dich ein Taxi ab, einverstanden?"

„Einverstanden, und danke Wolf, danke für alles", antwortete sie mit belegter Stimme, stellte sich spontan auf die Zehenspitzen und umarmte ihn ganz kurz. Lautlos verschwand er in der Dunkelheit und der Duft seines gut riechenden Aftershaves verfolgte sie bis in die Wohnung.

4

Tief und vor allem traumlos hatte Sarah diese Nacht geschlafen, wie schon lange nicht mehr. Den Rest Müdigkeit
spülte sie mit Wechselduschen weg und fühlte sich voller
Energie. Sie schlüpfte in den bequemen Hausanzug, der
durchaus stadttauglich war, schnappte sich den Einkaufs-
korb und lief ins Städtchen, vorbei an „Yemek". Das trig-
gerte sie kurz, der gestrige Tag wollte sich aufdrängen, aber
sie ließ die Erinnerungen ganz schnell weiterziehen. Das
Kapitel schlug sie heute Abend erst wieder auf. Doch was
sie im Moment beschäftigte, war ihr Umfeld. Sie entdeckte
Dinge die sicher nicht erst seit gestern dazugehörten; ein
Haufen Müll im Hauseingang einer leerstehenden Pizzeria,
die Graffitis an einer frischgestrichenen Mauer oder den
Obdachlosen, der im Schlafsack eingerollt im Vorraum einer Bankfiliale lag. Und das war lange nicht alles. Sie hatte
es nie bewusst wahrgenommen. Lief sie denn mit geschlossenen Augen durch die Straßen, fragte sie sich, wollte sie
es nicht sehen oder schaute sie einfach weg.

Das sollte ihr aber den ersten sonnigen Tag im Mai nicht
vermiesen. Ach je, und wer stand vor ihrer Haustür, Fred
der Exmann, was der wohl hier wollte. Diesen Mann hatte
sie mal sehr geliebt und in Sekunden starb sie ab, die Liebe.
Es blieb eine leere Kammer in ihrem Herzen zurück, fest
verschlossen und finster. Aber seit gestern Abend hatte sie
das Gefühl, dass sich die Tür Millimeter für Millimeter wieder öffnete und Leben einzog, aber nicht für diesen Mann,
der dort stand. Einmal hatte er sie gefragt, ob sie Freunde
bleiben könnten, noch war sie nicht bereit dazu. Es gab
auch kaum etwas zu besprechen. Nach dem Trennungsjahr
verlief die Scheidung problemlos, die Gütertrennung

außergerichtlich mit Hilfe ihres gemeinsamen Anwaltes. Der Bungalow war abbezahlt, er behielt ihn und das Auto. Dafür besorgte er ihr mit guten Kontakten die Wohnung und übernahm die gesamten Mietkosten. Ansonst hätte sie auf den Verkauf des gemeinsamen Hauses bestehen müssen. Und sollte es mal dazu kommen, würde alles neu hoch und runter gerechnet werden.

Freundlich, aber kühl bat sie Fred herein und setzte Kaffee auf. Gemütlich hast du es hier, bemerkte er, nachdem er sich genau umgesehen hatte. Und gut siehst du aus, kam als nächstes, obwohl er sie nicht wirklich angeschaut hatte. Sein Phrasengerede merkte er selbst und setzte noch hinterher, nein wirklich, du siehst prima aus, es geht dir doch gut, oder? Sarah musste schmunzeln und verkniff sich eine Antwort darauf. Dafür musterte sie ihn genau, forschte in seinem Gesicht und machte sich ihre Gedanken. Schmal war er geworden, die wunderschönen blauen Augen, in die sie sich vor Jahren Hals über Kopf verliebt hatte, hatten an Glanz verloren, sein schwarzer Haarschopf lichtete sich langsam und die Kotletten wurden grau. Sie nickte nur. „Und bei dir, alles okay bei euch, du siehst etwas müde aus."

„Nein, alles in Ordnung, Susanne ist gerade etwas anstrengend, aber kein Wunder, in sechs Wochen kommt unsere Tochter zur Welt, wie freuen uns wie verrückt", plapperte er drauf los, bekam aber mit, dass Sarah zusammenzuckte und etwas blass wurde. Er hatte ihren wundesten Punkt getroffen. „Entschuldige, das wollte ich nicht, das war…"

„Schon gut", stoppte sie ihn, atmete tief durch, bis der schlimme Schmerz nahe dem Herzen nachließ und sie sich gefangen hatte. „Und weswegen bist du hier?"

„Na ja, wir müssten die Mietzahlung für deine Wohnung anders regeln. Mich stört es eigentlich nicht, meine Frau meint aber…ich meine damit, du solltest es selbst übernehmen und ich überweise dir monatlich einen Betrag. Der müsste mal überrechnet werden, wir sind bald zu tritt und Susanne möchte ein Jahr zuhause bleiben." Er war ganz schön ins Stottern gekommen und Sarah hörte genau raus, wer die Hosen anhatte. Das hatte sie schon längst erkannt, denn als Susanne wusste, dass sie schwanger war, drängte sie auf Hochzeit und die fand dann auch mit viel trara statt. Aber das war nicht ihre Baustelle.

„Gut, wenn du das meinst", konterte sie ein klein wenig ironisch, „dann lassen wir unserem Anwalt zeitnah alle Einkommensnachweise zukommen und er soll eine neue Lösung finden." Das „wir" und „alle" betonte sie besonders. Und sie wusste jetzt schon, dass sie sich mit weniger Unterhalt, Ablösesumme, Entschädigung, oder wie auch immer, nicht zufriedengeben würde. Und das wusste auch Fred, sie stand mit im Grundbuch.

Jetzt hatte er es plötzlich eilig, sein Unbehagen war deutlich zu spüren und mit einem Tschüss war er zur Tür raus. Sarah schenkte sich noch einen Kaffee ein, der Hunger war ihr vergangen und sie griff nach einer Zigarette. Das Gespräch hatte sie mehr betroffen gemacht, als sie sich eingestehen wollte, aber außer Enttäuschung und einen herben Nachgeschmack hinterließ es nichts. Und was half da am besten, sich ablenken. Begleitet von heißen Klängen saugte, wischte, putzte sie durch die ganze Wohnung, Fenster kamen später dran, da konnte man noch gut durchgucken. Als nächste stöberte sie in ihrem Kleiderschrank, gute Frage, was sie heute Abend anziehen sollte. Sie sauste hin und her zwischen Schlafzimmer und Arbeitszimmer, prüfte im hohen Spiegel ihr Outfit und war nicht zufrieden.

Der Spiegel und ein großes Gemälde „Auerbachs Keller", beides mit dicken Goldrahmen, waren Geschenke ihrer Eltern und kurz danach kamen sie bei einem Verkehrsunfall ums Leben, grausam. Mit gerade 17 Jahren hatte sie

Monate in einer psychiatrischen Klinik verbracht, und zog später in ein Lehrlingswohnheim. Und mehr als einmal kam der Gedanke hoch, ob das ein Zufall war, oder ihre Eltern etwas geahnt hatten. Aber alles sprach dafür, dass ihr Vater bei Aquaplaning von der Fahrbahn abgekommen war und in die Leitplanke krachte. Fast 30 Jahre war das jetzt her. In den letzten 4 Jahren beschäftigte sie auch der Gedanke, ob sie deshalb bei dem ersten Mann hängengeblieben war, einfach weil sie Nähe suchte.

‚Schluss jetzt', holte sie sich zurück und wusste immer noch nicht, was sie anziehen sollte. Da fiel ihr das Mallorca Käppi ins Auge und da wusste sie es. Sie schlüpfte in ihre Lieblingsjeans, die eigentlich schon ausgedient hatte, aber super passte. Kramte einen weichen, olivgrünen Pullover heraus, abends war es doch noch kühl, und dazu die schwarze Lederjacke, die ihre besten Jahre schon hinter sich hatte. Sie raffte ihre Haare zu einem Pferdeschwanz zusammen, zog das Käppi etwas in die Stirn, perfekt, etwas abgefahren, aber für sie perfekt.

Plötzlich verspürte sie Hunger, 17 Uhr, und sie hatte noch nichts gegessen und hatte gar keine Lust, sich etwas zuzubereiten. „Yemek" fiel ihr spontan ein, sie würde sich einen Dönerteller holen, ohne Zaziki mit viel Salat, und gleich ihr Outfit testen.

Unglaublich, sie öffnete die Tür und fühlte etwas Vertrautheit, obwohl sie niemanden kannte. Drei Tische waren besetzt und Eskil strahlte sie an, machte er ja immer. Er nahm die Flasche Raki in die Hand und zeigte nach hinten. Sarah musste herzhaft lachen, sie schüttelte den Kopf und bestellte zum Mitnehmen. In den wenigen Minuten Wartezeit fing ihre Haut an zu kribbeln, ferngesteuert wanderte ihr Blick noch einmal in die Ecke, ihr wurde heiß dabei und

34

dunkle Töne summten in den Ohren. ‚Oh Gott' dachte sie nur, an ihrer Selbstbeherrschung musste sie aber noch arbeiten.

Schnellen Schrittes eilte sie nach Hause, wollte ihr Menü heiß genießen. Und das tat sie auch auf ihrer kleinen Terrasse, trank ein Glas Rotwein dazu und spürte wie sich ihre Muskeln, die Glieder und die Seele entspannten. Sie genoss es mit vollen Zügen, kostete jeden Moment aus, das Leben konnte ja so schön sein. Eine innere Uhr störte ihren Frieden und sie schreckte hoch, halb acht, verflixt, sie hatte tatsächlich die Zeit vergessen. Aber es blieb genug Zeit, um sich frisch zumachen, sich dezent zu schminken und 5 Minuten ungeduldig, Geduld war noch nie ihre Stärke, hinter der Gardine im Schlafzimmer auf ein Taxi zu lauern. Es war pünktlich auf die Sekunde. Der Fahrer kam ihr bekannt vor, ja klar, er hatte sie damals von „Marys Bar" nach Hause gefahren, als Wolf ihr das erste Mal über den Weg gelaufen war, und seit dem in ihr herumspukte.

Stadtauswärts ging die Fahrt, vorbei an einer Parkanlage, in der sich Männer und Frauen mit oder ohne Hund regelmäßig trafen und selten Spaziergänger zu sehen waren. Dahinter bogen sie in ein kleines Gewerbegebiet ein und hielten vor einer großen Hofeinfahrt an. Ihr Fahrer zeigte lächelnd auf eine dunkelgrün gestrichene Tür und verschwand wieder. Sarah schaute neugierig umher und stellte fest; hier war sie schon einmal. „Künstlerviertel" nannte man es und die mit fantasievollen Graffitis besprühten Fassaden machten dem Namen alle Ehre. Und sie erkannte die Kreativläden wieder, hier wurde getöpfert, gemalt, geschnitzt und mehr. Maren hatte sie zu einer Vernissage eines befreundeten Künstlers mitgenommen. Aber deswegen war sie nicht hier.

Mit einem tiefen Atemzug schüttelte Sarah die hochkommende Erregung ab und drückte die grüne Tür auf.

Gedämpfte Geräusche aller Art kamen ihr entgegen, und sie nahm eine Menge junger Leute wahr, die herumstanden und redeten, an Tischen saßen, Dart oder Billard spielten. Sie schauten kurz her und machten weiter. Einer legte das Queue weg und kam auf sie zu. Willst du zu Wolf, fragte er und schaute sie misstrauisch an. Sie wich seinem Blick nicht aus und er zeigte auf eine Tür im Raum hinten rechts. Sarah klopfte kurz und trat ein.

„Schön, dass du da bist Sarah, setzt dich", begrüßte Wolf sie freundlich und zeigte auf den Stuhl vor seinem Schreibtisch, legte Papiere aus der Hand und musterte sie eine Weile mit leicht gekrauster Stirn. Sie konnte den Blick nicht deuten und fühlte Unbehagen in sich hochsteigen. „Gut" brach er das Schweigen, „dann bitte ich dich jetzt, mich nicht zu unterbrechen. Ich muss dich das noch einmal fragen, warum tust du das? Was stimmt nicht mit dir? Ist denn ein normales Leben mit Geborgenheit, fester Arbeit, gutes Einkommen, warmer Wohnung, Freunden und vielen Möglichkeiten der Freizeitgestaltung nicht mehr genug? Da hast du weit mehr als zig andere Menschen, ist dir das klar?" Finster starrte Wolf sein Gegenüber an, er konnte sich denken, was sich in ihr abspielte, und es tat ihm leid, aber es musste sein. Sarah presste die Lippen zusammen, trotzig wie ein Kind. In ihr brodelte es, Wut und Enttäuschung kochten hoch, aber eine innere Stimme warnte sie, die Emotionen rauszulassen. Sie nahm ihr Käppi ab, zog das Gummiband raus, schüttelte die Haare locker und schwieg.

„Ich denke doch, dass dir das klar ist", setzte Wolf seine Ansprache fort. „Aber nein, dir reicht es nicht mehr, es ist zu langweilig, zu einfallslos, immer dasselbe. Du brauchst jetzt Nervenkitzel, Abenteuer, es muss kribbeln unter der Haut, nicht wahr? Dafür läufst du durch die Straßen, beobachtest Leute, witterst Geheimnisse, verirrst dich in den dunkelsten Ecken der Stadt und hoffst, dass du schadlos davonkommst. Das geht so nicht!", endete Wolf und ließ sie nicht aus den Augen.

In Sarah wurde es plötzlich ruhig, keine Wut, keine Empörung, überhaupt keine Regung. Nur ein einziger Gedanke, warum saß sie hier und hörte sich das an. Sie trank das Glas Wasser in einem Zug aus, spülte einen bitteren Nachgeschmack mit runter und äußerte sich leise zu diesem Auftritt. „Wolf, wer bist du eigentlich? Du maßt dir an über mich zu urteilen, du meinst zu wissen, wie ich gelebt habe und wie ich jetzt leben will und was ich brauche. Bist du Hellseher, oder mein Psychiater, oder Lebensberater, was fällt dir…"

„Vielleicht von allen ein bisschen, kleine Sarah", fiel er ihr ins Wort, kam um den Schreibtisch herum und nahm sie fest bei den Händen. Überrumpelt blickte sie zu ihm hoch, spürte seine Wärme, sah das Lächeln in seinem Gesicht, und ihre Seele taute wieder auf. Ich weiß zum Beispiel was du jetzt brauchst, rief er lachend, ging mit ihr in den Gemeinschaftsraum und zeigte auf eine Tür mit Pfeil „zur Raucherecke". Vier Jugendliche standen noch herum und pafften. Hi, habt ihr mal Feuer, fragte sie und schaute in die Runde. Klar, immer, antwortete einer und reichte ihr ein Feuerzeug. Bist du die Neue, wollte sein Nachbar wissen, und alle starrten sie neugierig an. Keine Ahnung, aber so neu bin ich nicht mehr, schaut mich doch mal an, ihr könntet meine Söhne sein, zog sie sich lachend aus der Affäre und sie grölten los. Da ertönte ein lauter Pfiff und weg waren sie. Grinsend drückte sie die Zigarette aus und überlegte, was er gemeint haben könnte. Sie ging wieder rein und schaute beim Aufräumen zu. Es war kurz nach zehn, als alle raus waren. Wolf schloss die Tür ab und löschte die Lichter. Im Büro zeigte er auf die Sitzecke, holte Tonic aus dem Kühlschrank, schloss eine kleine Schranktür auf und hielt grinsend eine Flasche Gin hoch.

„Könnte mir vorstellen, dass es dir jetzt danach ist, allerdings ohne Eis und Zitrone."

„Also doch Hellseher, das fehlt mir noch", konterte Sarah etwas bissig. Das Grinsen wurde noch breiter, doch Sekunden später jagte ihr sein undurchdringlicher Blick einen Schauer über den Rücken. Sie wurde nicht schlau aus ihm und das verunsicherte sie. Er ging auf ihre Bemerkung nicht ein, doch die nächsten Sätze machten sie sehr hellhörig.

„Das war der leichte Teil, Sarah, auch wenn dir die Wahrheit nicht gefällt. Und dein Outfit, es steht dir übrigens gut, sagt mir, dass du so weitermachen willst. Aber in die Schattenseiten unserer Gesellschaft einzutauchen ist kein Spaziergang, es ist tiefgründig, unübersichtlich und auch gefährlich. Darauf muss man vorbereitet sein, man muss Regeln beachten, begreifst du das?"

Sarah verstand sehr wohl, was er meinte, aber noch nicht, worauf es hinauslief. Sie schlürfte ihr Getränk, band die Haare wieder hoch und setzte das Käppi auf. Wortlos verfolgte Wolf jede ihrer Bewegungen und sein Blick bohrte sich in ihren Kopf. Da begriff sie plötzlich, er meinte jedes verdammte Wort ernst. Ihm war die Wandlung nicht entgangen und seine Gesichtszüge entspannten sich.

„Gut, zwei Dinge vorab; die eigene Sicherheit hat immer Vorrang, bei allem, was du tust, und zweitens, wie kann ich mich verteidigen, wenn es sein muss." Er schob eine Visitenkarte über den Tisch, „Alis Box Bude" stand darauf.

„Das meinst du nicht ernst", rief Sarah aufgebracht und blitzte ihn an.

„Doch, es wird dort nicht nur geboxt, alle möglichen Kurse finden in den Räumen statt. Am Montag, 18 Uhr beginnt ein Anfängerkurs für Selbstverteidigung. Ich habe dich angemeldet und sag jetzt nichts", stoppte er ihren Ansatz zu einer weiteren Erwiderung und legte eine Mappe auf den Tisch. „Hier steht alles drin, was du wissen musst. Wenn du es gelesen hast und am Montag den Kurs beginnst, reden wir weiter. Jetzt bring ich dich nach Hause. Ist das Okay für dich?"

Ohne eine Antwort abzuwarten, stand er auf und kontrollierte noch einmal den Gemeinschaftsraum. Sarahs Gedanken schlugen Purzelbäume. Die Visitenkarte hatte sie in der Jackentasche und die dicke Mappe klemmte unter ihrem Arm. Auf der ganzen Fahrt, bis zum anderen Ende der Stadt, sprachen sie kein Wort. Sein Blick beim Verabschieden ging ihr durch und durch und den Händedruck spürte sie noch in der Wohnung. Sie schmiss die Mappe auf den Schreibtisch, knipste das Licht wieder aus im Arbeitszimmer, schenkte sich ein Glas Rotwein ein und ging auf die Terrasse. Der Abend hatte ihr einiges abverlangt, musste sie sich eingestehen, jetzt abschalten, nicht mehr nachdenken, nichts mehr hinterfragen, einfach nur noch schlafen.

5

Ein Sonnenstrahl stahl sich durch den kleinen Spalt zwischen den Gardinen und weckte Sarah. Völlig entspannt lag sie auf dem Rücken, fing an ihre Zehen zu bewegen und mit den Füßen zu kreisen. Zog die Beine im Wechsel zur Brust und atmete tief ein und aus. Ihre allmorgendliche Kurzübung zum Wachwerden, so 5 Minuten lang. Heute sprang sie nach einer Minute aus dem Bett, lief ins Arbeitszimmer und sah die Mappe liegen. Sie griff in ihre Jackentasche, holte eine Visitenkarte hervor und war erleichtert. Es war kein Traum. In Selbstbeherrschung wollte sie sich üben, fiel ihr ein, sie lachte in sich hinein, stellte die Kaffee Maschine an und mischte sich ein Jogurt-Obst und Körner-Müsli, dann hüpfte sie unter die Dusche.

Auf der Terrasse war es noch kühl und Sarah zelebrierte ihr Frühstück wie gewohnt in der Miniküchenecke, trank nur den Kaffee draußen und rauchte. Ihr einziges Laster, wie sie immer sagte. Vor Jahren, als der Kinderwunsch sie ausfüllte, hatte sie es drangegeben, aber dann…na ja, muss jeder für sich entscheiden. Mit der Mappe hockte sie sich auf die Couch und holte neugierig eins nach dem andern heraus. Obenauf lag eine Broschüre, „Selbstverteidigung für Anfänger". Die legte sie erstmal zur Seite. „Quartiersarbeit" stand auf den nächsten zwei Heften, darin vertiefte sie sich ein wenig, nur zum Überblick. Es ging um Jugendzentren in der Stadt und die ganze Angebotspalette für die Arbeit mit den Jugendlichen. Zwei Quartiere kannte sie bereits, Quartier I im Gewerbegebiet und Quartier III südwestlich, Nähe Bahnhof, was ohne Zweifel das Haus mit dem Herz war, beim Quartier II weit im Norden, musste sie erst nachschauen.

Sarah schenkte sich die zweite Tasse Kaffee ein und schlüpfte auf die Terrasse, natürlich nur um das Wetter zu prüfen. Sie lachte über sich selbst und war froh, dass sie es wieder konnte. Dann hielt sie ein Blatt hoch, da standen jede Menge Adressen und Telefon Nummern drauf, unter anderem „Yemek", ihr Dönerladen, Josephs Werkstatt, Rauls Wettbüro und ein Zeitungkiosk in der Einkaufsmeile. Und ganz oben, Taxi Memet. Sie ahnte, was es damit auf sich hatte, wollte später darüber nachdenken. Als letztes nahm sie die dicke Broschüre in die Hand mit dem Titel: „Arbeit mit Jugendlichen für Jugendliche" – ein MUSS und das HERZSTÜCK in unserer Gesellschaft. Das klang interessant. Sarah schlug es auf und erstarrte. Auf der ersten Seite schaute er sie an, Dipl.-Psych. Dr. Wolfram Brunner, Jugendpsychologe, Diplom Pädagoge, und ihr blieb fast die Luft weg. Dass er kein einfacher Sozialarbeiter war, schwante ihr schon lange, aber das hatte sie nicht erwartet. Eine kurze Biografie verriet einiges über ihn, zu mindestens was sie wissen sollte. Er war 10 Jahre älter als sie, seit 30 Jahren verheiratet, hatte zwei erwachsene Kinder und gab Vorlesungen an den verschiedensten Schulen für Jugendliche ab 14 Jahre.

In ihrem Kopf jagten sich die Gedanken und der Brustkorb schnürte sich zu. Sie musste an die frische Luft. Reglos starrte Sarah von der Terrasse auf die sich anschließende Wiese bis hinauf zu dem kleinen Wäldchen. Ein Anblick, der sie immer erfreute und jetzt wäre sie am liebsten losgelaufen, gelaufen, gelaufen, dem Horizont entgegen. Aber es gab kein Entkommen und sie wollte sich ja Selbstdisziplin antrainieren. In dem Moment klingelte ihr Telefon, Maren, pünktlich 11 Uhr, sie hätte sie küssen können, wenn sie nur dagewesen wäre, dachte Sarah und sauste ins Wohnzimmer zurück.

'Hola mi querida', hörte Sarah die Stimme ihrer Freundin und ein eigenartiges Gefühl beschlich sie. Sie klang anders, nicht fröhlich und verrückt, fast weinerlich. Und in den nächsten Minuten wusste sie auch warum. Maren würde noch nicht nach Hause kommen wie geplant, sie brauchte Zeit, um ihre Auswanderung nach Mallorca vorzubereiten. Es war also unumstößlich. Das machte Sarah sehr traurig, doch sie riss sich zusammen. Maren war es bestimmt nicht leichtgefallen, ihr das so mitzuteilen, aber schließlich war es ihr Leben. Das ist doch wunderbar, meine Liebe, rief sie deshalb fröhlich in den Hörer, baut euer Liebesnest auf der schönen Insel und ich habe endlich ein günstiges Urlaubsdomizil, munterte sie Maren auf und merkte deren Erleichterung bei den wenigen Worten, die sie noch wechselten.

Plötzlich war es totenstill um sie herum. In ihrem Inneren brach jedoch eine Rebellion aus, und schluchzend kauerte sie in der Sofaecke. Das war zu viel auf einmal. Ein Heulkrampf schüttelte sie durch und sie wusste nicht, ob eine bröckelnde Freundschaft oder die Gefühle zu einem Mann, der unerreichbar für sie war, die Schuld an ihrem seelischen Kollaps hatte. Nach paar Minuten Heulphase ging ein Ruck durch ihren Körper. ‚Keinem würde sie jemals wieder gestatten, so mit ihr umzugehen.'

Sie suchte den Stadtplan raus und breitete ihn aus. Dann lief sie in den Keller, holte die Pinwand, die seit ihrem Einzug unbenutzt herumstand, und legte die Stadtkarte darauf. Mit bunten Fähnchen, über geblieben von einer Präsentation, piekte sie die Straßen der Adressen an, die auf dem Blatt Papier standen. Die Entfernungen von ihrer Wohnung bis zum jeweiligen Zielort bewegten sich zwischen ein und zehn Kilometern. Das bedeutete, dass zu Fuß nicht alles in kurzer Zeit erreichbar war. Ein Fahrrad hatte sie nicht. Sie war noch nie gerne Fahrrad gefahren und Auto schon gar nicht. Brauchte sie bisher auch nicht, einkaufen und Arbeitsweg immer zu Fuß, selbst zum Bahnhof, zu „ask" oder „Josephs Autowerkstatt". Aber wenn sie mal schnell gebraucht wurde, im Quartier I zum Beispiel, musste sie den Bus, der selten ins Gewerbegebiet fuhr, oder ein Taxi nehmen. Sie musste wieder mobil werden.

Eigentlich verspürte Sarah Hunger, aber erst wollte sie das abklären, schlüpfte in ihre Sachen, setzte das Käppi auf und marschierte los. Die Straßen waren menschleer, klar, Sonntagmittag. Von weitem roch sie Grillduft und da sah sie es. Joseph und zwei Jungs hockten um ein Stehgrill herum und kuckten erstaunt, als sie neben ihnen stehenblieb, die Jungs zumindest. Aber der rote Riese grinste sie an und zeigte auf eine Kiste. Sie nahm die Einladung an und strahlte übers ganze Gesicht. Er pfiff und einer sauste in die Werkstatt, kam mit einem Bier zurück. Kein Gin Tonic, Lady, aber gerne Bier, brummte der wortkarge Hüne und alle lachten. Die letzte Bratwurst war vertilgt, und Joseph stampfte in die Werkstatt. Die beiden Jungs räumten auf, Batu hieß einer, den kannte sie schon vom letzten Mal und sie folgte dem Riesen.

„Was kann ich für dich tun, Sarah", brummte er. Sie ließ sich ihr leichtes Erstaunen nicht anmerken und kam mit ihrem Anliegen raus. „So, so, einen fahrbaren Untersatz suchst du und denkst ich könnte dir helfen." Sie zeigte in eine Ecke, aber da stand nichts mehr, kein altes lädierte Moped, das sie entdeckt hatte beim ersten Besuch. Er verschwand in der düsteren Tiefe des riesigen Raumes, schlängelte sich sehr beweglich an Bergen von Schrottteilen, Autowracks und allem möglichen vorbei und sie sah ihn nicht mehr. Sie nutzte die Zeit und schaute umher. Rechts von ihr fiel ihr eine Tür auf, die in einen etwa 12/15 qm großen

Raum führte, der nachträglich eingebaut worden war. Ob er da wohl wohnte, dachte sie und wurde abgelenkt von lauten streitenden Stimmen vor der Werkstatt. Sie eilte raus und auf vier krakeelende Halbwüchsige zu, die zwei aus der Werkstatt und die anderen kannte sie noch nicht. Genug Abstand haltend machte sie sich bemerkbar und wollte wissen was da los sei.

„Was geht dich das an, Alte", schrie ihr einer entgegen und nahm drohende Haltung ein.

„Alles geht mich was an, du bewegst dich auf unserem Terrain, und Batu, du leg die Latte aus der Hand", reagierte Sarah mit fester Stimme und ging einen Schritt näher. Für Sekunden war es still. Die wollten hier klauen, haben sie schon mal versucht, schrie Batu und fuchtelte weiter herum. Das stimmt nicht, du Idiot, wir wollten nichts klauen, rief sein Gegenüber und ballte die Fäuste. „Ach, und du hast sie dabei erwischt, was wollten die denn klauen, Batu?" Sarah ließ nicht locker und rückte wieder ein Stück ran. Da ließ er die Waffe fallen und alle vier kuckten ihr erstaunt entgegen.

„Was ist da los", dröhnte eine mächtige Stimme über die Straße und Joseph stand breitbeinig unter seinem Werkstattor. Alles in Ordnung, Joseph, rief Sarah ihm zu, die beiden Jungs wollten nur wissen, ob sie vielleicht etwas helfen könnten, aufräumen oder so. Nah dann bring sie alle mit rüber, Sarah, rief er zurück und ging rein. Die Jungs waren völlig baff. Sie hob die Latte auf und marschierte los, alle vier trotteten hinterher. Der Streit wurde nicht mehr erwähnt. Joseph hatte ein altes Moped aufgebockt und sie musterten begeistert das überholungswürdige Teil. Er grinste Sarah an und die beiden gingen einen Schritt zur Seite. Ich werde sehen ob sich was machen lässt, sagte er, wann brauchst du es? Am besten gestern, kam es wie aus der Pistole geschossen. Sie lachte dabei, und ehe du fragst, schwarz, rot, nicht auffallend, könnte mir gefallen. Tschüss Jungs, rief sie den vieren zu und ging nach hinten zu der kleinen Pforte. Davor blieb sie stehen und schaute ihm direkt in die Augen. „Danke für alles, Joseph. Übrigens, du stehst auf meiner Liste, Wolf hat sie mir gegeben. Heißt das, ich kann jederzeit bei dir auftauchen?"

„Kannst du Sarah, jederzeit, Tag und Nacht", gab er zur Antwort und lächelte. Gut zu wissen, rief sie zurück und verschwand in der Gasse. Wenige Meter waren es nur bis zum „ask". Sie lief um das Haus herum und verlor sich mal wieder in dem flammenden roten Herzen an der Hauswand. Ihr Inneres wankte hin und her. Wolf würde sicherlich nicht da sein und wenn doch…? Sie konnte ihm heute nicht gegenübertreten. Als sie Stimmen hörte, eilte sie Richtung Bahnhof davon.

Es war nicht zu übersehen, das alleinstehende zweistöckige graue Haus mit dem großen schwarzen Schriftzug an der Vorderfront, „Alis Box Bude". An der kleinen Empfangstheke fragte sie nach Ali dem Boss. Die gepiercte junge Frau dahinter, kurze schwarze Haare, lange schwarze Fingernägel und schwarzes T-Shirt mit rotem Firmen Logo, fragte grinsend, wer das sein soll, den kenne sie nicht.

„Der beobachtet uns nur noch von da ganz oben", erklärte ein hinzukommender Mann, ende 20, gut durchtrainierter Körper, und lachte herzlich, „Sorry, Tina ist neu hier und kennt noch nicht unsere Legende, ich bin Frank, ich leite dieses Haus. Was kann ich für dich tun?"

„Ich bin Sarah, komme morgen zu einem Kurs und wollte mich nur kurz etwas umschauen", gab sie zur Antwort und ihr entging nicht das Aufblitzen seiner dunkelbraunen Augen. „Aber wenn es nicht passt, nicht schlimm, komme ich morgen ein wenig früher."

„Ein paar Minuten habe ich", antwortete er und zeigte auf ein Regal mit zahlreichen Broschüren. „Davon kannst du dir mitnehmen was dich interessiert. Du erfährst alles über unser Haus und unsere Angebote." Er quittierte ihr Nicken mit einem charmanten Lächeln und lief los. „Gut, dann folge mir." Sarah hörte ihm zu, schaute überall genau hin und was sie sah, gefiel ihr, sauber, optimal angeordnet und hell. Ob es der Fitness Raum mit Geräten für Ausdauer, Muskeln und Gelenken war, oder die beiden Kursräume oder der Raum mit Box Ring, einigen Boxsäcken, die von der Decke baumelten und anderen diversen Utensilien. „Da geht es zu den Sanitäranlagen, dort ist der Notausgang und über uns sind Praxisräume zweier Physiotherapeuten, wir arbeiten eng mit ihnen zusammen", beendete er die kleine Führung und verabschiedete sich mit festem Händedruck.

Vor der Tür empfing Sarah die herrliche Maisonne und leichtfüßig lief sie durch einige Nebenstraßen in Richtung Stadtmitte. Das Käppi hatte sie schon vor dem Fitnessstudio in ihren Rucksack gesteckt und legte noch einige Flyer und Broschüren dazu, die sie sich mitgenommen hatte.

Sie hörte ihren Magen knurren, die Bratwurst bei Joseph konnte ja nicht ewig sättigen, dachte sie belustigt und schaute auf die Uhr. Pizza oder Döner, überlegte sie kurz und stand fünf Minuten später vor „Yemek". Eskil schloss gerade auf und begrüßte sie herzlich. Er gönnte sich mittags zwei Stunden Pause, dafür hatte er aber keinen Ruhetag in der Woche. Es dauert noch ein bisschen, sagte er und zeigte auf den Spieß. Dann hob er die Raki Flasche hoch. Sarah lehnte lachend ab, hab noch nix gegessen heute, erklärte sie und dass sie vor der Tür lieber eine Zigarette rauchen würde. Er nickte freundlich und stellte schon mal ihren Salat zusammen.

Entspannt und innerlich aufgeräumt genoss Sarah wenig später die untergehende Maisonne und ihren Dönerteller auf der Terrasse. Mit geschlossenen Augen ließ sie den Tag noch einmal an sich vorüberziehen. Schmunzelte, als sie an Josephs Bratwurstessen dachte, und freute sich jetzt schon darauf, was er ihr für einen fahrbaren Untersatz vorführen würde. Und das würde er auf jedem Fall. Einen guten Mann hatte sie da kennengelernt, dachte sie und etwas ernster kamen ihr gleich die Auseinandersetzung der Jugendlichen in den Sinn. Genau das war ihr Plan, nicht mehr wegsehen. Und darauf musste sie sich gut vorbereiten. Wolf hatte recht, anders ging es nicht. Nein, er durfte sie jetzt nicht beschäftigen beschloss sie und nahm die Broschüren über das Fitness Studio in die Hand und fiel aus allen Wolken. Das darf doch nicht wahr sein, Frank, den sie heute kennengelernt hatte, hieß mit Nachname Brunner und er hatte einen Abschluss als Sportpädagoge. Sollte das etwa Wolfs Sohn sein? Oh Gott! Jetzt wurde ihr auch klar, weshalb seine Augen und wie er das Wort „gut" ausgesprochen hatte, irritiert hatten. Verfolgte die ganze Familie sie? ‚So ein Quatsch, du dumme Nuss', schimpfte Sarah laut mit sich selbst und überflog die Anleitung ihres Kurses „Selbstverteidigung für Anfänger".

Die Sonne verschwand hinter dem Horizont und hinterließ einen herrlichen Mix aus gelb, orange und rot am Himmel. Aber es wurde empfindlich frisch und Sarah wechselte in ihre Kuschelecke auf der Couch. Abschalten konnte sie noch nicht, der Tag war zu ereignisreich gewesen. Und plötzlich rollten ein paar Tränen über ihre Wangen. Sie sah deutlich Maren vor sich und hörte ihre Beichte, dass sie nach Mallorca umsiedeln werde, und das machte sie traurig. Bei ihrem 11 Uhr Gespräch hatte Sarah die Traurigkeit verdrängt, jeder sollte auf seine Art glücklich werden. Ihre Freundschaft würde es überleben, auch wenn tausende Kilometer zwischen ihnen lagen. denn sie hatte ihr sehr viel zu verdanken. Sie würde nie vergessen, wie sie dieses wunderbare Geschöpf kennengelernt hatte.

Ihr zwanzigster Hochzeitstag fackelte gerade im Kamin ei-
ner protzigen Villa ab und Sarah hielt ihre innere Uhr an.
Sie stellte sich nach ihrem Abgang in die Einfahrt, zündete
sich eine Zigarette an und rief sich ein Taxi zum Bahnhof.
Mit dem nächsten Zug fuhr sie zurück nach Berlin. In dem
kleinen Hotel fiel es niemanden auf. Alle Teilnehmer waren
inzwischen nach Hause gefahren, auch ihre Zimmergenos-
sin. Um nichts in der Welt, hätte sie einen Fuß in ihr Haus
setzen können. Alle Anrufe ihres Mannes drückte sie weg,
so an die hundert in drei Tagen, und in der Rezeption gab
sie Bescheid, dass sie für niemandem zu sprechen sei.

Mittwochnachmittag fing Fred sie vor dem Hotel ab. Wir
müssen reden, Sarah, so geht das nicht, Sarah, ich mach
mir Sorgen um dich, sagte er und sah sie bettelnd an. Na-
türlich müssen wir reden, Fred, irgendwann, und Sorgen
um mich brauchst du dir keine machen, gab sie zur Antwort
und ließ ihn stehen. Sie absolvierte mit Erfolg den Lehr-
gang, wie alle anderen auch, feierte Donnerstagabend
kräftig mit ihnen den Abschied und fuhr Freitagmittag nach
Hause. Im Bahnhof packte sie ihren Koffer in ein Schließ-
fach und zog durch die Stadt, stundenlang. Langsam wurde
es finster, es war Mitte April, die Geschäfte ließen ihre Rol-
los runter, in „Marys Bar" würde sie auf keinem Fall ein-
tauchen, was nun... Das Heimatmuseum neben dem Cine-
max war noch hell erleuchtet. Eine Ausstellung, Skulpturen
und Bildern eines ansässigen Künstlers, wurde heute eröff-
net. Das las sie auf einem Plakat. Kurz entschlossen ging
sie rein, betrachtete alle Werke, ohne zu wissen, was sie
sah, und stellte sich an einen Stehtisch in der Ecke. Dass
man sie beobachtete, störte sie überhaupt nicht. Aber sie
verfolgte mit Blicken die Menschen in ihrem Umfeld, wie
sie lachten, schwätzten, sich umarmten und küssten. Ihre

innere Uhr fing wieder an zu ticken und sie empfand Ekel,
fühlte Enttäuschung und abgrundtiefen Schmerz. Sie stellte
sich einige Gläser Sekt auf den Tisch, prostete sich selbst
zu, trank, lachte, heulte und ihr wurde hundeelend. Da
stand plötzlich die hübsche Frau mit den feuerroten Locken
neben ihr, nahm sie ganz fest in die Arme und später mit zu
sich nachhause.

Die Gesichter der anderen Gäste dieser Vernissage würde
sie nie vergessen und in den letzten Jahren hatten sie oft
darüber gelacht, ihr Freundin Maren und sie. Selten war es
geworden, dass sie gemeinsame Zeit verbrachten. Das
Künstler Milieu sagte Sarah nicht wirklich zu, abgehoben,
unrealistisch fand sie und fühlte sich nicht wohl dazwischen. Und dann war auch noch Jose, Marens große Liebe.
Im Urlaub auf der Insel hatten sie sich vor Jahren kennengelernt. Und jetzt wanderte ihre kleine Künstlerin aus,
folgte ihm in seine Heimat. Das tat ein bisschen weh, aber
Sarah freute sich mit den beiden, zumal sie gerade dabei
war, auch neue Wege zu gehen.

6

Am Mittwoch kurz vor Büroschluss stand Anja Wilke vor ihrem Schreibtisch und lud sie honigsüß zu einem Umtrunk nach der Arbeit ein. Sie wolle gern einen ausgeben auf ihre Beförderung. Sarah lehnte honigsüß ab und arbeitete weiter. Ach, wie schade zwitscherte ihre Abteilungsleiterin, legte eine Mappe auf den Tisch und setzte hinzu, da könne sie ja auch die Unterlagen mal durchsehen, die dringend morgen raus mussten. Auch das kann ich nicht, liebe Kollegin. Ich habe heute etwas vor, erklärte Sarah ganz ruhig. Anja schniefte kurz und rauschte ab, direkt in das Chefbüro. Auf dem Gang fing Herr Theusdorf sie später ab.

„Sarah, hast du einen Moment?" Einen Moment schon, antwortete sie lächelnd und blieb vor seinem Schreibtisch stehen. Er quittierte es mit hochgezogenen Augenbrauen. „Kann es sein, dass sich deine Einstellung zur Arbeit und zu den Kolleginnen verändert hat?"

„Wie kommen Sie darauf, Chef, mache ich meine Arbeit schlechter, oder hat sich jemand beschwert über mich, dann raus damit", reagierte Sarah leicht aggressiv.

„Nein, natürlich nicht, aber hättest du nicht heute mal eine halbe Stunde dranhängen können, wenn du schon Frau Wilkes Einladung nicht annimmst", ließ er die Katze aus dem Sack und Sarah musste sich ein Grinsen verkneifen.

„Kann ich nicht, Chef, ich habe gleich einen Termin", konterte sie sehr freundlich und merkte wohl, dass der Senior das anzweifelte. Sie legte ihm die Anmeldebestätigung aus Alis Box Bude vor die Nase. Seine Mimik war filmreif, als er draufschaute. Ah, so, dann viel Erfolg dabei quetschte er hervor und versuchte sein Erstaunen zu verbergen. Sarah schloss die Tür hinter sich und gluckste vor sich hin.

Der Kurs gefiel ihr gut und Petro, der Kursleiter auch. Zu sechst waren sie, alles Frauen, wesentlich jünger als sie selbst und ungeduldig. Die Küken in der Gruppe wären am liebsten gleich zur Sache gekommen. Aber in der ersten Woche ging es um die mentale Vorbereitung, um lebenswichtige Fähigkeiten, wie: erhöhte Achtsamkeit, frühzeitige Erkennung von Gefahren, selbstbewusstes Auftreten, gute Reflexe und mehr. Abwehrtechniken standen in der zweiten Kurswoche auf dem Plan.

Es hatte sich auch ein kurzes Gespräch mit Frank ergeben, der sehr beschäftigt war, und ja, er war tatsächlich Wolfs Sohn. Sarah hütete sich, ihre Kenntnis darüber mit einzubringen. Allein das er sie ständig an Wolf erinnerte, war für sie eine große Herausforderung, löste immer wieder Gefühlschaos in ihr aus und manche Nacht war die Sehnsucht nach seiner warmen Stimme, den starken Händen und seinem Duft unerträglich.

Endlich Freitag, die Hälfte war geschafft, Sarah freute sich und atmete tief die herrliche frische Luft des Maitages ein. Wenn sie sich beeilte, war sie in 15 Minten zuhause, konnte es sich gemütlich machen, oder sie würde sich aufbrezeln und in „Marys Bar" ihren Teilerfolg ein wenig feiern. Irgendetwas in ihr lenkten ihre Schritte aber nicht geradeaus, sondern nach rechts in die Finsternis. Ein kurzer Besuch im „ask", das war noch drin, vielleicht…? ‚Nun gebe es schon zu, du hoffst Wolf dort zu treffen' flüsterte eine Stimme in ihr und sie blieb ruckartig stehen. ‚Na und, wenn es so wäre, er soll ruhig merken, dass ich der Sache gewachsen bin', verteidigte sie eine zweite Stimme und kichernd lief sie weiter.

Diesmal kam sie von der anderen Seite und schon öffnete sich der kleine Park vor ihr und in wenigen Minuten war sie am Ziel. Sie lauschte und konzentrierte sich auf Geräusche vor ihr, beängstigende Geräusche, die Gefahr bedeuteten; Krachen von Ästen, unterdrücktes Fluchen und Schmerzschreie. Schemenhaft erkannte sie zwei Gestalten im schwachen Schein des Mondes. Sie sprangen hin und her, schlugen und traten in Richtung Boden, es sah böse aus. Ein paar Meter musste sie noch ran, um die Situation genau zu erfassen. He, he, was ist da los, aufhören, ich rufe Polizei, rief sie aus ihrer Deckung so laut sie konnte und drückte gleichzeitig ihren Schrill -Alarm. Sirengeheul hing sofort in der Luft, die Gestalten drehten sich in ihre Richtung und verschwanden in der Finsternis.

Sarah beugte sich über einen verletzten Jungen am Boden. Kannst du mich hören, wie ist dein Name, sprach sie ruhig auf ihn ein, wo hast du Schmerzen? Diese Schweine, quetschte er unter Stöhnen heraus und versuchte sich aufzurichten, fiel mit lautem Schmerzschrei zurück auf den Waldboden und griff sich röchelnd an den Brustkorb. Sarah wählte den Notruf; Jugendlicher zusammengeschlagen, bei Bewusstsein, blutende Kopfwunde, starke Schmerzen in der Brust, atmet schwer, sprach sie laut und deutlich ins Handy, Jugendquartier „ask" im angrenzenden Park, setzte sie noch nach und hinderte den Jungen am Aufstehen.

Gerade schielte der Mond hinter den Wolken hervor, sie entdeckte das Haus und Bewegungen davor. Wild mit den Armen fuchtelnd machte sie auf sich aufmerksam. He, he, hierher, kommt hier rüber, schrie sie so laut sie konnte. Wenig später umringten sie 10 oder 12 Jungs, einige kannte sie schon mit Namen. Entsetzt starrten sie auf ihren Kumpel und kreischten dann wie wild durcheinander; was ist hier los, das ist Muchad, wer war das, wo sind die Schweine, wir holen sie uns.

„Ruhe verdammt!", schrie jetzt Sarah, plötzlich war es totenstill und alle starrten sie an. Gespenstisch warfen die hohen Bäume ihre Schatten auf sie herab, es knisterte und raschelte und das leise Stöhnen des verletzten Jungen geisterte durch die Luft.

„Ich bin Sarah, manche kennen mich schon. Und jetzt hört ihr mir genau zu. Zwei Personen haben Muchad zusammengeschlagen, es geht ihm nicht gut. Ich habe sie vertrieben und die Rettung gerufen, die wird jeden Moment da sein. Aky, Batu, ihr bleibt bei Muchad, und ihr anderen geht zurück ans Haus. Toni, du bringst mir den Sani- Kasten und zwei Decken, und achtet auf den Rettungswagen, ist das verstanden", fragte sie mit Nachdruck und Bewegung kam in die Gruppe. Vier, fünf steckten die Köpfe zusammen und diskutierten halblaut. Toni war zurück, und Aky sagte, Wolf kommt heute noch. Dann versuche ihn jetzt zu erreichen, mach schon, befahl sie ihm und beugte sich über Muchad. Sie deckte die Kopfwunde steril ab und legte einen leichten Verband an. Dann legte sie die Decke über seinen Körper, die andere unter den Kopf. Das Grüppchen wollte sich verkrümeln. Sarah gab Aky ein Zeichen, er solle auf Muchad achten der leise wimmerte, und sie trat auf die anderen zu. Sie sah Wut und Angst in ihren Augen, das konnte sie nachvollziehen. Von Weitem hörte man schon das Martinshorn.

„Wo wollt ihr hin?" Wir hauen ab, wir nichts gemacht, wenn Krankenwagen, dann auch Polizei, wir wollen keine Polizei, sprach einer für alle und die nickten heftig. „Denkt doch mal nach Jungs", redete Sarah auf sie ein. „Natürlich habt ihr damit nichts zu tun. Das wissen wir, aber die Polizei weiß es nicht und wenn ihr jetzt abhaut, macht das keinen Sinn. Die Streifenwagen werden ab sofort verstärkt die

Umgebung kontrollieren, den Park, die Gassen, das ganze Gebiet mit Baustelle, Josephs Werkstatt, bis zum Bahnhof und Richtung Stadtmitte, versteht ihr das. Im Haus seid ihr sicher, da kann euch keiner mit dummen Fragen kommen."

In dem Moment geisterten Lichter durch den finsteren Park, mit Sirene näherte sich der Sanka, Sanitäter eilten herbei und sie sprach kurz mit ihnen.

Die Jungs beobachteten alles aus ein paar Metern Entfernung und Sarah lief rüber zu ihnen. „Ich fahre mit ins städtische Krankenhaus, ihr wartet alle im Haus, versucht Wolf oder einen anderen Betreuer zu erreichen. Aky, Batu, ihr übernehmt die Aufsicht, ich verlasse mich auf euch, irgendwelche Einwände?" Mit sehr ernster Stimme machte Sarah ihre Ansage und entspannte sich erst etwas, als die Gruppe geschlossen zum Haus trottete.

Sarah bekam einfach dieses Bild nicht aus dem Kopf, der Junge auf der Trage, blutverschmiert und leise stöhnend mit kalkweißem Gesicht und geschlossenen Augen. Hier können sie warten, sagte eine Schwester der Notaufnahme und zeigte zum Wartebereich. Wasserflaschen, Becher, Tassen und eine Thermoskanne standen auf einem Tisch in der Ecke. Jetzt saß sie hier, schon eine halbe Ewigkeit, und umklammerte die heiße Kaffeetasse, wärmte ihre eiskalten Hände daran. Schritte näherten sich, doch hier war ein ständiges auf und ab und Sarah blieb sitzen. Eine tiefe Erschöpfung breitete sich im Körper aus und sie schloss die Augen, schreckte aber sofort wieder hoch, als sie angesprochen wurde. Zwei Polizisten kamen auf sie zu. Sind sie Frau Sarah Winter, fragte der eine, und sie reichte ihm den Ausweis. Er ging zur Seite, machte wahrscheinlich eine

Abfrage und gab ihn zurück. In Ordnung sagte er, dann schildern sie mal das Vorkommnis.

Gerade als Sarah loslegen wollte, kam Wolf um die Ecke. Sie schauten sich an und sein Blick voller Sorge, Fragen und Mitgefühl, brachte sie aus dem Konzept. Er wechselte ein paar Worte mit den Polizisten. Sarah schenkte sich noch einen Kaffee ein, nahm einen Schluck und schilderte dann alles haargenau, angefangen von „Alis Box Bude", ihren Weg durch den Park bis zur ärztlichen Notversorgung. Ihre kleine Auseinandersetzung mit den Jungs verschwieg sie. Ob sie die Angreifer beschreiben könnte, wollten sie noch wissen.

Sarah schloss die Augen, konzentrierte sich. Der Mond schien, sagte sie, nach meinen Warnrufen schauten sie einen Moment zu mir rüber. Einer ca. 1.65 groß, schwarze kurze Haare, dunkel gekleidet, weiße Schuhe, der andere größer, vielleicht 1,80, dunkle Hose, schwarzer Kapuzenpulli mit orangefarbenem Dreieck am rechten Oberarm. Kapuze hatte er auf. Die Polizisten notierten alles, forderten sie auf, am nächsten Tag ins Präsidium zu kommen und ihre Aussage zu unterschreiben. Dann verabschiedeten sie sich sehr freundlich und Wolf begleitete sie bis auf den Gang. Sarah sackte auf den Stuhl zurück und zitterte am ganzen Körper, jetzt war ihr Akku leer und ein dicker Kloss wanderte vom Bauch bis in den Hals. Wolf kam zurück, Sarah, murmelte er nur, zog sie vom Stuhl hoch und nahm sie ohne Worte ganz fest in die Arme. Das tat verdammt gut. Er schob sie ein wenig von sich und strich ihr eine Strähne aus dem Gesicht.

„Du siehst sehr blass aus, kann ich etwas für dich tun, willst du darüber reden?"

„Mir geht es gut, Wolf. Und was passiert ist hast du ja gerade gehört, oder? Aber um mich geht es hier nicht. Was ist mit Muchad, konntest du schon mit einem Arzt sprechen", erwiderte sie leicht aufgebracht. Die Reaktion hatte er wohl nicht erwartet und brauchte ein paar Sekunden. In dem Moment lief der Notfallarzt über den Gang. Sarah eilte hinterher und fragte nach Muchad. Sind sie verwandt mit dem Patienten, wollte er wissen und schaute zu Wolf, der ihr gefolgt war. Mit wenigen Worten klärte er die Sachlage, wies sich als gesetzlicher Betreuer aus und dass Sarah eine freie Mitarbeiterin von ihm sei, die den Vorfall beobachtet und den Notruf abgesetzt hatte. So erfuhren sie, dass Muchad eine leichte Gehirnerschütterung, jede Menge Prellungen und zwei angebrochene Rippe davongetragen hatte.

Wolf ging zur Aufnahme, um die Kontaktdaten zu hinterlegen und sie selbst brauchte jetzt dringend eine Zigarette. Wind war aufgekommen und die frische Brise machte ihr den Kopf frei. Sie war hellwach, schaute auf ihre Uhr, 10 Minuten vor 11 nachts war es. Plötzlich stand Wolf vor ihr, sah sie wieder mit diesem Blick an. Wie geht es dir jetzt, fragte er, ich fahre dich nach Hause, sagte er, du musst ja völlig....

„Stopp!", fiel sie ihm bissig ins Wort. „Wie es mir geht, müssten Sie doch am besten wissen, Dr. Wolfram Brunner, oder? Ich kann jetzt nicht nachhause, brauche genau jetzt einen starken Kaffee, etwas Stärkeres hinterher und Brot zum Aufsaugen." Was er dachte, wusste Sarah nicht, aber er schaute verbissen geradeaus.

„Verdammte Geschichte", sagte er plötzlich. „Andrey hatte heute Dienst. Er rief mich an, dass er dringend nach Hause musste, seine Mutter hatte einen Unfall. Ich war noch im Quartier eins, wollte gerade abschließen, als die Jungs mich anriefen, verdammt, dann so etwas." Es hätte nichts geändert, das war nicht vorherzusehen, sagte Sarah leise.

Schweigend fuhr er die Umgehungsstraße Richtung Bahnhof, am „ask" vorbei, da war alles finster und ruhig, dann zurück und hielt in einer Nebenstraße an. „Rauls Wettbüro". Sarah kannte den Laden von außen, er stand mit auf der Liste. Drin war es schummrig. Sie spürte die neugierigen Blicke, grüßte freundlich und platzierte sich an den äußersten Tisch in der Ecke. Drei Fernseher liefen ohne Ton. Einige starrten auf irgendwelche Tabellen und notierten sich was, andere unterhielten sich leise. Wolf war im hinteren Raum verschwunden, kam zurück mit einem Tablett, stellte alles vor ihr ab, Kaffee, großen Cognac und Teller mit Käse und Brot. Da musste sie doch herzhaft lachen und sie machte sich eifrig darüber her. Es tat gut, sie hatte seit Mittag noch nichts in den Magen bekommen. Ganz bedächtig kaute sie Brot, Käse und Oliven, schaute ab und zu in sein Gesicht und konnte genau sehen, wie es in ihm arbeitete.

„Du bist sauer", äußerte er plötzlich, „du hast die Broschüren gelesen, und jetzt bist du sauer."

„Enttäuscht trifft es eher, Wolf." Sarah schlürfte starken heißen Kaffee und nahm einen Schluck aus dem Glas. Mit geschlossenen Augen spürte sie nach wie das Getränk langsam durch die Speiseröhre glitt, im Magen hängenblieb, und sich eine wohlige Wärme im ganzen Körper ausbreitete. „Habe ich ein recht sauer zu sein?", fragte sie und schaute ihm in die Augen. „Ich glaube nicht", gab sie selbst Antwort. „Und ich musste keine Broschüre lesen, um herauszufinden, dass Frank dein Sohn ist. Ich habe es an seinen Augen gesehen. Müsste ich noch etwas wissen, damit mir solche Schockmomente in Zukunft erspart bleiben?"

„Also gut, ja, Frank ist mein Sohn, und vielleicht hätte ich es erwähnen sollen. Meine Tochter Kati arbeitet im

Kindergarten und meine Frau Dr. Hellen Brunner ist Jugendrichterin am Oberlandesgericht, jetzt zufrieden?" Stumm hörte Sarah zu. Was sollte sie auch sagen, es ging sie nichts an, mit wem und wie er lebte, dieser Mann, der ihre Gefühle wieder erweckt hatte und sie damit in ein mentales Chaos stürzte. Plötzlich zogen sich ihre Herzmuskeln schmerzhaft zusammen, der Puls kletterte hoch und sie erkannte ihr Problem. Sie hatte sich in diesen Mann verliebt und er konnte ihr in die Seele schauen. Schnell senkte sie den Kopf, leerte das Glas und stand auf. Jetzt möchte ich nach Hause, sagte sie und ging zur Tür.

In der Wohnung angekommen, schmiss sie ihre Sachen einfach ab, putzte die Zähne, wusch sehr warm ihr Gesicht und stellte den Wecker auf 7 Uhr. Sie wollte frühzeitig zur Polizei, denn mittags hatte sie noch einen Friseurtermin bekommen. Die Gardinen zog sie noch zu und sah auf der Straße vor dem Haus ein schwarzes Auto, das gerade losfuhr. Was war das denn, ging ihr durch den Kopf, wieso erst nach 15 Minuten. Schluss jetzt, nicht mehr nachdenken, einfach nur schlafen.

Tatsächlich fuhr Wolf jetzt erst los, er musste seine Gedanken ordnen. 30 Jahre verlief sein Leben mit allen Höhen und Tiefen, die er gemeinsam mit Hellen immer bewältigt hatte, in normalen Bahnen. Beim Studium hatten sie sich kennen und später lieben gelernt. Sie respektierten sich, ließen sich gegenseitig Freiraum. Als Frank zur Welt kam, blieb sie drei Jahre zuhause, stieg dann wieder ins Berufsleben ein und startete ihre Karriere, mit Studium und allem Drum und Dran. Neun Jahre später kam dann Kati und sie packten es gemeinsam. In den Jahren wurde vieles selbstverständlich, verlor an Schwung und Reiz. Zu ihren Kindern hatten beide ein gutes Verhältnis und die Familie hielt zusammen tauchte mal ein Problem auf. Und plötzlich schwirrte dieses menschliche Wesen in sein Leben und brachte seine Ordnung durcheinander. Ihre Nähe rief Gefühle hervor, die er so gar nicht mehr kannte. Und das Schlimmste daran, er bekam sie nicht mehr aus dem Kopf.

7

Ein Albtraum riss Sarah aus dem Tiefschlaf. Nassgeschwitzt erinnerte sie sich; sie war auf der Flucht vor einer Horde Männer, da waren Schreie, Schüsse und Sirenengeheul. Sie sprang aus dem Bett, wer sich in Gefahr begibt, dachte sie grinsend und hatte es sogleich vergessen. Dafür drängte sich der gestrige Abend wieder auf, den würde sie so schnell nicht vergessen, das war ihr klar. Es machte ihr aber keine Angst. Sie würde sich ab jetzt sehr gut auf derartige Situationen vorbereiten, auch auf die Gefahr hin, dass es schief gehen könnte. Sie wollte ein anderes Leben und da gab es kein Zurück mehr.

Kurz nach zehn betrat sie das Polizeipräsidium. Nach der Taschenkontrolle nahm eine Beamtin sie in Empfang, kontrollierte die Ausweispapiere und sie folgte ihr in ein Büro. Dort verlas sie noch einmal ihre Aussage und sie musste unterschreiben. Frau Winter, sagte die Beamtin noch, es war nicht ungefährlich, was sie da getan haben. Das ist mir bewusst, aber wegschauen hilft auch nicht, antwortete Sarah. Die Beamtin lächelte, passen sie auf sich auf, gab sie ihr noch mit auf den Weg.

Gerade kam der Bus um die Ecke und Sarah war früher als gedacht in der Stadtmitte. Zum Schaufensterbummel hatte sie wie immer keine Lust, setzte sich vor die Eisdiele und trank ganz in Ruhe einen Cappuccino, rauchte eine Zigarette und beobachtete Leute. Trotzdem war sie zu früh im Friseurladen blätterte ein Heft mit Kurzhaarfrisuren durch und fand tatsächlich eine nach ihrer Vorstellung, Pagenkopf hinten kurz geschnitten. Franka, wäre das, was für mich, fragte sie ihre Friseuse. So kurz, fragte die lachend zurück, aber ja, für deine Haare passt das, da müssen aber einige

Zentimeter fallen. Egal, dann mach, zwitscherte Sarah und lehnte sich im Stuhl zurück. Nach einer knappen Stunde war sie fertig und voll begeistert von ihrem neuen Kopf. Franka zupfte da noch ein bisschen, schnitt dort noch mal nach, perfekt, es steht dir wirklich gut, sagte sie und legte die Schere weg.

Heute schlenderte Sarah mal durch die Einkaufsmeile. Immer wieder tauchten die gestrigen Bilder in ihrem Kopf auf und sie wollte sich ablenken. An jedem zweiten Schaufenster blieb sie stehen, drehte sich hin und her und war sehr zufrieden. Fred hatte ihre langen Haare geliebt. Aber das war ja Geschichte, und wenn schon Veränderungen, dann richtig. Am letzten Schaufenster sah sie plötzlich Frau Weller hinter sich vorbei gehen. Die blieb stehen, drehte sich um und kam zurück. Sarah, rief sie erfreut, sie sind es ja wirklich, hätte sie fast nicht erkannt

„Hallo Frau Weller, schön Sie zu sehen, wie bekommt Ihnen der Ruhestand, und ja, ich komme gerade vom Friseur, musste mal was neues her."

„Wie auf der Arbeit, oder?", erwiderte Frau Weller und zog eine schiefe Grimasse, und Sarah winkte nur ab. „Das müssen Sie mir mal bei einem Kaffee erzählen, jetzt habe ich leider keine Zeit, meine Enkelin wartet auf mich", erklärte ihre ehemalige Kollegin mit leichtem Bedauern. „Ich rufe Sie mal an, habe noch ihre Nummer." Ich würde mich freuen rief Sarah ihr hinterher und sie winkten sich noch einmal zu.

Der Tag konnte nur besser werden. Hurtig packte sie im Center den gerade gekauften kupferfarbenen Sportanzug ein, der passte hervorragend zu ihren Haaren, und eilte zur Rolltreppe. Sie hatte heute noch etwas Wichtiges vor. Drei Absätze vor ihr stand ein älterer Mann, aus der Gesäßtasche kuckte seine Brieftasche ein Stück heraus. Leichtsinn, dachte Sarah gerade, da drängelte sich jemand an ihr vorbei. Ein dünner Kerl mit Kapuzenjacke blieb direkt vor ihr stehen und kurz vor dem Erdgeschoss hob er den linken Arm. Ne, oder, der wollte tatsächlich… schnell drängte sich Sarah zwischen die beiden, der Lange verschwand in der Menge, der ältere Mann wäre fast gestolpert und schnauzte sie an. Unverschämt passen sie doch auf, geht trotzdem nicht schneller, zeterte er und kuckte sie wütend an.

Entschuldigung mein Herr, reagierte Sarah ruhig, ganz auf die Schnelle hätte Ihnen gerade jemand die Brieftasche entwendet, dort läuft er noch. Sie zeigte den Kapuzenmann hinterher, der gerade zum Ausgang lief. Er griff erschrocken an seine Hose, fühlte die Brieftasche und bedankte sich tausendmal, wollte sie gleich zum Kaffee einladen. Alles gut, lehnte sie dankend ab, ich muss los, aber dran denken, besser wegstecken.

Zuhause angekommen packte sie ihre Einkäufe weg und wäre am liebsten gleich wieder losgelaufen, aber es war nachmittags ausgemacht. Sarah bezwang ihre Neugier, bereitete sich Geschnetzeltes mit Reis und einen leckeren gemischten Salat zu und versuchte danach, warm eingepackt, auf der Terrasse etwas zu entspannen. Der Kurs zur Selbstverteidigung machte sich doch schon bemerkbar. Sie ließ die Ereignisse der letzten Tage an sich vorüber ziehen wie kleine Wölkchen am Himmel, ohne Emotionen, ohne Wertung.

Heute verzichtete sie auf ihr Räuberzivil, zog sich einen cremefarbenen Pullover mit Rollkragen und ihre dunkelblaue Lederjacke über. Ihr war danach wieder einmal Mary und Jo zu besuchen, vielleicht. Eigentlich wollte sie nach Muchad sehen, einen Krankenbesuch machen. Wird sich finden dachte sie und marschierte halb drei los. Inzwischen kannte sie die Schleichwege ganz gut, lief in die Gasse „yog bölge" ein paar Meter hinein und betrat durch die kleine Pforte unbemerkt die Werkstatt. Leise näherte sie sich, entdeckte ein paar Jungs, die um ein Moped herumschlichen und es bewunderten. Hände weg, das ist meins, rief sie laut, amüsierte sich über deren Gesichter und lachte.

„Hallo Sarah, du bist es doch, oder?" Mit langen Schritten kam Joseph auf sie zu und begrüßte sie mit Handschlag. Den Kopf schief geneigt musterte er sie eine ganze Weile, nickte paarmal und sein Grinsen wurde immer breiter. „Steht dir, alles, und das bestimmt auch", brummelte er und zeigte zu den Jungs. Sie kannte alle vom Quartier und sie rief ein fröhliches Hallo in die Runde. Wortlos machten sie Platz, steckten die Köpfe zusammen und beobachteten sie aus ein paar Meter Entfernung.

Einige Male umkreiste sie das blitzsaubere schwarze Moped. Sanft strich sie über die dunkelrote Schrift mit ihrem Namenszug auf dem Tank und Erinnerungen aus ihrer Jugendzeit überschwemmten sie so stark, dass sie mit Mühe die Tränen zurückzuhalten konnte. >Als 16-Jährige träumte sie Tag und Nacht von einem Motorrad, mindestens 150 qm, schwarz und schnell. Ihre Mutter war entsetzt und der Vater schmunzelte, unterstützte sie bei der Vorbereitung auf die Fahrprüfung und dann starb dieser Traum mit ihnen. < Jetzt ging er doch noch in Erfüllung, etwas dem Alter und der Vernunft angepasst, aber sie war glücklich.

„Ich bin begeistert, Joseph, einfach klasse", rief Sarah, stellte sich auf die Zehenspitzen und lehnte ihren Kopf kurz an seine Brust. „Und wenn du mir noch alles erklärst, dann düse ich los, aber ohne Zuschauer." Die Jungs feixten und der große Mann war ganz schön verlegen. Wann immer du willst, brummte er, wischte sich die Hände an einem Lappen ab und lächelte. Am liebsten morgen, antwortete Sarah spontan, in der Woche schaffe ich es nicht, bis um vier arbeiten, ab um sechs bin ich in „Alis Box Bude" bis acht Uhr und dann…

„Habe ich schon gehört", fiel er ihr ins Wort, „unglaublich, was man von dir so hört, Sarah", betonte er und schaute sie mit einem Blick an, der alles Mögliche ausdrückte. „Und ja, morgen gegen 10 Uhr passt, ohne Gaffer, dafür werde ich sorgen, nicht wahr Jungs." Das haben wir verstanden Chef, rief einer und alle kamen wieder näher. Du bist Sarah, oder? fragte der nächste und kniff die Augen etwas zu. Ich war nicht da, leider, sonst hätten wir…! Die Namen der vier Jungs kannte sie noch nicht, daran musste sie unbedingt arbeiten.

„Ihr wollt wissen, wie es Muchad geht, oder? Ich weiß es im Moment auch nicht, aber ich werde ihn heute noch besuchen und komme danach ins „ask", wäre das in Ordnung?" Sie nickten und liefen eilig davon. Joseph meinte, die sind gleich wieder ran. Zehn Minuten später fuhr ein schwarzes Auto auf den Hof und Wolf stieg aus. Ein kurzer Schauer ging ihr durch und durch, sie hoffte, dass Joseph es nicht bemerkt hatte und riss sich zusammen.

„Hallo ihr beiden", grüßte er, schien nicht überrascht zu sein, sie hier zu sehen. Dann wanderte sein Blick von Joseph zum Moped und blieb bei ihr hängen, zog dabei die Augenbrauen hoch. „Du willst zum Krankenhaus, Sarah, die Jungs haben es erzählt, stimmt das?"

„Das habe ich vor", antwortete sie ernst, „denn morgen bin ich mit Joseph und dem Schätzchen da verabredet, brauche unbedingt Auffrischung, wie man damit umgeht. Aber heute muss ich noch wissen, wie es um Muchad steht.

Ich habe den Jungs versprochen Bescheid zu sagen." Sarah ging um das Moped herum, streichelte es liebevoll und setzte sich drauf. Joseph merkte man die pure Freude an, und Wolf holte nur tief Luft, das amüsierte sie.

„Du erstaunst mich immer wieder, Sarah, und ja, ich habe es den Jungs auch versprochen. Da können wir gemeinsam fahren, ich kann dich mitnehmen, oder willst du…?" Er bewegte beide Fäuste in der Luft, als würde er Motorrad fahren und alle drei fingen an zu lachen. Joseph, wir reden die Tage, sagte Wolf noch, verabschiedete sich mit Handschlag von dem Hünen und ging zum Auto. Bei uns bleibt es dabei Joseph, fragte Sarah und strahlte ihn an. Aber ja, komm wenn du ausgeschlafen hast, Kleines, scherzte er und sie stieg ein.

Die Fahrt durch die Stadt verlief schweigsam. Spannung lag zwischen ihnen, es knisterte regelrecht. Sarah betrachtete sein Profil, entdeckte silberne Fäden in seinem schwarzen Haaren, die ihr noch nicht aufgefallen waren. Aber er schaute angestrengt nach vorn, hatte wieder diesen verbissenen Ausdruck im Gesicht.

„Ich habe das Gefühl es stimmt irgendetwas nicht", sagte sie leise, „hätte ich mich nicht einmischen sollen? Oder bereust du überhaupt, dass wir uns kennengelernt haben?"

„Nein, Sarah", rief er erschrocken, verriss das Lenkrad dabei etwas und hielt am Straßenrand an. „Wie kannst du so etwas nur denken, aber ich…ich meine…lass uns später darüber reden."

Eine Schwester begleitete sie zum Krankenzimmer. Ich schaue mal nach einem Arzt, meinte Wolf und lief der Schwester hinterher. Sarah nickte nur und konnte ihren Blick nicht von dem Jungen wenden. Mit geschlossenen Augen lag er sehr blass und so hilflos vor ihr. Eine schwarze

Strähne hing über dem Pflaster an der Stirn. Sie berührte sanft seine Hand und zog sich einen Stuhl ans Bett. Plötzlich öffnete Muchad die Augen und schaute etwas verwirrt.

„Ich bin Sarah", sprach sie ihn leise an, „erkennst du mich, ich habe dir geholfen." Sarah, ja, murmelte er kaum hörbar und schlief wieder ein. Ihr Augen wurden feucht und sie streichelte seine Hand. Dann legte sie ein paar Süßigkeiten auf den Nachtschrank und nickte dem älteren Bettnachbar zu.

Er steht noch unter Schmerzmittel, aber Schlaf hilft, erklärte der Arzt, der unbemerkt mit Wolf ins Zimmer gekommen war und hinter ihr stand. Und er hat Glück gehabt, redete er weiter, noch ein Schlag auf seinen Brustkorb, das wäre bös ausgegangen, so sind die zwei Rippen nur angebrochen. Jetzt braucht er einfach Ruhe, dann wird das wieder. Wie bleiben in Kontakt, Herr Brunner. Und sie junge Frau haben das Schlimmste verhindert, rief er beim Weggehen und lächelte sie an.

Als sie ins Quartier kamen, spürten sie die aufgeheizte Atmosphäre. Blitzartig war es mucks Mäuschen still und zig Augenpaare starrten sie an. Muchad geht es einigermaßen, sagte Wolf, seine Verletzungen muss er in Ruhe auskurieren, es wird eine Weile dauern, ehe er wieder unter euch sitzen kann. Und ihr alle denkt an meine Worte von heute Mittag, alles klar? Die meisten nickten verhalten und Wolf ging mit Andrey, den sie schon vom Quartier 1 kannte, nach hinten.

Sofort gingen die Diskussionen gedämpft weiter, Sarah schnappte sich einen Stuhl, hockte sich rücklings darauf und hörte still zu. Sie blickte in die Runde, jeden einzelnen sah sie ins Gesicht und konnte darin lesen, was in den Köpfen der Jungs vorging, in den meisten zumindest.

Tja, ihr meint also, da muss man was unternehmen, Rache üben, oder, mischte sie sich laut ein, alle sahen zu ihr. Na, was sonst, die kriegen eine Abreibung, reagierte einer sofort und heischte um Zustimmung. Na ja, das ist so eine Sache, erklärte Sarah deutlich hörbar für alle. Es war eine riesige Schweinerei was mit Muchad passiert ist, ein absolutes No-Go, zwei Kerle prügeln auf einen ein, das ist feige und dumm. Jetzt folgende Situation. Drei von euch begegnen diesen Idioten und mischen sie auf, rächen sich. Sind die dann besser als die anderen, oder genauso dumm und feig? Unruhe kam auf, Getuschel, alle schauten sie komisch an. Einige waren betroffen, doch bei manchen spürte sie Missmut und Abwehr. Sarah ließ sich nicht beirren.

„Aber die haben doch angefangen, sollen wir uns das gefallen lassen!" Achmed, einer der älteren starrte sie drohend an und schaute in die Runde.

„Kein aber", reagierte Sarah genauso laut und hob die Hand, fuhr dann etwas leiser fort. „Hört einfach mal zu und denkt mit. Konflikte wird es immer geben, schaut euch um in der Welt, Gewalt ist doch keine Lösung und ruft immer neue Gewalt hervor. Auseinandersetzungen gewaltfrei begegnen, oder ihnen gleich aus dem Weg zu gehen, das macht Sinn, vielleicht erst mal reden, überzeugen, ihr seid jetzt wütend, aber nicht dumm, oder? Ich komme gern ins Quartier, das nächste Mal aber wirklich auf eine Runde Billard." Sarah grinste sie an. „Doch eins könnt ihr mir glauben, sollte ich euch bei irgendeiner Schweinerei erwischen, sehe ich nicht weg, denkt gemeinsam darüber nach."

Auf dem Weg zur Raucherecke bekam sie deutlich mit, dass sich die Jugendlichen hinter ihrem Rücken leise Wortgefechte lieferten. Sie stieß fast mit Wolf und Andrey zusammen, die wohl schon eine Weile zugehört hatten.

„Ich muss los, Sarah, kann ich dich mitnehmen oder bleibst du noch?" Wolf stand neben ihr, sein Blick war undurchdringlich, aber das kannte sie ja schon. Kurz entschlossen nickte sie, rief allen noch Tschüss zu und wartete am Auto. Du kannst mich bei „Yemek" absetzten, sagte sie leise und wich seinem Blick aus. Beim Aussteigen hielt er sie zurück und drehte lächelnd ihr Gesicht zu sich.

„Du hast die Jungs beeindruckt, uns übrigens auch. Aber erwarte nicht zu viel und taste dich langsam heran. Nicht alle meinen es gut mit ihnen und sie sind misstrauisch gegenüber Erwachsenen. Ehe sie jemanden vertrauen, das braucht seine Zeit, glaube mir, ich weiß es."

Sarah stieg wortlos aus, hatte keine Lust zu antworten. Wolf erzählte ihr da nichts neues. Vor der Tür rauchte sie noch eine und ihre eigenen Gedanken zogen an ihr vorbei.

>Er hatte ja recht. Sie hatte schon die Erfahrung gemacht, das Misstrauen gespürt. Ab und zu hatte sie den einen oder anderen in der Stadt getroffen. Doch sobald sie nach der Familie gefragt hatte, ob sie Geschwister hätten oder wo sie wohnen würden, machten sie dicht, hatten sich weggedreht oder waren abgehauen. Einmal waren ihr sogar ältere Brüder auf den Leib gerückt. Sie hatte den kürzeren Weg durch das Wäldchen zu „Alis Box Bude" genommen, vorbei an einem Spielplatz, auf dem sich nur Ältere herumdrückten. Dazwischen hatte sie den kleinen Hassan entdeckt. Sie wollte nur wissen, warum er nicht mehr ins „ask" käme. Wortlos war er weggegangen und dafür wurde sie von 4 oder 5 fast erwachsene Burschen umringt, die sie feindlich musterten und ihr zu verstehen gaben, dass sie den kleinen Bruder in Ruhe lassen solle. Peter hatte sie dann sehr ausführlich über einige Familienverhältnisse aufgeklärt, soweit Informationen vorlagen, und sie bemühte sich,

vorsichtig damit umzugehen. Auf keinem Fall sollten sie sich bedrängt fühlen. Und sie gab sich große Mühe, so nach und nach ihre Namen zu behalten. Aber eins hatte sie schon gemerkt, ihr super Verhältnis zu Joseph, der sehr gut mit den Jungs zurechtkam, kam ihr zugute. Einige wurden aufgeschlossener ihr gegenüber. Sie fragten schon mal um Rat oder vertrauten ihr kleine Probleme an. <

Der Dönerladen war gut besucht und Eskil strahlte Sarah wie immer an, heute ganz besonders, fand sie und gab ihre Bestellung auf zum Mitnehmen. Beim Eintreten schon war ihr aufgefallen, dass einige Gäste sie musterten und tuschelten. Was ist los, Eskil, hab ich Kacke auf der Jacke, scherzte sie und drehte sich einmal um die eigene Achse. Eskil hob die Schultern und lachte. Stadt ist ein Dorf und alle wissen alles, grummelte er, trug ein Tablett mit Raki zum ersten Tisch, besetzt von vier Männern, und stellte ihr ein Glas vor die Nase. „Serefe" Sarah, rief einer rüber und sie prosteten ihr zu. „Prost" antwortete Sarah lächelnd, kippte den Schnaps hinter, bezahlte ihre Rechnung und düste ab.

So sehr sie sich auch bemühte, die Freitagnacht, der Überfall auf Muchad, der Besuch im Krankenhaus heute und die Gespräche mit den Jugendlichen quirlten in ihrem Kopf herum, ließen keine Entspannung zu. Sie musste sich ablenken. Der Abend war noch jung und sie brauchte Tapetenwechsel. Da beschloss sie, den Besuch bei Mary heute nachzuholen.

8

In „Marys Bar" hielt sich der Betrieb noch in Grenzen. Sie waren zu dritt und Mary setzte sich zu ihr an den kleinen Tisch nahe den Toiletten. Die Wirtin strahlte sie an und lobte wortreich die neue Frisur. Lass gut sein, meine Liebe, stoppte Sarah sie lachend, Jo hat mich schon mit Komplimenten überschüttet, erzähle mir lieber, was ich noch nicht weiß, wie es euch geht zum Beispiel. Wie soll es schon gehen, arbeiten, arbeiten, Jo humpelt noch, da muss er durch, alles wie immer, jetzt erzähle endlich von dir, blockte Mary grinsend ab und dann hagelte es Fragen über Fragen; ob Fred schon Vater sei, die Arbeit ihr noch Spaß machte, da man ihr eine vor die Nase gesetzt hatte, weil die Weller ja weg war, ob sie von Maren etwas Neues gehört hatte und überhaupt, ob es stimmte, was so über sie geredet wurde, überfiel Mary sie, ohne Luft zu holen.

Entspannt zurückgelehnt schlürfte Sarah ihr Lieblingsgetränk, amüsierte sich köstlich und beantwortete so nach und nach die Fragen. Auf den letzten Teil der Tirade ging sie nicht ein und zum Glück musste Mary hinter den Tresen. Nach zehn Minuten saß sie wieder vor ihr und wartete. Was ist nun, bohrte sie, ständig wird hier von einer Sarah erzählt die durch die Stadt stromert und Leuten auf die Finger klopft, bist du das oder nicht? Ihr Gesicht verzog sich, als hätte sie in eine Zitrone gebissen und Sarah konnte sich das Lachen nicht mehr verkneifen. Dann holte sie tief Luft und flüsterte ihr zu, das erzähle ich dir mal in aller Ruhe, an der Theke sperren sie schon die Lauscher auf. Dann sag mir wenigstens ob du Wolf ab und zu begegnest, flüsterte sie zurück, er hat sich neulich lange mit Jo unterhalten und da ist dein Name gefallen. Sarah hob ruckartig den Kopf, schaute zu Jo rüber, dann wieder zu Mary und machte dicht. Ich meine ja nur, quäkte Mary etwas verlegen und eilte hinter die Theke.

Langsam füllte sich der Raum. Sie grüßte hier und da, war froh, dass sich keiner zu ihr setzte. Jo stellte ihr ein frisches Getränk hin und sie drehte ihm große Augen zu. Aber er zuckte die Schultern, tat so, als wüsste er nicht, was sie damit meinte. Auch gut, mit ihm hätte sie sich sowieso darüber nicht unterhalten. Doch der Gedanke an Wolf löste Emotionen aus, die sie jetzt auch gar nicht unterdrücken wollte. Es kribbelte unter ihrer Haut und Sarah ließ den ganzen Tag noch einmal an sich vorüberziehen. Was war das nur mit ihm, brachte sie ihn tatsächlich in Bedrängnis? Und wenn schon, seine Sache. Sie stand allein mit verwirrten Gefühlen, wusste noch nicht, wie sie in Zukunft damit umgehen konnte. Denn eins stand für die fest, den Kontakt zu den jungen Leuten würde sie nicht mehr abbrechen, einfach weil es wichtig war.

Ein Schwung junger Leute kam rein. Sarah stellte ein Schild „besetzt" auf ihren Tisch und ging zur Toilette, rauchte noch eine im Hinterhof. Als sie zurückkam, saß ein Gast an ihrem Tisch. Es überraschte sie nicht wirklich. Sie stützte ihr Kinn auf die verschränkten Hände und schaute ihn still an.

„Sarah, bitte, schau mich nicht so an."

Wie schaue ich denn Wolf, entgegnete sie freundlich und er massierte mit geschlossenen Augen seine Schläfen. Du willst also wirklich Moped fahren, wechselte er das Thema und kniff die Augen etwas zu. Warum nicht, mein Freund Joseph hat mir ein hübsches Schätzchen fertig gemacht. Und er selbst ist ein Schatz, erklärte Sarah sehr überzeugend und lächelte. Das stimmt, ging Wolf darauf ein, er ist ein guter Mann, ein Freund, auf den man sich verlassen kann und für die Jungs ist er immer da, wenn sie sich dementsprechend benehmen, schwärmte er jetzt regelrecht und das erste Mal entspannte sich sein Gesicht. Das habe ich schon festgestellt, pflichtete Sarah ihm bei und er sagte schmunzelnd darauf, ich weiß. Sie hatte es geahnt, Wolf blieb nichts verborgen, und das erfreute sie nicht unbedingt.

„Nun komm schon Sarah, auf der Liste, die ich dir gegeben habe, stehen wichtige Kontaktpersonen, die mit meiner Arbeit zu tun haben. Du kennst sie doch schon fast alle und erzähle mir nicht, das wäre neu für dich." Er drückte leicht ihre Hände, beugte sich etwas vor und schaute sie an, dass ihr ein Schauer über den Rücken rieselte. Schnell lehnte sie sich zurück, nahm einen Schluck und atmete tief durch.

„Okay, du hast ja recht Wolf und dafür bin ich dankbar. Und ja, ich werde Moped fahren, so lang ist das noch nicht her, vielleicht 10 Jahre. Fred und ich sind in Spanien, jeder auf einer Maschine, auf Mallorca rumgedüst, auch Serpentinen lang. Das habe ich aber nur einmal mitgemacht, mir war Flachland doch lieber. Und einmal", ein Lachanfall schüttelt sie kurz, sie schnappt nach Luft und sprach weiter, „einmal lief uns eine Bergziege über den Weg, Fred musste voll bremsen, das Moped bäumte sich auf und er lag mit dem Hintern im Dreck." Sie plauderte sich mit weiteren Episoden richtig in Rage. Wolf hörte schmunzelnd zu, verlor sich gnadenlos in ihren leuchtenden dunkelbraunen Augen und ihre Blicke trafen sich.

„Was rede ich da nur", flüsterte sie entsetzt und erstarrte zur Steinsäule. Ist doch schön sich zu erinnern, hörte sie Wolf sagen. Sie schüttelte heftig mit dem Kopf und erwiderte leise, aber sehr hart. „Vor vier Jahren hat Fred an unserem 20. Hochzeitstag die schönen Erinnerungen in einem Wörl Pool ertränkt, gemeinsam mit seiner Geliebten. Und ich vernichte gerade die Schatten davon." Sie trank ihr Glas in einem Zug leer und ging mit erhobenem Haupt zur Toilette. Um ein Haar wäre Wolf ihr gefolgt, aber Mary fing ihn am Tresen ab. Lass sie, sagte sie herzlich, sie ist darüber hinweg und fügte noch an, also Wolf, überlege genau was du tust.

Sarah kam fröhlich zurück und strahlte ihn an. Wo waren wir stehengeblieben, ach ja, bei meinem Moped. Morgen gegen 10 besuche ich Joseph und nehme eine Fahrstunde. Du bist skeptisch, Wolf, fragst dich bestimmt, was das soll, oder? Spitzbübisch schaute sie ihn an und brachte ihn zum Lachen. Ich denke mal, du willst Zeit gewinnen, vermutete Wolf laut. Richtig gedacht, Quartier 1 zum Beispiel liegt ungefähr 10 Kilometer von meiner Wohnung entfernt. Und wie komme ich da schnell hin, wenn ich mal gebraucht werde? Sie erörterte das ganz ernsthaft. Diese Logik entwaffnete Wolf endgültig und er verschwand. Zeit nach Hause zu gehen, es war kurz vor Mitternacht. Wo wird er heute Abend wohl gewesen sein, ging ihr durch den Kopf und unerwünschte Gefühle machten sie traurig. Wolf merkte die Veränderung sofort, ließ es sich nicht anmerken und fragte leise, ob sie nach Hause möchte, wenn sie ausgetrunken hätte. Nach einem tiefen Seufzer nickte sie, und beide hingen ein paar Minuten ihren Gedanken nach. Sarah trank das Glas leer, ging zur Theke und zahlte Wolfs Cola mit. Mary nahm sie fest in die Arme und schaute den beiden besorgt hinterher.

Draußen an der frischen Luft wirkte der Alkohol und Wolf nahm schnell ihren Arm. Er begleitete sie bis zur Wohnungstür. Sarah lehnte sich dagegen, zog Wolf zu sich ran und legte kurz ihre Lippen auf seinen Mund. Er packte sie sanft an den Oberarmen und trat einen Schritt zurück.

„Sarah", stöhnte er gequält, „du machst mich...du stürzt mich in ..."

„Ins Verderben, ins Chaos, in Teufels Küche, Wolf", fiel sie ihm ins Wort. „Da bin ich schon längst gelandet, Wolf.

Es ist doch nur ein Kuss." Ihre Lippen fanden sich, zärtlich, weich und sanft, dann fordernd und voller Begierde, eine gefühlte Ewigkeit versanken beide eng umschlungen im Reich der Gefühle, Gefühle, die verloren gegangen waren, irgendwann. Am ganzen Körper zitternd befreite sich Sarah aus der Umarmung, strich ihm lächelnd über das Gesicht und verschwand hinter ihrer Tür. Sie hörte noch einen Motor aufheulen und dann war nur noch Stille um sie herum.

Schon von weitem entdeckte Sarah am nächsten Morgen das Fahrzeug und Joseph, der daran herum putzte. Ein Lächeln schickte ihr der rotblonde Riese entgegen. Kein Öl verschmierter Overall, eine nagelneue Latzhose und ein großkariertes Hemd bemerkte Sarah sofort und grinste, klar heute war Sonntag. So, hub Joseph an, er redete nie darum herum, ehe du eine Menge Fragen hast, mache ich dir einen Vorschlag, kannst zustimmen oder nicht. Ich habe das Fahrzeug ordnungsgemäß als Halter zugelassen und eine Ecke dafür in der Werkstatt frei gemacht. Hier steht Sarah, sprach er weiter und strich sanft über den Namenszug am Tank. Du bekommst einen Schlüssel für die Werkstatttür und kannst es dir jederzeit holen, jederzeit Tag und Nacht. Was sagst du dazu, endete er und schaute auf sie herab.

Sarah hatte sich schon bei den ersten Worten auf den Sitz geschwungen, spielte mit Gas,- Kupplung,- und Bremse herum und fühlte sich unglaublich gut.

„Ach, halt"! Wie ein Wiesel sauste er nach hinten und kam mit einem Helm zurück. „Den will ich bei dir immer sehen, verstanden!"

„Joseph, ich weiß grad nicht, was ich sagen soll außer danke, du bist einfach unglaublich", reagierte Sarah darauf und ihre Augen wurden feucht. Sie richtete sich in voller Größe auf, zog Josephs Kopf zu sich ran und drückte ihn so fest sie konnte. Er befreite sich lachend und brummte sie an, na los, worauf wartest du dann noch. Joseph, weise mich noch einmal kurz ein, bat sie und probierte den Helm auf. In seiner ruhigen bedächtigen Art wiederholte er die wichtigsten Vorgänge beim Starten, Kuppeln, Gänge einlegen und Anhalten. Sie drehte den Zündschlüssel herum, ließ es kurz aufheulen, rollte langsam zur Werkstatt raus, da stand plötzlich Wolf vor ihr. Sarah hielt an und schob das Visier hoch.

„Sarah, wir müssen kurz reden", sagte er und legte die Hand auf den Lenker.

„Den Satz habe ich schon oft gehört, Wolf, aber jetzt habe ich keine Zeit zum Reden, jetzt mache ich Probefahrt", erwiderte sie kurz, gab etwas Gas und rollte zur Straße. Wolf schaute ihr ratlos hinterher und drehte sich zu Joseph um.

„Alter, diese Frau bringt mich um den Verstand, ich weiß nicht…ich habe keine Ahnung, was ich machen soll, ich glaube, sie hat sich in mich verliebt und ich…" Er legte die Hände vors Gesicht, schüttelte den Kopf und schaute seinen Freund hilfesuchend an.

„Ich weiß, Wolf, schon lange, was fragst du mich um Rat, du bist doch der Psychiater, oder?", reagierte Joseph knurrig und legte schwer seine Pranke auf Wolfs Schulter. „Und ich habe längst gemerkt, was mit dir los ist. Aber, mein Freund", fuhr er fort und sah Wolf mit ernstem, fast drohendem Blick in die Augen, „ich weiß nicht, was ich mit dir machen werde, wenn du der Kleinen weh tust." Mit dieser Ansage hatte Wolf nicht gerechnet und war überfordert damit. Grußlos stieg er ins Auto und fuhr vom Hof.

Sarah fühlte sich fantastisch, frei wie ein Vogel. Am liebsten hätte sie die Hände zum Himmel gestreckt. Aber die gehörten natürlich auf den Lenker. Mit 40 km/h fuhr sie durch die Stadt, nahm alle möglichen Nebenstraßen mit, an ihrem Haus vorbei und stoppte vor „Yemek". Eskil wischte gerade seine Schilder vor dem Laden ab und sie blieb neben ihm stehen. Er hob seinen Kopf, kam näher und grinste über das ganze Gesicht, als Sarah den Helm abnahm. Sie unterhielten sich kurz, er legte seine Hände aneinander und sie düste weiter. Auf dem Rückweg zur Werkstatt flitzte ein Junge vor ihr über die Straße, Richtung Baustelle. Sie schnitt ihm den Weg ab, blieb stehen und schob das Visier hoch.

„He, dich kenne ich doch, du bist Sem, oder? Was ist, hast du ein Problem?" Er erkannte sie auch, kam näher, schaute gehetzt nach hinten und druckste herum. Raus damit drängte Sarah ihm. Er erzählte von zwei Kerlen, vor denen er sich verstecken musste, beichtete dann noch von Geld, was die von ihm zu kriegen hätten und dass er es nicht hatte. In dem Moment kamen zwei Jugendliche aus einer Nebenstraße und Sem wollte verschwinden. „Du bleibst hier stehen, ich fahre einen Bogen und komme zurück, verstanden"! befahl ihm Sarah. Er nickte zaghaft und lehnte sich gegen einen Bauzaun.

Sie fuhr langsam ins Baugebiet, drehte um und stoppte am Straßenrand. Die Verfolger standen dicht vor Sem, fuchtelten herum und redeten auf ihn ein. Unbemerkt näherte sie sich bis auf einen Meter dem Trio, stieg ab und fragte laut, was hier los sei. Die zwei drehten sich um und der größere blaffte sie an, sie solle weiterziehen, sie hätten etwas zu regeln und das ginge sie gar nichts an.

Sarah nahm den Helm ab, ging ein Schritt auf sie zu und ließ sie nicht aus den Augen. „Mich geht alles etwas an, verstanden, und jetzt noch einmal, was ist hier los!" Mit offenem Mund starrten sie zurück, steckten die Köpfe zusammen und rückten ein Stück von Sem weg. Der schuldet uns Geld, rief der eine aufgebracht, und das wollte er heute abdrücken. Aha, ist das so, Sem, wollte Sarah wissen und stellte sich daneben. Na klar ist das so, 55 Pfeifen, keifte der andere. 50 Euro sind es, knurrte Sem zurück und seine Augen blitzten dabei. Mit Zinsen, du Nuss, ereiferte sich der erste wieder und zeigte die Faust.

„Wow!", mischte sich Sarah jetzt wieder ein. „10 Prozent Zinsen, was für ein Wucher, schlimmer als die Bank, meinst du nicht auch." Jetzt kuckten die beiden ganz bedeppert und Sarah schmunzelte. „Wir machen jetzt einen Deal, klar? Sem schuldet euch Geld, hat es aber heute nicht. Ihr kennt Josephs Werkstatt?", fragte sie und wartete auf Antwort. Sie nickten nur, da fuhr sie fort. „Nächsten Samstag, 12 Uhr bekommt ihr euer Geld, 50 Euro, vor der Werkstatt, und bis dahin lasst ihr Sem in Ruhe, ist das klar! Und sollte ich was Gegenteiliges hören…" Die zwei grinsten schief, zeigten Stinkefinger und trotteten los, Richtung Stadt. Den haste es gegeben, plapperte Sem los und feixte.

„Und darüber freust du dich, du schuldest jemanden Geld, und die wollen es zurück, richtig?", nahm Sarah Sem ins Gebet. „Da haben sie recht, verstehst du, und hast du es einstecken? Hast du nicht, und wo bekommst du es her bis nächste Woche?" Kleinlaut schaute er sie an und hob die Schultern. „Du läufst jetzt zu Josephs Werkstatt, wartest dort auf mich", lenkte Sarah in versöhnlichen Ton ein. „Bist du nicht da, dann ist alles weitere deine Sache. Ansonst überlegen wir gemeinsam, wie du das Geld zusammenbekommst." Noch etwas misstrauisch schielte er sie an, und lief los. Sarah rauchte eine und fuhr langsam hinterher. Wenige Minuten später fuhr sie auf den Hof, sah Sem in der Werkstatt neben Joseph stehen und entspannte sich.

Joseph kam ihr entgegen und lächelte vor sich hin. Also hatte Sem schon alles gebeichtet. ‚Wir verstehen uns tatsächlich ohne Worte', schoss Sarah durch den Kopf, ein gutes Gefühl. Sie berieten zu dritt in der Werkstatt und Joseph hatte schon eine Idee. Ich werde einen Bekannten fragen, sagte er, der hat den Kiosk am Bahnhof und braucht ab und an mal Hilfe, im Lager oder auch ringsherum zum Aufräumen. Morgen gehen Sem und ich dahin und besprechen alles. Das klingt gut, stimmte Sarah dem bei und schaute den Jungen an. Ist es für dich okay, Sem, du musst es auch nicht herumposaunen, gab sie ihm mit auf den Weg. Er nickte wie doll mit dem Kopf, sagte Tschüss bis morgen Joseph, und sauste davon.

Ein paar Minuten hockten sie sich stumm gegenüber. Es scheint deine Berufung zu sein, Sarah, die Jungs akzeptieren dich, versuchte Joseph ein Gespräch zu beginnen. Sie lächelte schwach, hatte aber keine Lust jetzt darüber zu reden, fühlte sich erschöpft. Außerdem gingen ihr andere Gedanken durch den Kopf. War es richtig, Wolf so abzuservieren, so vor den Kopf zu stoßen wie heute Morgen. Was ist, wenn er ihr jetzt aus dem Weg geht, ihr nicht mehr begegnen will, flüsterte eine Stimme in ihr. Wäre vielleicht besser, du kannst damit abschließen, raunte ihre zweite innere Stimme und ihr Herz krampfte sich zusammen.

„Sarah, du hast alles richtig gemacht, dabei kann ich dir leider nicht helfen, genauso wenig wie ich Wolf helfen kann, das habe ich ihm deutlich klargemacht", sprach Joseph leise auf sie ein, er ahnte ihre Gedanken. „Ich weiß, dass bei dir in dieser Angelegenheit erst das Herz spricht und dann der Verstand, aber wenn du reden willst, immer." Sarah schaute ihm ins Gesicht und ließ den Tränen freien Lauf. Er strich ihr über die Haare, fasste ihre Hände und zog sie hoch. An seine breite Brust gelehnt heulte sie ein wenig, schniefte sich aus und straffte ihren Körper. Ach Joseph, wenn ich dich nicht hätte, grummelte sie, dabei ist ja er der ...Psychiater, beendeten sie den Satz gemeinsam und kriegten sich vor Lachen nicht mehr ein.

Warst du zufrieden mit deiner Probefahrt, wollte Joseph wissen. Aber ja, es war wunderbar befreiend, werde ich wohl öfter machen, schwärmte Sarah und kam gleich auf die nächste Idee. Auf die Schnelle könnte ich gleich mal Muchad besuchen, in der Woche fehlt mir die Zeit dafür. Dann bring ich das Moped zurück und wir machen es so, wie du vorgeschlagen hast, oder Joseph? Er grinste breit und erwiderte, so machen wir es. Lächelnd befestigte er den Werkstattschlüssel an ihrem Bund und gab ihr die Zulassung für das Moped.

Etwas blass schaute Muchad noch aus den Kissen. Sie sagte hallo und seine Augen leuchteten kurz. Am Bett standen zwei fremde Jungs, und die klärte er gleich auf. Das ist Sarah mein Schutzengel, sagte er und sie grinsten alle. Geht es dir besser, fragte sie und dass sie von Joseph und den Jungs grüßen solle. Geht so, erwiderte er und sie solle alle zurück grüßen. Das sind meine Freunde aus der Wohngruppe, sagte er noch und ob sie mal wiederkäme. Aber sicher und du erhol dich gut, sie strich ihm die Haarsträhne aus dem Gesicht und verabschiedete sich.

Eigentlich wollte sie ihre Runde noch etwas ausweiten, kurz mal ins Quartier 1 reinschauen und Straßen erkunden. Aber anderseits hatte sie auch genug für heute, nahm den kürzesten Weg zur Werkstatt. Das große Tor war geschlossen. So leise es eben ging öffnete sie die Seitentür. Die Notbeleuchtung gab so viel her, dass sie nirgends anstieß und sie bockte das Moped auf, da wo es Joseph vorgesehen hatte. Ob er wohl in seiner Wohnung war, dachte sie und schmunzelte. Dieser Bär hatte es ihr angetan. Und wenn sie darüber nachdachte, kam sie zu der Überlegung, dass sie in ihm einen Vaterersatz sah. Die Mutter konnte niemand ersetzen. Sorgfältig verschloss Sarah die Tür von außen und freute sich auf einen gemütlichen Abend zuhause. Den hatte sie sich verdient. Vor „Yemek" zauderte sie etwas, aber nein, der Kühlschrank war noch gut gefüllt, und wer sollte das dann essen.

Hartnäckig wühlten immer die gleichen Gedanken in ihrem Kopf. Stand es ihr zu, so mit Wolf umzugehen, hatte er nicht mehr Respekt verdient? Konnte sie ihm einfach so stehen lassen? Auf der anderen Seite fragte sie sich, warum ließ er sich das gefallen, kam immer wieder auf sie zu. Dafür gab es nur eine Erklärung, sie war ihm nicht egal, und kollegial war wohl was anderes, wenn sie an seine Blicke dachte, die sie immer öfter auffing. Aber um was ging es ihm wirklich. Wollte er nur ein Abenteuer, brauchte er Sex, der vielleicht in den Jahren zuhause etwas eingeschlafen war. Das zwischen ihnen etwas war, verhehlte er nicht, wenn sie allein waren. Doch wie weit würde er gehen, in seiner Position, oder um die Familie nicht zu gefährden. Sie hatte nichts zu verlieren, Wolf schon.

9

Die neue Woche fing schon gut an. Im Büro war dicke Luft, der Seniorchef lief mit grimmigem Gesicht durch die Gegend und der Junior musste es ausbaden. Der gab es an die Kolleginnen weiter, obwohl die Abteilungsleiterin den Mist verbockt hatte. Ein wichtiger Klient war abgesprungen, es wurden vom Steuerbüro die falschen Daten an den Fiskus eingereicht und sie hatte die abgesegnet. Aber gegen seine Liebste hatte der Junior Chef keine Chance und man munkelte, er suche sich schon wieder Trost. Na ja, alles nicht ihr Problem, jeder sollte sich an die eigene Nase fassen. Sarah nahm ab und zu Arbeit mit nach Hause und hockte dann bis Mitternacht über Zahlen. Länger im Büro zu bleiben, lehnte sie im Moment kategorisch ab, dafür war ihr die zweite Kurswoche viel zu wichtig. Da ging es um die praktische Umsetzung in der Selbstverteidigung, um Abwehrhaltungen, körperliche Fitness, Kraftübungen und Flexibilität. Und danach war sie sicher geschafft.

Ihre Hoffnung, sie könne etwas Abstand zu Wolf gewinnen, konnte sie aber begraben. Jeden Abend schaute sie Frank ins Gesicht, der den praktischen Teil selbst leitete, und wem sah sie vor ihrem geistigen Auge, Wolf. Für die Jungs im Quartier hatte sie keine Zeit. Lächelnd berichtete Joseph bei einer kleinen Stippvisite, dass die ständig nach ihr fragen würden, dass es Muchad besser gehe und die Jungs ihn auch besuchten. Über Wolf verlor er kein Wort. Doch am meisten freute Sarah sich über Marens Anruf. ‚Ich bin in der Stadt, my Dear, am Samstag steigt meine Abschiedsparty bei Mary, aber nur wenn du auch kommst‘, zwitscherte sie in den Hörer und lachte. Natürlich würde sie dort auflaufen und sie freute sich darauf ihre Freundin nach vielen Wochen endlich wiederzusehen.

Am Freitag kurz vor Kursende tauchte plötzlich Wolf auf. Er unterhielt sich mit Frank und sie schauten ihr entgegen, als sie auf den Weg zur Dusche war. Da schau, sagte Sarah locker, will sich der Doktor nach meinem Befinden oder dem erfolgreichen Abschluss in Selbstverteidigung erkundigen. Beides Sarah, erwiderte Frank und lachte, das letztere kann ich bestätigen, du warst eine hervorragende Schülerin und ich möchte dich nicht zum Feind haben. Ich muss zum Tresen, die Teilnahmebestätigungen ausgeben, setzte er noch zu. Jetzt bist du dran, Vater, bis gleich mal.

„Hallo Sarah, von dir hört man nur Gutes", begann Wolf. „Weißt du eigentlich, dass das ganze Viertel über dich spricht? Und dass sich mancher Störenfried dreimal umschaut, eher er Mist baut. Komm setzen wir uns", fordert er sie lächelnd auf und zeigt in die Ecke. Wortlos folgt sie ihm und registrierte die Veränderung in seinem Gesicht. Sein Blick wurde ernst und undurchdringlich. ‚Oh je', dachte sie nur und da sie immer noch nicht geantwortet hatte, redete er weiter. „Nun sag doch mal was. Eigentlich wollte ich dich nur fragen, was du morgen Abend vorhast."

„Ist das so, und ja, ich bekomme es mit, dass ich Aufsehen errege. Aber um mir das zu sagen, bist du doch nicht hier, oder, also was soll das, wieso fragst du mich nach morgen Abend. Bisher hast du mich doch immer gefunden, schon vergessen", erwiderte sie leicht ironisch. Die Hitze stieg in ihr hoch und sie atmete tief durch. „Und auf deine Frage zurückzukommen, morgen bin ich bei Mary. Meine beste Freundin Maren, die süße, durchgeknallte Künstlerin lädt zu einer Abschiedsparty ein, und wandert danach mit ihrem Liebsten nach Mallorca aus, reicht das als Antwort?" Ich habe es befürchtet, sagte Wolf leise, schaute zu Frank rüber und gab ihm ein Zeichen. Aber der schüttelte den

Kopf, zeigte auf seine Uhr und den Kursraum. Jetzt war Sarah ganz verwirrt, ließ sich aber nichts anmerken.

„Gut, ich hatte es versprochen, die Karten auf den Tisch, kein Schockerlebnis mehr." Genau ihre Worte, fiel Sarah auf und sie musste lachen, doch Wolf blieb ernst und fuhr fort.

„Wir sind auch eingeladen, Sarah, und mit wir meine ich die ganze Familie, meine Frau, Kati, Frank und ich. Wir kennen Maren schon ewig und Frank war ein paar Jahre mit ihr zusammen, bis sie auf Mallorca Jose kennengelernt hatte. Sie haben sich im Guten getrennt und sind Freunde geblieben, wir müssen dahin. Und ich musste es dir sagen."

„Gut, jetzt hast du es gesagt, Wolf", antwortete Sarah gefasst, als hätte sie es geahnt. „Aber das ist doch schön, ich freue mich sehr auf die Party und bin traurig, dass Maren danach nicht mehr da sein wird. Vielleicht erzähle ich dir mal, wie ich sie kennengelernt habe, aber vielleicht weißt du es auch schon. Und Wolf, mach dir keine Sorgen, es war nur ein Kuss, und jetzt gehe ich unter die Dusche, heiß und kalt", endete Sarah und stand auf. „Was ich noch wissen muss, weiß dein Sohn von unserer ...na ja, du weiß schon?" Wolf nickte und Sarah war doch etwas überrascht.

So heiß wie sie es vertragen konnte ließ sie den Wasserstrahl lange über den Rücken prasseln und dann kalt, reine Schocktherapie. Fertig angekleidet lugte sie um die Ecke, sah niemand und schlüpfte nach draußen. Ihren Zettel hatte sie vergessen, nicht schlimm. Sie würde eh wiederkommen, hatte mit Frank schon darüber gesprochen, dass sie gern Mitglied werden möchte.

Sarah ertappte sich bei ihren Sünden, sie rauchte schon die dritte Zigarette hintereinander, und die Rotweinflasche war schon halb leer, das ging ja gar nicht. Sie starrte von der Terrasse über die Wiese bis zum Wäldchen, obwohl das

fahle Mondlicht nur ein paar Schatten in der Finster zurück-
ließ. Seit wann wusste wohl Frank von dieser verzwickten
Geschichte, sinnierte sie immer wieder und es machte sie
ein bisschen fertig und die Gedanken wollten einfach nicht
zur Ruhe kommen. Wofür hatte sie eigentlich so hart an ihrer Selbstbeherrschung trainiert in den zwei Wochen. Eine
plötzliche Heiterkeit überfiel sie und sie kriegte sich nicht
wieder ein. Da sprühte sie sich ausnahmsweise mal eine
größere Dosis Melatonin und schlief sofort ein.

Ein herrlicher Maitag begrüßte Sarah. Nach ihrer Mor-
gengymnastik und einer Wechseldusche fühlte sie sich richtig gut und top fit, zumindest körperlich. Sie spürte Muskeln, die vorher gar nicht da waren und ihre Gelenke funk-
tionierten viel geschmeidiger. Mit Frank hatte sie schon be-
sprochen, dass sie gerne weiter im Fitness Bereich trainieren würde. Und da war es wieder. Sie dachte an Frank und
gleichzeitig geisterte der Rest der Familie Brunner durch
ihren Kopf und belastete ihre Seele. ‚Nein, nicht jetzt und
nicht heute früh' rief sie sich zur Ordnung, versuchte es mit
Meditation und ließ alle Gedanken wie kleine weiße Wölkchen an sich vorbeiziehen.

Nach einem kleinen Frühstück putzte sie gut gelaunt
durch ihre Wohnung und freute sich auf abends, aber nur,
weil sie ihre Künstlerin endlich wieder umarmen konnte.
Doch jetzt gab es noch etwas zu erledigen.

Halb zwölf machte sie sich auf den Weg. Schon von weitem entdeckte sie Joseph, der nach allen Seiten Ausschau
hielt. Schön dich zu sehen, brummte er und forschte in ihrem Gesicht. Mir geht es gut, großer Mann, reagierte Sarah
gerührt und streichelte das Moped. Heute Abend auch noch,
bohrte er weiter und ließ sie nicht aus den Augen. Er wusste
schon wieder alles.

„Das hoffe ich doch", grummelte sie und grinste ihn an. „Erzähl mal, wie hat es denn mit Sem geklappt", lenkte sie ab und er stieg darauf ein. Gut, sagte er, Paul war zufrieden und da bin ich auch zufrieden, und da kommt Sem. Aus der anderen Richtung trotteten die beiden Gläubiger heran. Vor aller Augen bekamen sie ihre 50 Euro und zogen wieder ab. Sem verkrümelte sich in die Werkstatt und Sarah musste los, Franka ihre Friseuse wollte sie dazwischenschieben und ihr die Haare noch einmal frisch machen.

In letzter Sekunde schlüpfte Sarah in die Apotheke und konnte noch ein Rezept einlösen. Die Geschäfte in der Einkaufsmeile schlossen 14 Uhr. Da entdeckte sie Batu und noch einen Jungen aus dem Quartier. Sie alberten in der Straße herum, die zu ihrer Wohnung führte. In dem Eckhaus hatte sich nach langem Leerstand ein Gemüsehändler einquartiert. Seine Ware war gut, aber der Besitzer unfreundlich, deswegen ging sie da wenig einkaufen.

An ihr vorbei hetzte ein Junge, schaute kurz um sich und schmiss irgendetwas in den Müllbehälter, keine fünf Schritte von ihr. Das machte sie neugierig und mit einem Tempotuch holte sie es wieder heraus. Da schau an, eine schwarze Spraydose. Fast im gleichen Moment lenkte sie ein riesiges Gezeter vor dem Gemüseladen ab. Der Ladenbesitzer fuchtelte wie wild, lief um die Hausecke und wieder zurück, zeigte an die Hauswand und näherte sich wütend den beiden Jungs.

Sarah stellte sich daneben und fragte Batu was da los sei. Wir waren das nicht, beteuerte er und zeigte über die Straße. An der sanierten Hauswand des Gemüseladens leuchtete der Schriftzug „Fuck you"". Ihr habt nichts damit zu tun, fragte sie und schaute ihnen ernst in die Gesichter. Sie schüttelten die Köpfe. Sarah glaubte es ihnen. Im Gegensatz zu dem wütenden Ladenbesitzer, der näher herangekommen war und sie ununterbrochen beschimpfte.

„Stopp! Haben Sie es mit eigenen Augen gesehen Herr Bekroll", bremste Sarah ihn aus und stellte sich vor die Jungs. Na, ist das nicht eine Schweinerei, rief er außer sich vor Wut und schaute Beifall heischend umher. Jetzt werden die, die...das Volk auch noch beschützt, ist denn das zu fassen? Wo leben wir denn, ich rufe die Polizei. Einige Passanten nickten, andere gingen weiter und Sarah blieb ganz ruhig. Hinter dem Ladenfenster entdeckte sie genau den Jungen, der die Dose weggeschmissen hatte und sie ahnte etwas. „Machen Sie das, wenn Sie es gesehen haben, Herr Bekroll".

„Kucken Sie doch hin, wer soll es sonst gewesen sein", keifte er weiter, zeige in ihre Richtung und auf die Wand. „Und was heißt gesehen, mein Sohn Rudi hat es genau gesehen und mir sofort erzählt." Er rief nach Rudi und der versteckte sich hinter ihm. „Aha, Ihr Sohn, na dann soll er es uns selbst sagen", konterte Sarah und hielt die Spraydose hoch. „Ich habe nämlich beobachtet, wer diese Dose in den Abfallkorb geschmissen hat, und das mit eigenen Augen, nicht war Rudi." Der Ladenbesitzer stutzte, drehte sich zu seinem Sohn um. Dann sah er den schwarzen Fleck am Pullover Ärmel, der deutlich zu erkennen war. Mit süßsaurer Miene stierte er wortlos über die Straße und zerrte seinen Sohn mit zum Laden.

„Eine kleine Entschuldigung wäre angebracht und übrigens, unsere Kinder und Jugendlichen brauchen alle unsren Schutz", rief Sarah laut hinterher und einige Passanten nickten. Die Jungs grinsten und bedankten sich bei ihr, fragten noch, ob sie wieder einmal ins „ask" käme. „Na klar mache ich das", erwiderte sie lächelnd, „aber jetzt muss ich los, passt auf euch auf."

10

In „Marys Bar" blieb Sarah am Eingang stehen. Fröhliches Lachen, Gesprächsfetzen, Umarmungen mit Küsschen konnten sie heute nicht aus dem Gleichgewicht bringen und sie hielt Ausschau nach Maren. Und schon bahnte sich ein roter Haarschopf den Weg durch die Gäste und sie umarmten sich fest. My Dear Sarah, rief Maren immer wieder, tänzelte um sie herum und schleppte sie zum Tresen. Mary und Jo strahlten um die Wette, hatten alle Hände voll zu tun und winkten nur rüber. Sarah war noch gar nicht zu Wort gekommen, wollte gerade etwas sagen, da flitzte ihre Freundin schon wieder weg und kam noch einmal zurück. Wir haben uns so viel zu erzählen, das geht die anderen nichts an, gurrte sie mit ihrer rauchigen Stimme und setzte ihren Dackelblick auf. Kannst du nicht morgen Abend zu mir kommen? Da haben wir eine ganze Nacht Zeit. Aber klar du verrücktes Huhn, erwiderte Sarah liebevoll und drückte ihr einen auf. Und jetzt kümmere dich um deine Gäste. Maren schickte ihr noch Handküsschen und wirbelte von Tisch zu Tisch.

Sarah ließ ihren Blick schweifen, einige von Marens Freunden kannte sie noch, alle aus dem Künstlermilieu, und Mary zeigte verstohlen zur Tür. Familie Brunner war eingetroffen, registrierte Sarah, und konnte grad ihre eignen Gefühle nicht deuten. Maren eilte ihnen entgegen, umarmte Frank kurz und führte sie herum. Einen exquisiten Geschmack hatte Wolfs Frau ja, dass musste sie ihr neidlos zugestehen. Die blonden Haare waren straff nach hinten gekämmt und zu einem weichen Knoten im Nacken vereint. Im fliederfarbenen, wadenlangen Kleid und der hellen Kaschmirstola schwebte sie regelrecht durch den Raum.

Ihre Tochter Kati im fast gleichen Outfit, einen Touch dunkler, und die blonden langen Haare offen, ähnelte ihr sehr. Auch Vater und Sohn hatten den gleichen Geschmack, fiel Sarah auf. Was für eine Vorzeigefamilie. Hallo, jetzt nur nicht sarkastisch werden, rief sie sich zur Ordnung, genoss den Sekt und entspannte sich.

Gerade rechtzeitig. Maren näherte sich mit den Gästen und stellte sie gegenseitig vor. Wir kennen uns bereits nicht wahr Sarah, unterbrach Frank mit charmantem Lächeln das Prozedere und Maren warf ihr einen erstaunten Blick zu. So ist es, stimmte Wolf zu, du warst eben zu lange weg, Maren. Nun musst du noch bis morgen warten, Liebes, schloss sich Sarah noch an und drückte sie. Da lachte Maren herzhaft und steckte alle damit an, außer Richterin Brunner. Sie blieb ernst, musterte Sarah, dann zog ein Lächeln über ihr Gesicht, doch die Augen blickten kühl und distanziert. Brachte wohl der Beruf mit sich, dachte Sarah und schaute fröhlich in die Runde, die sich etwas vergrößert hatte.

„Ach, Sie sind also Sarah der Schutzengel", begann Wolfs Frau die Unterhaltung. „ich habe einiges von Ihnen gehört."

„Oh, da würde ich mich nicht darauf verlassen. Ich schlüpfe auch schnell mal ins Teufelskostüm", konterte Sarah und alle amüsierten sich.

„Natürlich, ich erkenne Sie, Sarah, Sie waren heute vor dem Gemüseladen Bekroll in der Einkaufszone und haben zwei Jugendliche beschützt", rief ein Gast und drängte sich vor. Sie erkannte ihn. Er war auch einer von den Gaffern, die immer nickten. „Erzählen Sie doch mal was da los war", legte er noch nach.

„Ja, ich erinnere mich Herr…" Wiemann, Horst Wiemann, stellte er sich schnell vor. „Sie waren doch die ganze Zeit dabei und haben immer genickt, nicht wahr", nahm

Sarah wieder das Wort. „Ach, wissen Sie was Herr Wiemann, erzählen Sie doch die Geschichte und ich feiere jetzt endlich das Wiedersehen mit unserer Gastgeberin, meiner besten Freundin Maren, die uns bald für immer verlassen wird", erklärte Sarah, lächelte und hob ihr Glas. Auf Maren schallte es von allen Seiten und die Stimmung heizte sich wieder hoch.

Sie entschuldigen mich einen Moment, sagte Sarah und ging zur Tür. Sie spürte genau, dass einige Blicke ihr folgten, aber das war ja in den letzten Wochen nichts neues. Voller Genuss inhalierte sie und schaute in den Sternenhimmel. In was war sie da reingeraten. Nur nicht darüber nachdenken, nicht heute. Maren wird alles versuchen, um an ihre geheimsten Gedanken zu kommen. Noch war sie sich gar nicht sicher, dass sie ihr alles erzählen würde, komplizierte die Sache vielleicht noch mehr. Nicht dass Maren etwas ausplaudern würde, aber in ein paar Wochen war sie eh tausende Kilometer weg, und das für immer. Machte wenig Sinn sie einzuweihen, warum sie damit belasten, und Gesprächsstoff hatten sie für viele Nächte. Schluss jetzt.

Wolf und Familie saßen jetzt in der großen Polsterecke und Frau Brunner winkte sie heran. „Setzen Sie sich zu uns, Sarah, Sie haben mich etwas neugierig gemacht, plaudern wir ein wenig", begann sie erneut die Unterhaltung. Sehr gern, aber einen kleinen Moment noch, stimmte Sarah zu und lief zum Tresen. Mary und Jo hatten gerade etwas Luft, und sie begrüßten sich erstmal richtig. Sei auf der Hut, flüsterte Mary ihr dabei ins Ohr, sie ist Richterin. Ich weiß, flüsterte Sarah zurück, lachte laut und herzlich und ließ sich auf dem freien Platz nieder. Was möchten sie wissen, Frau Brunner, wenn ich kann oder will, beantworte ich jede Frage, scherzte Sarah und lehnte sich entspannt in die Polster. Jo stellte vor ihr ein Glas ab und grinste. Die anderen hatten ihre Gläser noch voll und sie stießen alle miteinander an.

Wolfs Frau stierte Sarah unverhohlen an, zwang sich zu einem Lächeln, ein kaltes Lächeln, eine Herausforderung. „Und jetzt wollen Sie die Welt retten liebe Sarah", sagte sie mit leicht ironischem Unterton. „Erzählen Sie uns mal, wie Sie das anstellen wollen."

Mutter, wir sind hier nicht im Gerichtssaal, mischte sich Kati empört ein und verdrehte die Augen dabei. Die beiden Männer sagten gar nichts, wechselten einen Blick und schmunzelten vor sich hin. In eure Köpfe möchte ich jetzt gerne schauen, dachte Sarah und konnte sich ein Grinsen nicht verkneifen. Sie rief sich zur Ordnung, schaute Frau Brunner gerade ins Gesicht, hielt ihrem Blick stand und ging auf diese Frage ein.

„Die Welt retten, dass kann keiner. Da gibt es ein Lied von Tim Bendzko, das hat mich sehr inspiriert und ich habe mein eigenes Lied geschrieben. Mit dem, was ich tue, rette ich mich in erster Linie selbst. Meine Eltern verlor ich durch einen Verkehrsunfall da war ich gerade 17 und landete für Monate in der Psychiatrie. Dann lernte ich vor 26 Jahren genau hier meinen Mann kennen. Wir führten eine gute Ehe. Im 5. Jahr verlor ich unser Kind, konnte keine mehr bekommen. Gemeinsam haben wir es durchgestanden, hinterließ die zweite tiefe Narbe auf meiner Seele. Am 20. Hochzeitstag betrog mich mein Mann mit einer Kollegin und hinterließ eine leere Kammer in meinem Herzen. Damals hat mich Maren aufgefangen. Vier lange Jahre spürte ich die Leere in mir und dann ging ich auf die Straße, mit offenen Augen, sah Dinge, die ich vorher noch nie so wahrgenommen hatte oder ich wollte es nicht sehen. Und jetzt mische ich mich ein, bei jungen Menschen, die ständig dabei sind irgendwelchen Mist zu bauen. Das wissen Sie doch am besten, Frau Richterin, oder? Und damit sie nicht vor Ihrem Tisch landen, werde ich mein Bestes geben", beendete Sarah ihr kleines Debüt, schaute in die Runde und trank ihr Glas leer.

Still war es am Tisch und Sarah hatte keine Lust es zu analysieren. Sie schaute sich nach Maren um, aber Wolfs Frau hakte nach. Wie muss ich mir das vorstellen, wollte sie wissen. Es reicht, Hellen, mischte sich jetzt Wolf ein, es war sein erster Satz überhaupt, und er warf ihr einen ungehaltenen Blick zu. Sie kann es einfach nicht lassen, zwitscherte Kati und stand auf. Genau Schwesterherz, stimmte Frank ihr zu, komm lass uns an die Theke gehen. Ich schließe mich an, rief Sarah hinter den beiden her und erhob sich, wünschte noch einen angenehmen Abend, und fing Wolfs Blick ein. Da tat er ihr leid, warum auch immer. Seine Frau sagte nichts mehr und ging zur Toilette.

„Entschuldige Sarah, unsere Mutter…" Ist Okay, Frank, unterbrach sie ihn und winkte ab. Übrigens, ich habe meine Bescheinigung liegengelassen, wollte sowieso am Montag reinkommen wegen Vertrag. Passt dir das?" Ihr kennt euch, hängte sich Kati leicht erstaunt dazwischen. Na klar, klärte ihr Bruder sie fröhlich auf. Sarah hat die letzten zwei Wochen einen Kurs zur Selbstverteidigung bei mir absolviert. Na, bei dem Hobby ist das angebracht, platzte es aus Kati heraus und sie fingen an zu lachen.

Euch scheint es ja gut zu gehen, überfiel Maren sie kichernd von hinten, drehte Sarahs Hocker um und umarmte sie. Du denkst an morgen, gurrte sie und schaute dann zu Frank. Den entführe ich euch jetzt, ich möchte tanzen, zwitscherte sie und zog Katis Bruder hinter sich her. Kati lief zu ihrer Mutter rüber und diskutierte mit ihr. Um was es dabei ging, konnte sie nicht wissen, aber Wolfs Blick sagte einiges aus. Sie wendete sich ab, ging zur Toilette und dann vor die Tür eine rauchen. Gerade fuhr ein Taxi vor und Memet stieg aus.

„Lang nicht gesehen Sarah, wie geht es dir?"

„Frage lieber nicht, Memet, das Leben ist ein Karussell."
Er brummelte etwas vor sich hin und schüttelte ihre Hand.
Da ging die Tür auf und Wolfs Frau stolzierte heraus, er
begleitete sie bis zum Auto. Sarah drehte sich weg und ging
wieder rein, schurgerade auf die Theke zu.

Ich könnte noch einen vertragen, lieber Jo, flirtete sie
und Mary schmunzelte. Das glaube ich dir aufs Wort, Sarah, flüsterte sie ihr zu, doch in ihren Augen konnte Sarah
Besorgnis lesen. Mir geht es gut, mach dir keine Sorgen,
ich trainiere schließlich Selbstbeherrschung und Abwehr,
protzte sie und warf sich in Positur. Oha, erwiderte Mary,
ob das wohl reichen wird. Sie amüsierten sich und Jo stand
wie ein Depp daneben, er verstand gar nichts mehr. Sarah
schlürfte mit Genuss ihren Gin Tonic, drehte sich mit dem
Hocker um und schaute interessiert in den Gastraum.

Die Hälfte der Gäste hatte sich schon verabschiedet. Der
Rest saß in der Fensterecke an zwei zusammengeschobenen
Tischen, auch Wolf, Frank und Kati, und natürlich Maren.
Mit Händen und Füßen erzählte sie wohl von ihrer Wahl-
heimat und alle Augen waren auf sie gerichtet. Das musste
sie jetzt nicht haben, dachte Sarah schmunzelnd, sie würde
es morgen sowieso alles hören. Als ihr Blick an Wolf hängenblieb, gingen ihr ganz andere Gedanken durch den
Kopf. Was hatte sie sich eigentlich dabei gedacht persönli-
che und dazu die schwersten Erlebnisse aus ihrem Leben
dieser Familie zu offenbaren. Es war ein Bauchgefühl.

„Sarah my Dear, komm rüber zu uns", rief Maren zum
Tresen, und klopfte auf den Stuhl neben sich, der gerade
freigeworden war. Sie schnappte ihr Glas und ließ sich in
der fröhlichen Runde nieder. Außer Wolf und seinen Kindern kannte sie noch zwei, drei andere vom Sehen.

„Hi Sarah, du hast was verpasst, wir alle erlebten gerade
Mallorca haut nah", schwärmte ein großer, hagere Mann,
sein Alter war schlecht zu schätzen, und zeigte auf ihre
Freundin. Das glaube ich aufs Wort, bei ihrem Redetalent,
gab Sarah zurück und knuddelte Maren. Aber ich erlebe das

morgen Nacht all inklusive, setzte sie hinterher und die Stimmung stieg an.

Wolf saß ihr gegenüber und sah sie unverwandt an. Neben ihm saß Kati, und Sarah versuchte seinen Blicken auszuweichen. Sarah, sagte er plötzlich, dein heutiges Erlebnis am Gemüsemarkt hat uns ja Herr Wiemann bis ins Kleinste berichtet...

„Hoffentlich wahrheitsgetreu", fiel Sarah ihm ins Wort und zog eine lustige Grimasse, „nicht das demnächst Gruselgeschichten über mich im Viertel umgehen, das fehlte auch noch." Alle lachten und man verstand sein eignes Wort nicht mehr. Ein Gast klopfte ans Glas und verschaffte sich Gehör. „Eins musst du uns aber noch verraten, was stand an der frisch getünchten Wand, das wusste der Kollege nicht mehr." Sarah machte es spannend, fuhr mit der Hand durch die Luft und sagte „Fuck you" und das ganz in schwarz. Das Gelächter ging weiter und Wolf hob die Hand. Ich war noch nicht fertig, verkündete er etwas ungehalten und Ruhe trat ein.

„Gestern schleppte einer der Jungs Kisten am Kiosk herum, weißt du was darüber?", wollte Wolf wissen und schaute sie herausfordernd an. Oha, dachte Sarah, er war in dieser Woche noch nicht bei Joseph gewesen, sonst wüsste er es. Gleichzeitig läuteten ihre Alarmglocken, wollte er sie auf die Probe stellen? Niemals würde sie sich über ihre Begegnungen mit den Jugendlichen auf der Straße oder im Quartier zu anderen Leuten auslassen. Sie quittierte seinen Blick mit spürbarem Missmut und Frank konnte sich ein Lächeln nicht verkneifen.

„Und wenn ich es wüsste, ich habe nicht vor mit meiner Ehrenamtsarbeit die Klatschspalten der Stadt zu füllen. Die Verantwortlichen wurden darüber informiert."

Leicht verwunderte Blicke über die etwas bissige Antwort trafen sie und der allgemeine Aufbruch begann. Die Gäste bedankten sich bei Maren. Frank und Kati halfen Jo beim Aufräumen und Tische rücken und Mary verschwand nach hinten.

„Trinkst du noch einen mit, Sarah?"

„Was sollte das, Wolf", zischte sie ihn an und ihre Augen funkelten. Sein Blick ließ sie einen Moment erschaudern. Gut einen noch, lenkte sie ein, da Maren gerade herantrat. Sie hatte die letzten Gäste vor die Tür gebracht. Kann ich dich dann mitnehmen, wollte sie wissen, in einer halben Stunde kommt mein Fahrer. Aber gerne meine Liebe, da brauche ich Memet nicht anrufen, säuselte Sarah und drehte sich zu Wolf. Sie berührte sein Bein dabei und ein kleiner Stromstoß sauste durch ihren Körper und sie rückte ein Stück ab. Hast du was von Muchad gehört, fragte sie mit belegter Stimme. Ich hatte diese Woche keine Zeit für einen Besuch. Es geht langsam bergauf, er hat nach dir gefragt, alle im Quartier fragen nach dir, antwortete Wolf und seine Gefühle spielten verrückt. Der ganze Abend war eine Qual. Da war diese unglaubliche Frau, zu der er sich immer mehr hingezogen fühlte und die ihn gerade wieder mit diesen rehbraunen Augen anschaute, dass er eine Gänsehaut bekam. Und da war seine Ehefrau Hellen, die mit Adleraugen alles überwachte.

„Sehen wir uns am Montag gegen acht im Quartier, Sarah? Es gibt da einiges zu besprechen", presste Wolf zwischen den Zähnen hervor und stand auf. In dem Moment drängte sich seine Tochter Kati dazwischen und fasste seine Hand.

„Vater, kommst du mit? Ich fahre Kati nach Hause", fragte Frank, der auch plötzlich hinter ihnen stand. Sie verabschiedeten sich und raus waren sie. Sarah konnte nicht mehr antworten. Aber um sieben wollte sie mit Frank den Vertrag abschließen und danach würde sie ins Quartier gehen.

Jo hatte sich schon eine Weile zurückgezogen. Sein gebrochener Fuß schmerzt, entschuldigte Mary ihn, die Belastung heute war eindeutig zu viel. Maren und Sarah nickten mitfühlend und es war für einen Moment still am Tresen. Ich glaube, ich habe eine Menge verpasst, stellte Maren fest und musterte Sarah mit hochgezogenen Augenbrauen. Mary schwieg und schaute sie nur an. Ich höre, bohrte Maren weiter und beide ließen sie nicht aus den Augen.

„Ach Mädels, ihr gebt ja doch keine Ruhe", schniefte Sarah und atmete einmal tief ein und aus. „Ich habe mich in Wolf verliebt, heftig. Und ich glaube, ich bin ihm auch nicht egal. Heute präsentierte er mir die ganze Familie, das war hart." Oh Gott, zwitscherte Maren dazwischen und ich bin schuld. Quatsch Liebes beruhigte Sarah ihre Freundin, da hat keiner Schuld, wäre sowieso irgendwann passiert und Frank kannte ich schon, der hält sich raus, denke ich. Aber wie soll das gehen? Ich habe nichts zu verlieren, Wolf schon. Ihm aus dem Weg gehen ist unmöglich, denn eins steht fest, meine Jungs lasse ich nicht in Stich. Maren sah Sarah mit großen Augen an, das verstehe ich, sagte sie, und mehr noch verstehe ich, dass du dich in Wolf verliebt hast. Er und sein Sohn sind tolle Männer, und wenn mich Jose nicht eingefangen hätte, wäre ich bestimmt noch mit Frank zusammen. Es wird alles gut, grummelte sie noch und umarmte sie fest. Mary hielt sich raus und zeigte dabei zur Tür. Ach, mein Fahrer, wir kommen, rief Maren und druckste etwas herum. Wegen morgen my Dear, bei mir stehen hundert Kisten herum, bin voll am Packen und es ist gar nicht gemütlich mehr, beichtete sie mit Leidensmiene.

„Das ist doch nicht schlimm, Liebes, ich muss Montag früh raus", reagierte Sarah fröhlich, war fast erleichtert und nahm sie lachend in den Arm. „Dann treffen wir uns in einer Woche wieder hier, wir wollen alles wissen über dich, Jose und euer Liebesnest auf der Insel." Guter Vorschlag, rief Mary ihnen hinterher mit Handküsschen.

Eingewickelt in ihrer Kuscheldecke saß Sarah drei Uhr morgens immer noch auf der Terrasse. Das Kerzenlicht wabbelte im Nachtwind hin und her und federleichte Wolken schwebten im hellen Mondlicht am Himmel. Dieser Abend hatte sie Kraft gekostet, mehr als sie sich vorher ausmahlen konnte. Der Wunsch ihn zu berühren, ihm nahe zu sein, wurde immer stärker, raubte ihr den Verstand.

11

Im Büro hatte sich die Lage etwas entspannt, aber das Arbeitsklima ließ zu wünschen übrig, kühl und unpersönlich gingen die Kolleginnen miteinander um und der Seniorchef ignorierte es. Das bedauerte Sarah sehr. Doch sie verschwendete keine Gedanken deshalb, erfüllte korrekt wie immer ihr Arbeitspensum, und die Neugier, was der Tag noch so bringen würde, spornte sie dabei an.

Am gestrigen Sonntag hatte sie alle zehne gerade sein lassen, für zwei Stunden ihren Freund Joseph in der Werkstatt besucht und geplaudert. Sie sah es ihm an, er hatte zig Fragen. Sie reagierte nicht darauf, war froh, dass sie sich von ihrer Misere etwas ablenken konnte.

Am Montag hatte Frank den Vertrag schon fertiggemacht. Für dreißig Euro monatlich konnte sie als Mitglied kommen und gehen wann sie wollte und alles nutzen. Nach den Kosten für den Kurs fragte sie noch, ist erledigt erwiderte Frank und lächelte. Plötzlich wurde er sehr nachdenklich.

„Sarah, ich weiß, es geht mich nichts an was mein Vater tut oder auch nicht tut. Aber wie geht es dir damit", fragte er ganz zögerlich und schaute sie mit Wolfs Augen an.

„Willst du das wirklich wissen, Frank, vor allem nach diesem Samstagabend?", antwortete sie mit einer Gegenfrage, sah sein betroffenes Gesicht und lachte herzlich. „Wenn ich die Sandsäcke demnächst malträtiere, weißt du es auf jeden Fall, und jetzt muss ich los." Sie hob die Hand und eilte zum Ausgang.

Schon an der Tür wurde Sarah begrüßt, Aky, Toni und Batu standen davor und klatschten sie ab mit Handschlag. Dann drängten sie sich hinter ihr in den Raum. Allgemein spürte sie die Freude über ihr Erscheinen und das machte sie schon etwas stolz. Sie ließ es sich nicht anmerken. Übt schon mal, rief sie lachend, zeigte auf den Billardtisch und verschwand im Büro.

Wolf saß hinter dem Schreibtisch, stützte den Kopf auf seine Hände und schaute ihr reglos entgegen. Plötzlich wurde er hektisch, nahm Papiere in die Hand, legte sie wieder weg und wich ihrem Blick aus. Seine Unsicherheit berührte sie. Ach, hier ist es, sagte er und schaute hoch. Sarah, ich habe einen Vertrag vorbereitet. Wenn du dich weiterhin um die Jugendlichen kümmern willst, und davon gehe ich aus, musst du abgesichert sein. Ich habe es im Rathaus geklärt, dass du als freie Mitarbeiterin geführt wirst, natürlich ehrenamtlich, entstehende Kosten werden dir erstattet. Ohne eine Antwort abzuwarten, beugte er sich plötzlich vor, sah ihr direkt in die Augen und kam auf den Punkt.

„Sarah, so kann das nicht weiter gehen. Du bringst mich aus dem Konzept, ich schlafe schlecht, kann mich nicht konzentrieren, weil du in meinem Kopf herumspukst, weil ich Angst um dich habe und ich…"

Abrupt stoppte er. Sarah hatte stumm zugehört und ahnte, was ihm Stress machte. „Wolf, was würdest du einen Patienten in dieser Situation raten", hielt sie entgegen und von seinem überraschten, fast unwilligen Blick ließ sie sich nicht beirren und sprach weiter. „Jemand hatte mir mal gesagt, er ist von allen ein bisschen, Psychiater, Lebensberater, Hellseher, also was…" Die Antwort blieb aus und Sarah fuhr fort. „Ich kann dir sagen, wie ich mit Stress umgehe; ich meditiere, suche den stillen Ort, meinen Rückzugort und entspanne mich, weil mir nichts anderes überbleibt. Einen anderen würde ich raten, lebe dein Leben, Jetzt und Heute."

Stumm schauten sie sich an, hinter seiner Stirn arbeitete es und die Unruhe in seinen Augen verriet es. An der Tür klopfte es kurz und Kati seine Tochter stand plötzlich im Büro. Vor Überraschung fiel ihm kein Wort ein und Sarah sprang auf. „Das passt ja, wir sind gerade fertig, oder Wolf?" Er nickte nur. Sarah begrüßte Kati und hob einen Zettel hoch. „Jetzt bin ich offiziell freie Mitarbeiterin bei der Stadt", verriet sie lachend und eilte in den Gemeinschaftsraum und sofort in die Raucherecke.

Die meisten Jugendlichen waren schon weg und Aky forderte sie zum Billardspiel heraus. Sei sanft mit mir, bat sie, ich habe bestimmt zehn Jahre nicht gespielt. Er grinste und ließ ihr den Anstoß. Schwarze über Bande, fragte sie, als nur noch wenige Kugeln auf dem Tisch lagen und sie versenkte sie astrein. Von wegen lange nicht gespielt knurrte er und wollte Revanche. Die anderen standen um den Tisch herum und johlten bei jeder Kugel die Sarah versenkte. Es ging unentschieden aus. Die Entscheidung beim nächsten Mal. Okay. Jetzt erzählt mal, hat jemand Muchad besucht und wie geht es ihm? Sollte ich sonst noch etwas wissen? Raus mit der Sprache, hat jemand Mist gebaut? Keiner sagte etwas, doch sie ließ nicht locker.

Nein, riefen gleich mehrere, wie sie darauf käme. Muchad ginge es besser, aber er durfte noch nicht nach Hause, der Kiosk Paul braucht manchmal Hilfe und Joseph regelte das immer, zählte Batu auf und Sarah hob den Daumen. Das klingt gut, ich habe jetzt auch wieder mehr Zeit mal ins „ask" zu kommen, versprach sie. Mit Moped wollten sie wissen. Vielleicht auch das, sagte sie lachend, aber jetzt lauf ich nach Hause. Warte doch noch ein paar Minuten, dann nehmen wir dich mit, bot Kati an, die schon eine Weile zugehört hatte und sich jetzt zu Wolf umdrehte, oder

Papa? Danke, lieb von euch, kam Sarah ihm zuvor, ich brauch noch etwas Auslauf, vielleicht hat Eskil noch offen. Da wollten wir gerade hin, rief Batu und stieß Aky an. Na, dann kommt, Jungs, sie hob die Hand und zu dritt zischten sie ab.

Was passierte hier gerade. Sarah starrte in die Ferne über die Wiese zum Wäldchen hoch, das heute nicht zu erkennen war. Dunkle Wolken türmten sich am Himmel und der Mond hatte keine Chance durchzudringen. Bei geschlossenen Augen schweiften ihre Gedanken zurück bis Franks Studio, blieben im „ask" hängen, zogen dann weiter bis zu "Yemek". Schmunzelnd dachte sie an die Freude der Jungs mit dem spendierten Döner in der Hand und jetzt stand sie hier, weit nach Mitternacht, und in ihrem Körper strömten feine Impulse bis in die letzten Nervenspitzen. Sie öffnete ihre Augen, wollte den Spuk beenden und sah Wolf.

Hinter dem halbhohen Zaun stand er und schaute zur Terrasse. Ihr Puls schoss in die Höhe, sie zeigte um das Haus herum und in zwei Minuten später empfing sie ihm an der Haustür. Sie lief voraus in die Wohnung. Er zog Jacke und Schuhe aus, und ließ sich auf ihrer Couch nieder. Du siehst sehr müde aus, stellte sie fest. Das bin ich auch, erwiderte er und ein trauriges Lächeln huschte über sein Gesicht. Er erfasste ihre Hand und zog sie zu sich runter. Sie küssten sich, ein langer Kuss, zärtlich, weich und sanft. Dann ruhe dich etwas aus, wisperte sie, leg deine Beine hoch und entspanne dich. Als sie mit einer leichten Decke zurückkam, schlief er schon, tief und fest mit ruhigen Atemzügen. Sie schaute lächelnd auf ihn herab, deckte ihn zu und schlüpfte in ihr Bett.

Es war kein Traum, in ihrer Kuschelecke lag der Mann, der ihr Leben verändert hatte, ihre Gefühle geweckt hatte und ihre Seele zum Klingen brachte. Im Halbschlaf hatte sie den Rest der Nacht verbracht, jede Stunde war sie durch ihre Wohnung geschlichen, um nachzuschauen, ob er noch da war. Und viel zu früh war sie aufgebrochen zur Arbeit, hatte Angst, dass ausgesprochene Worte alles zerstören könnten. Denn eins wusste sie nicht; was war geschehen mit ihm, war es eine Kurzschlusshandlung hier mitten in der Nacht aufzutauchen, war es eine Trotzrektion, weil seine Tochter ihn unter Druck setzte? Eigentlich wusste sie gar nichts von ihm.

Ein hoher sirrender Ton schwirrte durch den Raum und Wolf richtete sich ruckartig auf. Er drückte auf seinem Handy den Weckalarm aus und brauchte ein paar Sekunden, um sich zurechtzufinden. An der Wand neben einer Terrassentür hing ein Gemälde, besser gesagt eine Bleistiftzeichnung, und Sarah schaute ihm in die Augen. Auf dem Couchtisch lag ein Schlüsselbund mit einem Kleeblatt Anhänger, und ein Zettel daneben; <Guten Morgen Wolf, ein stiller Ort, wann immer du ihn brauchst, Sarah> Als er die Zeile las, wallte eine Hitzewelle durch seinen ganzen Körper, kühlte wieder ab und wohlige Wärme blieb zurück.

Heute konnte Sarah nichts aus der Ruhe bringe, nicht das alberne Gekicher ihrer jungen Kollegin, einen Monat war sie gerade dabei und sie war es wohl auch, die irgendwelchen Klatsch von der Straße mitbrachte. Auch den giftigen Blick ihrer Vorgesetzten quittierte sie mit Freundlichkeit und die bissigen Bemerkungen des Juniorchefs ignorierte sie einfach. Es wurde Zeit mit dem Senior mal ein Gespräch zu führen, dachte Sarah. In dem Moment kam Herr Theusdorf auf sie zu mit Wolf im Schlepptau.

Sie sei freigestellt und Herr Brunner würde ihr alles erklären, sagte er und ging zurück ins Büro. Okay, einen

Moment, Herr Brunner, erwiderte sie, musste ein Lächeln unterdrücken und folgte Wolf zur Tür. Ihr war klar, dass ihr alle nachgafften, da konnte die Gerüchteküche wieder brodeln.

Ich habe heute Morgen einen Anruf bekommen, wir sollen uns zwei Jugendliche ansehen, erklärte Wolf ihr während der Fahrt. Man hätte sie gestern Abend aufgelesen, als sie eine Bushaltestelle demolieren wollten. Deiner Beschreibung nach könnten sie auch was mit der Körperverletzung Muchad zu tun haben. Er schaute Sarah kurz ins Gesicht und hielt in einer Parklücke.

„Ich habe einen stillen Ort gefunden, Sarah, ich habe seit Wochen nicht so tief und fest geschlafen. Ich weiß nicht, was du erwartest von mir, aber......"

„Kein aber, Wolf, ich erwarte nichts von dir, außer, wir meditieren ab und zu gemeinsam an diesem stillen Ort", unterbrach Sarah ihn mit gepresster Stimme, zog seinen Kopf zu sich und küsste ihn. Sie hätte schreien können vor Glück, atmete tief ein und aus, um ihre Emotionen in Schranken zu halten. Wolf bemerkte es, aber auch er musste seine Erregung unter Kontrolle bringen.

Durch eine Scheibe schauten sie auf zwei Jugendliche. Sarah ließ sich viel Zeit, schloss für einen Moment die Augen, rief sich die Szene im Park noch einmal ins Gedächtnis. Die Beschreibung nach dem Vorfall traf haargenau zu und sie konnte sich ganz sicher sein, dass es die beiden waren, die Muchad verletzt hatten. Schweigend verließen sie nach einer Stunde das Präsidium. Auf dem Rückweg hielt Wolf wieder kurz an, küsste sie leidenschaftlich und setzte sie vor dem Büro ab.

„Oh Mann", murmelte Sarah vor sich hin und eilte am Donnerstag gegen halb zehn Uhr abends zügig Richtung Wohnung. Sie nahm niemals denselben Weg, vor allem abends nicht. Ihr erster Trainings Tag als Mitglied in „Alis Box Bude" sollte gar nicht so spät enden. Es wartete noch Arbeit auf sie, aber Frank hatte sie in ein Gespräch verwickelt. Er tastete sich ran, erwähnte dass seine Schwester am Montag bei ihm war und dann zum „ask" wollte. Hast du sie noch getroffen, hatte er sie gefragte und sie hatte nur genickt, dann lachend auf den Boxsack gezeigt und beim Rausgehen gerufen: „noch ist es nicht so weit."

Diesmal lief sie an den Einfamilienhäusern vorbei, es war nicht der kürzeste Weg, aber aller paar Sekunden gingen die Außen Lichter an, und nach dem letzten Haus stand sie an der kleinen Straße die direkt zu ihrem Haus führte. Gegenüber vom „Yemek" blieb Sarah stehen, schaute rüber und stutzte, irgendetwas war anders als sonst, ein ungutes Gefühl beschlich sie und da sah sie es. Das Schild mit Tagesangeboten stand noch vor dem Laden, drin war volle Beleuchtung, die Tür einen Spalt auf. Eskil räumte immer das Schild um 21 Uhr rein und die Tür stand nie offen. Sie schlug einen Bogen, kam von der Rückseite und aktivierte schon mal ihren Schrill-Alarm. Sekunden später heulte die Polizeisirene. Sarah drückte sich an die Hausmauer, wollte gerade nach der Türklinke greifen, da flog die Tür auf. Schützend hielt sie einen Arm vors Gesicht und wurde mit Wucht zurück an die Wand geschleudert. Zwei Gestalten stürmten aus dem Laden. Die Kapuzen tief in das Gesicht gezogen, rannten sie im Zick Zack über die Straße, und verschwanden in der Dunkelheit.

Leicht benommen rappelte sich Sarah hoch. Ein älterer Mann mit Hund schaute sie erschrocken an, fragte was passiert sein, weiß ich noch nicht, antwortete sie, und lief schnell in den Laden. Eskil versuchten sich gerade an der Thekenecke hochzuziehen, er blutete am Kopf und ging wieder zu Boden.

„Bleib liegen, Eskil", redete sie ruhig auf ihn ein. „Ich rufe den Notarzt und die Polizei." Er winkte schwach ab, aber Sarah ließ sich nicht beirren. Danach hockte sie sich auf den Boden, wischte ihm Blut aus dem Gesicht und legte ein Kissen unter seinen Kopf. Haben die dich ausgeraubt, kanntest du sie, fragte sie leise, er nickte und fiel in einen Dämmerzustand. Sein Puls war schwach, und Sarah war heilfroh, als die Sanitäter eintrafen.

Zeitgleich war die Polizei vor Ort und sie schilderte den Vorgang, keine 30 Minuten her. Dabei hob sie den linken Arm und schrie vor Schmerz auf. Sie sind auch verletzt, bemerkte ein Polizist und rief den Sanitäter zurück. Er tastete alles ab, das muss gründlich untersucht werden, sagte er und ob sie gleich mitfahren wolle. Ich ruf mir dann Taxi, lehnte sie ab und biss auf die Zähne. Sie musste erst wissen, wie es mit „Yemek" weiterging. Die Formalitäten waren schnell erledigt. Sie goss sich einen Raki ein, ich darf doch, fragte sie den Beamten, der grinste nur und sie schütte ihn hinter. Ob ihr noch etwas einfiele zu den Tätern. Sie musste verneinen, es waren nur Sekunden und die Gesichter hatte sie nicht erkannt, erwähnte aber den älteren Mann mit Hund, der und einige Anwohner standen auf der Straße und diskutierten laut.

Ein zweiter Streifenwagen fuhr vor, die Polizisten sprachen miteinander und einer schaute zu ihr, wir kennen uns doch, sagte er, sie sind Sarah Winter, oder? Sie nickte nur, hielt ihren Arm der furchtbar schmerzte und fragte, ob sie sich ein Taxi rufen könne. Natürlich bejahte er, sie würden auf sie zukommen. Memet stand keine 10 Minuten später auf der Straße, schaute sie besorgt an und fuhr los. Was passiert sei, fragte er und sie informierte ihn in wenigen

Sätzen. Ruf an, dann hole ich dich wieder ab, bot er an, nahm sein Handy in die Hand und fuhr weg.

In der Notaufnahme wurde sich gleich um sie gekümmert. Sie fragte nach Eskil, der sei noch in der Behandlung, gab die Schwester zur Antwort, und wir kümmern uns jetzt erstmal um sie. Sarah stand auf, wankte ein wenig, ihr war einen Moment schwindelig und sie bat um ein Glas Wasser. Die Schwester brachte es ihr, half ihr in den Rollstuhl und fuhr sie zur Röntgenabteilung.

In einem Behandlungszimmer döste Sarah vor sich hin. Sie hing an einer Infusion, vielleicht Schmerzmittel, denn sie spürte allmählich Besserung. Nach einer gefühlten Ewigkeit kam der Notarzt, kein Unbekannter, er hatte auch Muchad behandelt. Er konnte sich an sie erinnern und musterte sie, stellte Fragen und schaute sich die Befunde an, Blutbild, Röntgen etc. Sie hatten wohl Sehnsucht nach uns, fragte er, lächelte sie an und wurde gleich wieder ernst. Gebrochen und gerissen ist zum Glück nichts, aber eine derbe Prellung des linken Armes. Ruhigstellung und Schonhaltung sind nicht ratsam. Wir empfehlen leichte Bewegungen der Schulter, spezielle Übungen unter Anleitung eines Physiotherapeuten und kühlen, bei Bedarf Schmerzmittel. Einige Wochen wird es dauern, klärte der Doktor sie auf und verabschiedete sich. Eine Schwester half ihr beim Anziehen und vor der Tür wartete Wolf.

„Dich kann man keine Minute aus den Augen lassen", stöhnte er, legte ganz vorsichtig seine Arme um sie. Sarah hörte seinen raschen Herzschlag, sog seinen Geruch ein und fühlte sich besser. „Woher wusstest du …?" flüsterte sie. „Memet hat mich angerufen, möchtest du nach Hause?", fragte er besorgt, hob ihr Gesicht an, blass bist du, bemerkte er noch. Einen starken heißen Tee könnte ich jetzt gebrauchen und dann mein Bett, muss etwas runterkommen, äußerte Sarah und Wolf fuhr los.

Vor der Tür hörten sie schon, dass in Rauls Wettbüro heiß debattiert wurde. Als sie eintraten, war es plötzlich still und alle starrten ihnen entgegen. Weitermachen, rief Sarah laut und quälte sich ein Lächeln ab. Wolf verschwand nach hinten. Sarah rief einer, was war passiert. Sie stand auf und trat ein paar Schritte näher, schilderte in wenigen Sätzen was sie erlebt hatte, und endete mit dem Satz, ich war eben zur richtigen Zeit am richtigen Ort. Alle klopften auf die Tische und klatschten. Wolf kam zurück stellte ihr etwas Brot, Käse und Oliven auf den Tisch und sie lachte, bis ihr die Tränen kamen. Die Anspannung löste sich langsam und sie nahm einen Schluck Tee, verzog ihr Gesicht, da gehört noch etwas rein. Sarah, du stehst unter Drogen, reagierte Wolf mahnend. Wenn schon, dann richtig, hielt sie ihm entgegen und er holte einen Cognac.

„Hast du Eskil noch gesehen?" Sie spürte, dass ihr Körper willenlos wurde. Er nickte. „Der bleibt über Nacht zur Beobachtung, hat eine leichte Gehirnerschütterung und ist mit dem Schrecken davongekommen. Das wird er dir nie vergessen, Sarah." Das ist gut, flüsterte sie, Wolf ich glaube, jetzt muss ich nach Hause. Sie riss sich zusammen, trank ihren Tee aus und stand auf. Den Teller hatte sie nicht angerührt. Sie stellte ihn auf den Tisch an der Tür, wäre schade darum, sagte sie, hob die Hand und ging raus. Wolf brachte sie in die Wohnung, ihre Arme hatte sie um seinen Hals gelegt und dann riss der Film ab.

Er konnte den Blick nicht von ihr wenden, legte ihre Sachen ordentlich auf einen Hocker, setzte sich darauf und hielt ihre Hand. Ab den Ellenbogen verfärbte sich der Oberarm so langsam gelb. So etwas war ihm in den 30 Jahren noch nicht passiert, eigentlich noch nie, ging ihm durch den Kopf. Das sollte nicht heißen, dass er in seinen Ehejahren nie am oder im Bett einer anderen Frau verbracht hätte. Hellen und er hatten ihre Krisenzeiten und konnten es immer wieder zugunsten der Familie abfangen. Aber diesmal wurde er einfach überrollt von Emotionen, von starken Gefühlen, die seit Jahren in ihm schlummerten und die er auch nicht vermisst hatte. Und dann tauchte diese Frau auf, setzte seine Vernunft und sein geregeltes Leben einfach Schach matt. Im Moment war er völlig hilflos, betrachtete sie wie ein Kleinod und spürte tief in sich Angst, dass er sie verletzen könnte. Sein Handy klingelte, es war Hellen. Sie war wohl früher von ihrer Tagung zurückgekommen und wollte wissen, wo er sei.

12

Was war das für ein verrückter Traum. Sarah dehnte sich, ein grausamer Schmerz im linken Arm nahm ihr fast die Luft und alles war wieder da. Es war kein Traum. Vorsichtig rollte sie sich aus dem Bett, sah ihre Sachen auf dem Hocker liegen, das machte sie nie so, und erinnerte sich an den Rest der Nacht. Sein Geruch hing noch in Luft.

Vor dem Spiegel bewegte sie ihre Schulter, die nahm allmählich Farbe an, und es tat höllisch weh. Ein paar Wochen würde es dauern, hatte der Arzt gesagt. Sie würde sich heute freinehmen, beschloss sie und rief ihren Chef an. Er stimmte zu, dass sie ihre letzte Arbeit übers Wochenende zu Hause abschließen wollte, die Unterlagen lagen ja schon in ihrem Arbeitszimmer.

Nach einer Dusche und einem kleinen Frühstück marschierte Sarah in die Einkaufsmeile, ihr Hausarzt hatte sich vor zwei Jahren neben dem großen Center niedergelassen. Das kam ihr sehr entgegen, konnte sie zu Fuß erreichen. Das Wartezimmer war rappelvoll und die Schwester zuckte nur mit den Schultern. Das ging gar nicht, dachte Sarah und fing ihn zwischen zwei Patienten am Tresen ab. Die Schwester schickte ihr einen bösen Blick nach, als der Doktor mit ihr im Zimmer verschwand. Sie kannten sich gut, Fred und Doktor Peter Franke waren befreundet und zusammen im Tennis Verein. Ist der Nachwuchs schon da, fragte er etwas verhalten, glaube nicht, entgegnete Sarah und erzählte kurz, weswegen sie hier war. Er schaute sich den Arm an, schüttelte mit hochgezogenen Augenbrauen den Kopf und stellte ihr ein Rezept für die Schmerzmittel und für Physiotherapie aus. Danke schön Schwester Renate, zwitscherte sie am Empfang, steckte fünf Euro in die

Kaffeekasse, und Schwester Renate reichte ihr süßsauer lächelnd die Rezepte.

Ein paar Meter weiter war der Zigarettenladen, der mit auf ihrer Liste stand. Da ist sie ja, rief der Ladenbesitzer laut und kam ihr entgegen, wir haben gerade von dir gesprochen, du bist in aller Munde. Ist das so, erwiderte Sarah trocken und trat an die Theke. Na klar, ereiferte sich der Kunde neben ihr, der Überfall auf den Dönerladen machte in Windeseile die Runde im Viertel. Traurig genug, antwortete Sarah, steckte ihre Zigaretten ein und wandte sich zum Gehen. Wir reden später, Henry, rief sie dem Verkäufer zu, hob die Hand und stand missgelaunt vor dem Laden. Das fehlte auch noch, dass sie an jeder Ecke angesprochen wurde und Geschichten erzählen sollte.

Ein paar Einkäufe erledigte sie noch, löste das Rezept in ihrer Apotheke ein und bog um die Ecke. Im „Yemek" war Licht und sie ging mit gemischten Gefühlen rein, vielleicht erfuhr sie, wie es Eskil ging. Zwei jüngere Türken standen hinter der Theke und die Tische waren besetzt, sie hatten alle Hände voll zu tun. Am Personaltisch saß Eskil, ein Pflaster zierte seine Stirn, und beobachtete alles. Als er sie entdeckte, wollte er aufspringen, Sarah bedeute ihm sitzen zu bleiben und setzte sich gegenüber. Eskil, wie geht es dir, fragte sie, zeigte auf seine Stirn und legte die Hand auf seine Hände. Mir gut geht, erwiderte er leise, drückte ihre Hand und sah sie mit einem Blick an voller Freude, Dankbarkeit und Wärme, du mich gerettet, du immer bei mir Gast, immer betonte er noch einmal und legte eine Hand auf sein Herz. Dann zeigte er zum Tresen, meine Neffen, anderer Laden in der Stadt, sie helfen. Sarah nickte, sie hatte sich schon so etwas gedacht, die Familien halfen sich immer gegenseitig, wenn Not am Mann war, das war Zusammenhalt, da konnten sich die Deutschen eine Scheibe abschneiden, ging es ihr durch den Kopf. Eskil rief etwas nach vorne und Minuten später standen Platten und Raki auf den Tisch. Sie langte zu und es schmeckte.

„Sarah, wie geht dir? Ich von Wolf gehört, du auch im Krankenhaus." Sein Gesicht verzog sich zu einem wehleidigen Fragezeichen. Sie musste so darüber lachen, dass die Gäste alle zu ihnen starten und türkische Wörter durch den Raum schwirrten. Eskil machte eine Handbewegung und es wurde still. Sarah schmunzelte, sie konnte sich schon denken, dass es um sie ging. Bei mir alles in Ordnung, beruhigte sie Eskil und zeigte auf ihren Arm, ich bin an die Wand geprallt, jetzt ist der Arm blau. Der Arm blau, zeig mir Arm, bestand er drauf und sie schlüpfte aus dem Jackenärmel. Er hatte tatsächlich an Farbe zugelegt, gelb, rot violett verteilte es sich langsam von der Schulter bis zum Ellenbogen und Eskil bekam große Augen. „Aman Tanrim", rief er voller Entsetzen und drückte wieder ihre Hand, schenkte einen Raki ein. Serefe Eskil, alles gut, ich muss gehen und danke, verabschiedete sie sich. Er begleitete sie bis zur Tür.

Der Alkohol zeigte seine Wirkung. ‚Selber schuld, wie kann man mittags schon Schnaps trinken' schimpfte sie vor sich hin, und dann noch Schmerztabletten. Es war alles etwas aus dem Ruder gelaufen. Sie packte die Lebensmittel in den Kühlschrank, machte sich lang in ihrem Fernsehsessel und schlief sofort ein.

Die Dämmerung hatte längst schon das Wäldchen erreicht, als sie wieder wach wurde, und ein feiner grauer Schleier hing sanft über ihrer Wiese hinter der Terrasse. Joseph wollte sie eigentlich besucht haben, er hielt bestimmt schon Ausschau nach ihr. Aber ein wunderschöner Traum hatte sie gefangen gehalten, weiche Hände berührten ihre Haut, streichelten sanft ihr Gesicht, ihren Arm und ihre Lippen.

Heute würde sie nicht mehr aus dem Haus gehen. Ihren Arm hatte sie noch nicht gekühlt und die Büroarbeit lag unberührt auf ihrem Schreibtisch. Unentschlossen schaute sie umher und dabei fiel ihr Blick auf einen wunderschönen Frühlingsstrauß auf dem Couchtisch. Es war kein Traum, schoss ihr durch den Kopf. Wolf musste hier gewesen sein. Das machte sie glücklich und traurig zugleich, sie drückte das Kissen auf ihr Gesicht, auf dem er vor Tagen geruht hatte, und heulte hinein.

„Jetzt hör endlich auf hier rumzuheulen', schallt sie mit sich selbst, wechselte das Kühl Pack und schaltete den Fernseher ein. Wirklich mitbekommen, was in der Flimmerkiste lief, hatte sie nicht. Ihr eigener Film lief in ihrem Kopf ab. Vor etlichen Wochen fing er an, als sie in Marys Bar ihren Frust ertränken wollte, um nach vier Jahren endlich die Schatten ihrer Vergangenheit zu verjagen. Weiter ging es mit Streifzügen durch die Stadt, finsteren Gassen und einem roten Herz, einer alten Autowerkstatt und einem Mann, dem es gar nicht gefiel, was sie da trieb. Sarahs Blick blieb an dem Blumenstrauß hängen und eine tiefe Sehnsucht rieselte durch ihren ganzen Körper. Sie starrte in die Dunkelheit. Der Himmel hatte sich zugezogen und nicht mal schemenhaft war das Wäldchen zu erkennen, und auf dem Weg vor dem halbhohen Gartenzaun bewegte sich nichts.

Reglos schaute ihr Samstagmittag der rotblonde Hüne entgegen, sein Blick, voller Freude, Güte, Sorge, ging ihr direkt ans Herz und ein Gefühl der Geborgenheit überschwemmte Sarah. Sie fand kaum die richtigen Worte der Begrüßung. „Da bin ich wieder, Joseph, die ganze Woche keine Zeit zum Plaudern und zum Moped fahren", schwafelte sie los und knuffte ihn kameradschaftlich in die Seite.

„So, so keine Zeit", brummte er und zeigte auf eine kleine Ecke vor dem Werkstatttor, zwei bequeme Stühle und ein runder Tisch luden zum Sitzen ein. Kaffee, brummelte er, Sarah nickte, Milch und Zucker, wollte er noch wissen. Schwarz bitte, schwarz wie meine Seele, rief Sarah lachend, schlüpfte an ihm vorbei und streichelte sanft über ihr Moped. Minuten später trug er ein Tablett mit zwei großen Kaffeetassen und einem Teller Kekse an ihr vorbei und grummelte grinsend vor sich hin, 'ein Schutzengel mit schwarzer Seele, hat man so etwas schon gehört' und sein dunkles glucksende Lachen steckte sie an.

Schweigend saßen sie sich gegenüber. Joseph forschte in ihrem Gesicht, sein Blick war unruhig, wechselte zwischen heiter und bewölkt und Sarah fand wieder nicht heraus, ob seine Augenfarbe grau, grün oder blau war. Sie wich seinem Blick aus und erzählte ihm von ihrer Woche, angefangen von ihrem Vertragsabschluss in „Alis Box Bude", und dem Vertrag als ehrenamtliche Mitarbeiterin bei der Quartiersarbeit. Erwähnte auch Katis Besuch bei ihrem Vater und dass sie mit Aky Billard gespielt hatte. Wolf erwähnte sie nur im Zusammenhang mit der Polizei und dem Krankenhaus. Joseph beobachtete sie, das machte sie verlegen und sie ahnte, dass er alles schon wusste.

„Eskil geht es so weit gut, ich war gestern kurz bei ihm."

„Hat man mir erzählt", erwiderte Joseph und ein breites Grinsen zog über sein Gesicht. „Und eins sage ich dir, du hast in den letzten Wochen sehr viele Freunde gefunden."

„Ach geh, Joseph", reagierte Sarah aufgekratzt, wahre Freunde hatte und habe ich sehr wenig in meinem Leben, zwei, drei, wenn überhaupt. All die anderen sind einfach Bekannte, bestenfalls Sympathisanten, wohlgesonnene Mitbürger oder nichtssagende Mitläufer. Das weißt du doch genau." Sie legte ihre Hände über seine Pranken und strahlte ihn an. „Mit einem Freund kann man über alles reden, man kann ihm alles anvertrauen und auch Kritik wegstecken und er ist da, wenn man ihn braucht. Ist es so, oder ist es so, mein Freund.?" Sein Gesicht knautschte sich zusammen und er nickte heftig.

„Darf ich dich was fragen?", tastete er sich vorsichtig ran und schaute ihr in die Augen. Sarah legte ihren Kopf schief und hielt seinem Blick stand, nickte. „Was ist Wolf für dich?" So oder ähnlich hatte es Sarah erwartet, sie stützte ihren Kopf in der Hand ab und schaute an Joseph vorbei in den Himmel.

„Solange allein die Gedanken an ihm ausreichen, um mein Inneres von oben nach unten zu kehren, seine Nähe mich verrückt vor Sehnsucht macht und die Gefühle Karussell fahren bei der kleinsten Berührung, kann er kein Freund für mich sein. Aber unerfüllte Liebe stirbt irgendwann ab, es braucht Zeit, und dann könnte ich es mir vorstellen, dass er ein Freund für mich sein könnte."

„Sarah du bist unglaublich, wenn das keine Liebeser...", sprudelte es aus Joseph heraus, brach plötzlich ab und er hob die Hand. Drei Jugendliche fegten gerade über die Straße auf sie zu, Aky voran. Kurz vor ihnen stoppten sie, schauten zu Joseph und dann zu ihr. Was im Dönerladen los gewesen sei, wollten sie wissen und ob sie endlich wieder ins „ask" käme und dass noch ein Billardspiel offen war, setzte Aky hinzu. Sarah hob lachend die Hände, fragt Joseph, der weiß alles, rief sie, und natürlich ließe sie sich wieder sehen, aber Billard musste noch etwas warten, sie müsste sich noch schonen, erklärte sie. Dann machte sie ihren linken Arm frei und alle vier starrten darauf, so allmählich ging das Farbenspiel ins violett über.

„So, ich muss jetzt los, grüßt alle von mir und Joseph, danke, wir sehen uns." Ohne sich umzusehen, verschwand sie in einer Nebenstraße, überquerte nach 10 Minuten etwa die Einkaufsmeile und eilte am „Yemek" vorbei zu ihrem Haus. Der Arm schmerzte, sie legte Kühl Pack drauf, stellte ihren Wecker auf 18 Uhr und kaum lag sie in ihrem Fernsehsessel, nickte sie schon weg.

Gute Idee mit dem Wecker, sie wäre nicht von allein aufgewacht, hätte wahrscheinlich das Treffen mit ihren Freundinnen in „Marys Bar" verschlafen. Der Körper holte sich eben, was er braucht. Ach, wenn das immer so leicht wäre, grübelte Sarah, dann könnte sie ihre Seele ins Gleichgewicht bringen, unerfüllte Sehnsüchte konnten einem ganz schön zusetzen. Donnerstagnacht hatten sie sich das letzte Mal gesehen, er hatte sie ins Bett gebracht und sie hatte rein gar nichts davon mitbekommen. Sein Geruch allein war geblieben und seit gestern erinnerte der Blumenstrauß jede verdammte Sekunde an ihn. Vor der Bar hielt sie inne, rauchte noch eine Zigarette und sammelte sich.

Gedämpfte Musik und Stimmengemurmel empfingen sie und am Thekenende leuchtete unübersehbar Marens feuerroter Lockenkopf. Die Freude darüber wischte auch die letzten trüben Gedanken weg. Mary stand noch hinter dem Tresen und strahlte ihr entgegen, zeigte auf den kleinen Tisch, der reserviert war. Er war liebevoll dekoriert mit verschiedenen Leckereien. Maren und Mary bestürmten sie von beiden Seiten und Sarah konnte ihren lädierten Arm nicht in Sicherheit bringen. ‚Au, aua' pressten sie halblaut raus und ihre Freundinnen ließen bestürzt von ihr ab.

„Oh, entschuldige, du hast ja…du bist ja…, mein Gott der Überfall, was war da passiert", flüsterte Mary und drückte Maren mit auf den Stuhl. Was hast du jetzt wieder angestellt, stöhnte die und rollte mit den Augen.

„Später vielleicht", trumpfte Sarah auf, „jetzt möchte ich gern etwas trinken und nur noch Inselgeschichten hören."

114

Jo hatte die Begrüßungsszene wohl mitbekommen, stellte drei Gläser Sekt auf den Tisch. Überall wird darüber geredet und…, wollte er seinen Senf dazugeben und Sarah scheuchte ihn mit Handbewegung weg, das zählt für dich auch, Jo, jetzt ist Maren dran zu erzählen, rief sie ihm grinsend hinterher. Aufmerksam geworden schauten einige Gäste zu ihnen rüber, das hatte ihr gerade noch gefehlt.

Die Zeit verging wie im Flug. Sie erfuhren alles von der lang geplanten Auswanderung ihrer Künstlerin, dass ihr Haus samt Atelier schon verpachtet war, dass neben Joses Finca gerade ein helles, größeres Atelier gebaut wurde und sie sich wahnsinnig auf ein gemeinsames Leben ohne Fernbeziehung mit ihrem Spanier freute. Plötzlich wurde es still am Tisch, dafür umso lauter im Lokal. So 23 Uhr füllte sich die Bar samstags, manche kamen vom Essen, aus dem Kino oder sonst woher. Mary musste mit hinter den Tresen und Maren berührte ganz sanft Sarahs Arm. Du musst mich jedes Jahr einmal besuchen, hörst du, und jeden Sonntag, 11 Uhr klingelt das Telefon, versprich mir das, flüsterte Maren ganz nah vor ihrem Gesicht und sie umarmten sich.

„Da kommen wir ja gerade rechtzeitig zum Abschied nehmen, oder?" Eine bekannte Stimme drang zu ihnen und mit feuchten Augen sahen sie hoch, und in der nächsten Sekunde hing Maren himmelhochjauchzend an Franks Hals. Franky Boy rief sie verzückt, ist das schön. „Wir wollten auch nochmal Tschüss sagen, du Verrückte", brummelte er und löste sich etwas verlegen aus ihrer Umarmung.

„Mit wir meinte er wohl mich", ergänzte Wolf die Begrüßung und setzte sich lächelnd an den Tisch. „Wie geht es dir, Sarah", fragte er. Unfähig einen Ton hervorzubringen, schaute sie wie hypnotisiert in seine dunkelbraunen Augen und versank im Strudel ihrer Gefühle.

„My Dear, genau". zwitscherte Maren, „Du hast von dir noch nichts erzählt, was ist mit deinem Arm?"

„Alte Geschichten", wehrte Sarah ab, sie verspürte gar keine Lust etwas zu erzählen, aber drei Augenpaare spießten sie regelrecht auf und zögerlich schlüpfte sie aus ihrer Jacke.

„Ach herrje", rief Mary entsetzt, „was ist das denn?" Sie setzte das Tablett mit Getränken ab und blieb neben ihr stehen. Ich hatte ein Rendezvous mit einer Hausmauer, erwiderte Sarah und lachte bis ihr die Tränen kamen. Es war aber auch zu komisch mit welchem Gesichtsausdruck die vier auf ihren Arm starrten, der wie ein abstraktes Gemälde in allen möglichen Farben leuchtete. Und nicht nur die vier, einige Gäste blieben am Tisch stehen, und sie kam nicht drumherum, mit ein paar Sätzen auf den Vorfall einzugehen. Alle schwafelten durcheinander, wollten mehr wissen über Geschichten, die gerade im Viertel in aller Munde war. Sie schüttelte den Kopf und klatschte mit den Händen auf den Tisch. „Schluss jetzt! Alles Schnee von gestern, und heute ist heute", beendete sie das Theater und fing Wolfs Blick auf, der in ihrer Seele las wie in einem offenen Buch. Frank tippte seinem Vater auf die Schulter und gemeinsam gingen sie vor die Tür. Maren rückte ganz nah an sie heran und flüsterte ihr zu, dass sie jetzt verschwinden werde, um sehr privat Abschied zu nehmen von dem alten Leben hier.

Wortlos nahm Sarah ihre Freundin fest in die Arme und folgte ihr zur Theke. Maren übernahm alle Getränke und verabschiedete sich von Mary und Jo. Im nächsten Jahr erwarte ich euch alle auf der Insel, rief sie ihnen noch zu und eilte zur Tür. Mary und Sarah schauten sich an und dann hinterher. Beide ahnten, dass die Fröhlichkeit ihrer Freundin nur Fassade war und es ihr bestimmt nicht leicht viel, die Zelte endgültig abzubrechen. Sarah fühlte sich gerade hundeelend, traurig und allein gelassen. Ihr Arm schmerzte, sie konnte die aufsteigenden Tränen kaum zurückhalten.

„Ruf mal Memet an, ich muss nach Hause, glaube ich."

„Musst du wohl meine Liebe", erwiderte die Wirtin und strich ihr lächelnd eine Haarsträhne aus dem Gesicht, „ich glaube, du wirst schon erwartet."

„Das ist gut, und ihr beiden machts gut." Sarah zwang sich ein Lächeln hervor, atmete tief durch und ging zur Tür. Kein Taxi war zu sehen, aber eine feste, warme Hand umschloss ihre rechte Hand und sie lief einfach mit los. „Danke Wolf", murmelte sie nach einer Weile und schaute unter Tränen zu ihm hoch.

Er blieb abrupt stehen. „Hast du denn gedacht, ich verkrümle mich einfach so, Sarah", sagte er vorwurfsvoll, hob ihr Gesicht an, wischte ihr die Tränen von den Wangen und küsste sie zart auf den Mund. „Ich weiß im Moment nicht, was ich denken soll, erwiderte sie leise, „gar nichts weiß ich mehr, alles tut nur weh. Am liebsten würde ich mit Maren auswandern, weit weg von hier, weit weg von dir, Wolf." Ihre Worte schienen ihn sehr getroffen zu haben. Er drückte ihre Hand so fest, dass sie stehen blieb und versuchte sie wegzuziehen.

„Entschuldige, das wollte ich nicht", reagierte er erschrocken, „ich bin auch sehr durcheinander, weißt du, du bringst mich durcheinander, Sarah." Er ging vor ihr in die Hocke und streichelte sanft über ihre Hände, drückte immer wieder Küsschen drauf, und sie war zutiefst berührt. Sie standen mitten auf dem Fußweg, keine 10 Meter vom Dönerladen entfernt, aber das schien ihm nichts auszumachen. „Und wie du mich durcheinanderbringst", wiederholte er dieselben Worte und legte den Kopf auf ihre Hände. So hilflos hatte sie ihn noch nicht erlebt und er tat ihr leid. Sie suchte nach den richtigen Worten und sah genau in diesem Moment Schatten um Eskils Dönerladen huschen.

„Wolf", flüsterte sie, „da ist jemand." Ist mir egal, murmelte er und wollte sie küssen. „Wolf, bei Eskil schleicht jemand herum", reagierte sie jetzt energisch und zerrte ihn hoch. Blitzschnell sprang er zur Seite, zog sie mit in die

Einfahrt des nächststehenden Hauses und starrte in die Dunkelheit. Sie lauschten und pirschten sich langsam ein Haus näher heran. Da hörten sie es, unterdrückte Worte, dumpfe und kratzende Geräusche. Die versuchen über das Lager hinten einzubrechen, flüsterte Wolf, wir machen es so; ich rufe die Polizei von da drüben, er zeigte auf gegenüber, du läufst so schnell du kannst nach Hause, hörst du, zwischen den Häusern entlang. Soll ich dann... flüsterte Sarah zurück und hielt ihren Schrill - Alarm hoch. Er schüttelte mit dem Kopf, da werden die zu früh gewarnt, vielleicht können wir sie überraschen, aber du musst erst in Sicherheit sein, man weiß nie, raunte er.

Plötzlich war es still, hatten die etwas mitbekommen, oder waren sie schon im Laden. Wolf wollte näher ran, da fingen die Geräusche wieder an. Er fasste Sarahs Hand und gebückt huschten sie über die Straße. Ein paar Meter lief er noch mit und drängte sie dann zum Laufen. Dreh dich nicht um, lauf einfach, nach der Kurve kann ich dich nicht mehr sehen, mahnte er und nahm sein Telefon in die Hand.

Wolf wischte sich den Schweiß von der Stirn. Unzählige solcher Situationen und weit schlimmere hatte er schon durchgestanden in den Jahren, seit er als Streetworker arbeitete, aber das erste Mal spürte er Angst in sich. Angespannt schaute er Sarah hinterher, bis sie in der Kurve seinen Blicken entschwand. Bewegungslos beobachtete er aus sicherer Deckung das Grundstück und Eskils Dönerladen. Geräusche nahm er nicht mehr wahr, dafür war er zu weit weg. Endlich rollten nahezu lautlos mit abgeblendetem Licht zwei Streifenwagen von beiden Seiten auf der Straße heran. Wolf klärte die Einsatzkräfte über die Lage auf, und dann ging alles sehr schnell. Von drei Seiten näherten sich die Polizisten, in flagranti stellten sie die Täter beim

Aufhebeln der Tür zum Lager. Sie hatten keine Chance auszubrechen und ließen sich laut fluchend, ohne großen Widerstand festnehmen. Der Spuk war vorbei.

13

Schwer atmend lehnte sich Sarah an die Wohnungstür in ihrem kleinen Flur. Sie war den ganzen Weg gerannt und jetzt strömte der Schweiß aus allen Poren. Hatte sie sich das so vorgestellt, ihr neues Leben, schwirrte ihr durch den Kopf und eine bleierne Schwere erfasste alle Glieder. Im Arbeitszimmer warf sie die Kleidung ab, duschte so heiß sie es ertragen konnte und fiel wie ein Stein ins Bett.

Plötzlich schreckte sie hoch und fing wieder an zu rennen, verfolgt von einer Meute Kapuzen-Menschen, die immer näherkamen und nach ihr griffen. Sie jagten sie durch die stockfinstere Nacht, durch schmale Gassen, vorbei an einer Werkstatt, vorbei an einem grauen Haus mit einem roten Herz an der Wand, bis hoch auf einen Berggipfel. Über ihr leuchteten Sterne, die waren unerreichbar für sie, und unter ihr ragten gischt schäumende Klippen aus dem tobenden Meer. Sie spürte eine Hand auf ihrem Arm, schrie laut auf und sprang. Auf dem Weg ins bodenlose hörte sie eine Stimme, eine warme, dunkle Stimme.

„Es war nur ein Traum, Sarah, ein Albtraum, hörst du mich, du hast nur geträumt, du liegst in deinem Bett."

Vorsichtig öffnete sie die Augen und mit tränenverschleiertem Blick nahm sie Wolf wahr, der neben ihr auf dem Bettrand saß. Zärtlich streichelte er über ihre Haare, die nackten Schultern und Arme. Sie berührte sein Gesicht, zog sanft die Konturen seiner Augen, seiner Nase und des Mundes nach, rückte ein Stück zur Seite und die Arme fest um seinen Hals geschlungen, zog sie ihn zu sich ins Bett, half ihm seine Sachen auszuziehen. Vorsichtig drückte er sich an ihren heißen nackten Körper. Mit einer Hand erforschte er ihre Formen und erlag ihrer fordernden Begierde nach mehr, drang tief in sie ein und ein endloser Kuss besiegelte ihre Liebe.

Lautlos zog Wolf die Tür hinter sich zu. Aufgewühlt von Sarahs bedingungsloser Hingabe war er regelrecht geflüchtet vom stillen Ort, um den Zauber dieser Stunde zu entkommen. Kaum dass sich ihre Leiber voneinander getrennt hatten, fiel sie in einen Tiefschlaf und er bekam kein Auge zu. Wolf konnte keinen Blick von ihr wenden, beobachtete, wie sich ihr Gesicht und ihr wundervoller Körper entspannten, als wäre eine große Last von ihr genommen und sie endlich zur Ruhe gekommen. Von sich konnte er das noch nicht behaupten, aber er fühlte sich gerade richtig gut und das war befreiend.

Wenige Sekunden nur brauchte Sarah, um nach dem Wachwerden die Ereignisse des gestrigen Tages bis zum Einschlafen zu entwirren. Sie wühlte ihren Kopf in die Kissen, konnte ihn riechen, schmecken, fühlen und sie war glücklich. Selbst die traurige Gewissheit, dass sie wohl kaum Hand in Hand durch die Stadt laufen würden, raubte ihr nicht diesen Glücksmoment. Sie würde dankbar sein für jeden Augenblick, den sie mit Wolf verbringen durfte, egal wo, egal wie.

Frisch und erholt, wie nach einer entspannenden Wellness Stunde glitt sie aus dem Bett, selbst die Prellung an ihrem Arm merkte sie im Moment nicht. Nach dem Frühstück würde sie als erstes bei Eskil vorbeischauen. Wolf hatte sie nach Hause geschickt, bevor dieser geplante Einbruch eskalierte. Einen winzigen Moment grübelte sie darüber nach, ob er sie oder vor allem sich selbst schützen wollte. Aber egal, er hatte sich etwas dabei gedacht und sie würde es akzeptieren, und als völlig Unbeteiligte die Sache verfolgen. Sie hatte schon für genug Gesprächsstoff gesorgt und war nicht erpicht auf mehr Aufmerksamkeit.

Sarah bog in die Nebenstraße, mehrere Autos vor dem Dönerladen konnte sie von weitem erkennen, auch einen Streifenwagen. Sie schaute in den Gastraum, Eskils Neffe war mit Vorbereitungen beschäftigt. Er erkannte sie sofort und zeigte nach hinten. Sarah lief außen um das Haus herum und auf eine Gruppe Männer zu. Eskil, Wolf und die Polizisten unterhielten sich und zwei Fremde begutachteten die Einbruchsspuren an der schweren Tür zum Lager.

„Was ist passiert, um Himmelswillen", rief sie laut und schaute dabei Wolf ins Gesicht. In seinen Augen blitzte es auf und er nickte unmerklich. Das bestätigte ihre Vermutung, er wollte sie raushalten, und das war gut so. Die Beamten musterten sie, wollten natürlich wissen, wer sie sei und weshalb sie fragte. Sie stellte sich vor, erwähnte den Raubüberfall vor drei Tagen und inwieweit sie damit involviert war.

„Ah, das ist interessant", reagierte einer, „und Sie meinen dieser versuchte Einbruch gestern Nacht könnte damit etwas zu tun haben?"

„Wäre denkbar", erwiderte Sarah vorsichtig, „ich stehe jederzeit zur Verfügung, wenn ich bei der Aufklärung beitragen kann." Wir melden uns bei Ihnen, Frau Winter, antwortete er und nickte. Lächelnd strich sie mit der Hand über Eskils und Wolfs Arm und setzte ihren Weg fort, als wäre sie zufällig vorbeigekommen. Jetzt war es entschieden, es blieb ihr Geheimnis.

Joseph stand unter dem Tor und hielt wohl Ausschau nach ihr. Er schaute sie prüfend an, sagte aber nichts und lud sie zum Sitzen ein. Der kleine Grill stand bereit und in der Werkhalle rumorte es. Die Jungs müssen noch eine Ecke aufräumen, dann gibt es Würstchen, brummelte er lachend und seine Fältchen glichen einer Landkarte. Ich könnte Pommes und Salat dazu besorgen, was hältst du davon, fragte Sarah und strahlte ihn an. Ich glaube meine „Sarah" hätte nichts dagegen, mal wieder bewegt zu werden, fügte sie hinzu und zeigte in die Halle. Sein Grinsen wurde immer breiter, kopfschüttelnd holte er Moped und Helm.

Ehe die Jungs das geschnallt hatten, düste sie davon, halbe Stunde, rief sie Joseph noch zu und fuhr vom Hof.

Nach ein paar Minuten merkte sie doch, dass die gerade Haltung ihrer Arme sehr anstrengte und sie änderte die Route, fuhr den kürzeren Weg an ihrem Haus vorbei und stellte das Moped vor „Yemek" ab. Der Streifenwagen war nicht mehr zu sehen und das schwarze Auto war auch weg. Eskil unterhielt sich mit einem Landsmann vor der Tür, der sich gerade verabschiedete. Das war ihr sehr recht. Eskil begrüßte sie überschwänglich und Sarah erzählte von ihrem Vorhaben. Gleich wollte er los eilen, aber sie hielt ihn zurück. Eskil, darf ich fragen, wieviel Geld die geklaut hatten, wollte sie wissen. Er grinste, nicht viel, keine Hundert, erwiderte er leise, ich viel Geld immer hier. Er drückte seine Hände auf seinen Bauch und lachte, ich immer hier. Sie schlug ihm auf die Schulter und war sehr beeindruckt von seinem Vertrauen. Kluger Mann, schmeichelte sie ihm und folgte in den Gastraum. Große Portionen machte er zurecht und nahm keinen Cent von ihr. Einen Raki sollte sie noch trinken, aber da lehnte sie ab und zeigte nach draußen. Da schlug er sich vor die Stirn, nächste Mal Sarah, rief er ihr hinterher und sie hob die Hand.

Langsam fuhr sie zurück und wurde auf dem Werkstatthof johlend begrüßt. Aky, Sem und zwei andere Jungs bedrängten sie mit zig Fragen und Joseph pfiff sie zurück. Kümmert euch um die Bratwurst knurrte er, fuhr ihr Moped in die Halle und kam mit einem Stoß Plasteteller und Besteck wieder. Sarah schmunzelte, er hatte sich vorbereitet, der alte Fuchs, auch ein paar alte Holzstühle standen am Tisch. Aky schleppte noch Cola heran, und erinnerte sie an die Revanche am Billardtisch. Habe ich nicht vergessen, brauch noch ein bisschen, übe du schon mal, konterte Sarah und grinste. Dann packte sie Pommes und Salatteller auf den Tisch und sie bekamen große Augen. Toni stieß noch dazu, aber es reichte für alle, Eskil hatte großzügig eingepackt. Muss ich irgendetwas wissen, fühlte sie den Jungs auf den Zahn. Sie drucksten nicht herum, schüttelten die Köpfe, räumten den Tisch ab und bedankten sich.

Friedlich still war es, als die fünf zum Quartier schlenderten. Genussvoll blies Sarah Rauchkringel in die Luft, aber ihre Gedanken drohten abzuwandern, Sonntagnachmittag, Familientag, ging ihr durch den Kopf. Sie wollte es nicht. Joseph räusperte sich, konnte er ihre Gedanken lesen, so wie er sie ansah? Ihre Blicke kreuzten sich, doch Sarah schwieg weiter.

„Neulich sagte mir jemand, einen Freund könne man alles alles erzählen", hub Joseph zu reden an, hob aber gleich die Hände, „muss nicht, um Gottes Willen, aber kann."

„Du hast ja recht, mein Freund", erwiderte Sarah und legte ihre Hand auf seine Pranke. „Mir geht es gut, wir sind uns nähergekommen, sehr nah", gab sie preis und fühlte, wie ihr die Hitze ins Gesicht stieg. „Ich habe gewusst, worauf ich mich da einlasse. Aber die kleinen Teufelchen spazieren im Kopf herum und streuen Zweifel. Gerade eben dachte ich daran, ob es vielleicht die widrigen Umstände waren, die unser Zusammensein gestern Nacht beeinflusst hatten, ob es im stinknormalen Alltag überhaupt dazugekommen wäre. Doch eins weiß ich genau, ich werde ihm meine Liebe schenken, solange er es zulässt."

„Du warst also gestern Nacht dabei." Joseph überging den intimen Teil und seine Stirn legte sich in Falten. „Mir hat heute Morgen jemand zugetragen, dass Wolf allein die Täter entdeckt und die Polizei alarmiert hatte. Da warst du ja schon wieder in Gefahr", erregte sich Joseph heftig und seine Augen wurden ein Schein dunkler. Das amüsierte Sarah derart, dass sie lachen musste, weil seine Augenfarbe nun gar nicht mehr auszumachen war. „Das ist nicht zum Lachen, ich mache mir langsam Sorgen um dich", reagierte er sehr aufgebracht.

„Großer Mann, ich war nicht in Gefahr, Wolf hatte mich nach Hause geschickt, ehe er die Polizei informierte und die Täter waren völlig ahnungslos, als wir sie entdeckt hatten", beruhigte Sarah Joseph. „Und für die Polizei war ich nicht dabei und für alle anderen auch nicht, verstehst du. Wolf wollte mich beschützen und wenn er dir nichts anderes erzählt, dann weißt du es auch nicht anders, ist das in Ordnung für dich?" Er nickte und es war wieder still am Tisch. Sie hörten Schritte in der Halle und Joseph sprang auf, um nachzuschauen. Das passte ja, dachte Sarah, sie musste eh nach Hause, Steuerunterlagen noch einmal prüfen und sich sortieren, was am nächsten Tag zu erledigen war. Post vom Anwalt lag auch noch ungeöffnet auf ihrem Schreibtisch. Ob Fred schon Vater geworden war, ging ihr durch den Kopf und sie atmete tief durch und wollte aufstehen. Da spürte sie Hände auf ihren Schultern, die sie sanft wieder runter drückten.

„Schenk mir noch fünf Minuten, Sarah", flüsterte eine sehr bekannte Stimme und ein Schauer rieselte durch ihren Körper, als warme Lippen für Sekunden ihren Hals berührten. „Die Jungs haben es verraten, wo ich dich finde, und geschwärmt haben sie von einer Grillfete", erklärte Wolf laut und setzte sich schmunzelnd gegenüber.

„Das nächste Mal schicke ich dir eine Einladung, oder lieber nicht", warf Joseph spöttisch dazwischen, ehe Sarah etwas sagen konnte, und grinste sie an. Es erheiterte sie und machte sie gleichzeitig froh, wie die beiden Männer, jeder

auf seine Art, sie beschützen wollten. „Hast du ihm…"
stellte Wolf eine halbe Frage und zeigte auf Joseph.

„Habe ich, Wolf, wir wollen mit offenen Karten spielen, nicht wahr", antwortete Sarah widerspenstig, „ich brauche einen Freund und ihm habe ich erzählt, dass ich gestern Nacht dabei war und du mich nach Hause geschickt hast. Und da wir das auch geklärt haben, verschwinde ich jetzt, habe noch zu tun", setzte sie energisch hinterher, klopfte auf den Tisch und stand auf. Nach drei Schritten kam sie zurück, beugte sich zu Wolf und küsste ihn auf den Mund.

14

Wie zu erwarten, hatte sich der Überfall auf den Dönerladen herumgesprochen und war auch im Büro angekommen. Sarahs Kolleginnen steckten die Köpfe zusammen, trauten sich aber nicht zu fragen. Sie schmunzelte und vertiefte sich in ihre Arbeit, hatte gar keine Lust, auf irgendwelche Andeutungen einzugehen. Der Juniorchef schlich ständig um sie herum, schaute ihr über die Schulter, fragte nach belanglosen Sachen, die längst schon erledigt waren. Anja Wilkes Arbeitsplatz blieb leer und Sarah machte sich ihre Gedanken, die sich dann auch bestätigten, als sie vom Seniorchef Herrn Theusdorf zum Gespräch gebeten wurde.

„Sarah, wie geht es dir", begann er mit den üblichen Floskeln und sprach sofort weiter, ohne eine Antwort abzuwarten. So verhielt er sich immer, wenn etwas Unangenehmes zu klären war. Und sein Junior saß schweigend daneben. „Wir müssen effizienter arbeiten. Seit Frau Wellers Weggang läuft da einiges nicht mehr rund, die Verständigung untereinander ist mangelhaft, Fehler schleichen sich ein. Du bist die Dienstälteste, kennst alle Abläufe genau…"

Er redete und redete, betonte immer wieder ihre Erfahrung und die gute Zusammenarbeit von früher und in Sarah brodelte der Unmut hoch. Sein Sohn schwieg und nickte, das regte sie am meisten auf. Aber sie würde ruhig bleiben, hatte schließlich gelernt, ihre Emotionen zu beherrschen und es war ihr Chef und ihre Arbeit, womit sie ihren Lebensunterhalt verdiente. Nun sag was, forderte er sie auf und sie atmete tief durch.

„Vor wenigen Wochen hätte ich das Angebot angenommen, heute nicht mehr", antwortete sie fest und schaute ihrem Chef gerade in die Augen. „In meiner Arbeitszeit von 8 – 16 Uhr werde ich weiterhin mein Bestes geben, bin jederzeit für Hilfe, Fragen, ähnliches bereit und nehme bei Dringlichkeit Arbeit mit nach Hause, mehr nicht. Und ich denke, sollte die Abteilungsleitung, die wir früher nie gebraucht hatten, überfordert sein, gibt es ja noch den zweiten Chef, der es abfangen müsste, oder?" Diese Spitze konnte sich Sarah nicht verkneifen.

„Du hast einen Arbeitsvertrag mit der Firma und nicht als Sherlock Holmes, vergiss das nicht", knurrte Frank sie wütend an und erntete einen bösen Blick vom Seniorchef dafür.

„Dessen bin ich mir bewusst", konterte Sarah und lachte, „deswegen arbeite ich von 8 bis 16 Uhr brav im Büro und gehe danach auf die Straße, und arbeite ehrenamtlich für die Stadt. Ich kümmere mich um Jugendliche, auch sehr wichtig in der heutigen Zeit, oder?"

Der Juniorchef wollte etwas erwidern, aber Herr Theusdorf hob energisch die Hand und beendete das Gespräch, schaute Sarah nachdenklich an und entließ sie. Frank kam erst eine halbe Stunde später aus dem Büro mit verkniffener Miene. Sie hoffte sehr, der Senior hatte ihm mal eine ordentliche Ansage gemacht. Das war auch dringend nötig, das, was der Juniorchef hier zeigte, war einfach nicht akzeptabel. Und aus dem Gespräch hörte sie heraus, dass die neue Abteilungsleiterin, seine Freundin, wohl in guter Hoffnung sei. Bei Gelegenheit würde sie dem Chef nahelegen, ihre Kollegin Katja Hamann näher mit einzubeziehen. Sie war nach ihr am längsten dabei und durchaus in der Lage, mehr Verantwortung zu übernehmen. Für sie selbst kam das nicht mehr in Frage und wenn es hart auf hart kam, würde sie auch über eine Veränderung nachdenken.

Der herrliche Juninachmittag versöhnte sie nach Arbeitsende. Mit einem Coffee-to-go setzte sich Sarah neben den Shop und ließ die Sonne auf ihren lädierten Arm scheinen. Er schmerzte, die Arbeit am PC hatte ihm zugesetzt.

Sie fasste den Entschluss, gleich in „Alis Box Bude" zu gehen und Termine für Physiotherapie klarzumachen. Vielleicht konnte Frank ein gutes Wort für sie einlegen. Und da war es wieder, sie dachte an Frank und sah Wolf vor sich, fühlte seine Hände auf ihren Schultern, seine Lippen an ihrem Hals, nur für Sekunden, aber tiefe Sehnsucht nach ihm beherrschte ihre Seele.

Der Chef sei nicht im Haus, erklärte ihr Tina, das Grufti Mädchen am Tresen, ob sie was ausrichten solle. Nicht nötig, Tina, antwortete Sarah lächelnd, ich schaue mal hoch, ob die Physio noch offen hat. Das hat sie, täglich bis 20 Uhr, gab Tina eifrig Auskunft und schnalzte lachend mit ihrem Kaugummi. Sarah bedankte sich und stieg ins Obergeschoss. Der Empfang war unbesetzt, sie schaute sich um und leise Musik im Hintergrund sorgte für entspannte Atmosphäre.

„Wie kann ich helfen, junge Frau?"

Wie aus dem Nichts stand ein blonder Mann in weiß plötzlich hinter ihr und musterte sie. Sarah legte die Verordnung auf den Tresen, erklärte mit wenigen Sätzen, dass sie zeitnah sechs Behandlungen für einen geprellten Arm brauchte. „Zeitnah" wiederholte er und lachte, „wir sind zurzeit ausgelastet, versuchen Sie es vielleicht bei einem…" Mitten im Satz unterbrach er, schaute auf das Rezept und dann sie an. „Sarah Winter?", fragte er und wiederholte ihren Namen, „die Sarah Winter." Sie fing an zu lachen, die Szene war zu komisch. „Was dagegen?", konterte sie immer noch lachend, „ich heiße Sarah Winter und wie viele es davon noch gibt, keine Ahnung."

„Entschuldige, Sarah, ich bin Peter, ich habe heute noch nicht mit dir gerechnet. Frank war heute Morgen bei mir und hat dich angekündigt, da geht natürlich was." Er drückte fest ihre Hand und schmunzelte.

„Ahhhh, Frank, Beziehung ist alles, oder?", scherzte sie.

„Aber im Ernst, die Sache ist Donnerstagnacht passiert und ich habe außer Kühlen noch nichts dagegen getan. Heute nach der Arbeit schmerzt es von der Schulter bis in die Fingerspitzen."

„Gut", entgegnete Peter, schaute auf die Uhr, „ich habe noch eine Behandlung, dann könnte ich es mir anschauen in einer halben Stunde, ist das okay?" Sarah nickte erfreut, dann gehe ich noch einmal nach unten, sagte sie und verschwand. Tina strahlte ihr entgegen, wollte wissen, ob es geklappt hatte und bot ihr einen Kaffee an. Den nehme ich gerne, bedankte sich Sarah und schaute nach hinten. Frank ist jetzt in seinem Büro, erwähnte Tina und grinste. Sarah schnappte ihre Tasse, klopfte kurz und trat ein. Sein Blick war undurchdringlich. Wie der Vater so der Sohn, stellte Sarah fest. Samstagabend, endgültiger Abschied von Maren, und alles, was danach passiert war, stieg so deutlich in ihr hoch, dass sie schlucken musste. Frank ging es wohl ähnlich und er versuchte ihre Gedanken zu erraten.

„Danke für die Fürsprache, Peter schaut sich meinen Arm gleich an", lenkte Sarah gekonnt ab und strahlte ihn an. Das freut mich, erwiderte er erleichtert und begrüßte sie herzlich. Sie unterhielten sich locker über ein paar Trainingseinheiten, die sie trotzdem absolvieren konnte, Muskelaufbau für die Beine, ein wenig Laufband, aber Boxen muss noch warten, sagte er und beide lachten. Und genau das warf sie wieder zurück in die verworrene Gefühlswelt und sie stand auf. Dann will ich mal, wir sehen uns Frank, verabschiedete sie sich und verharrte ein paar Sekunden vor der Tür, um ihren Puls zu beruhigen.

Peter untersuchte ihren Arm, wollte wissen, ob er geröntgt worden sei. Sarah bejahte es und gab ihm den Arztbrief mit der Diagnose. Darauf erklärte er ihr ausführlich, dass Prellung eine stumpfe geschlossene Verletzung sei, bei der Haut, Gewebe, Muskeln, Sehnen, Faszien, gequetscht werden und dadurch Schmerzen entstehen. Außerdem können Schwellungen und Blutergüsse auftreten, so wie bei ihr, und das in allen Farben. Die Ärzte empfehlen meistens Kühlung, Salben und Ruhigstellung. Die Therapeuten plädieren mehr für leichte Bewegung, damit Verklebungen der Gewebeschichten verhindert werden und die Durchblutung gefördert wird.

„Da habe ich einen guten Arzt erwischt", erwiderte Sarah lächelnd, „er hatte mir das auch empfohlen. Du bist der Fachmann, Peter, und wenn wir jetzt noch passende Termine finden, ich kann leider erst ab 17 Uhr, bin ich zufrieden." Sarah schaute ihm treuherzig an und er musste grinsen. Zweimal in der Woche reicht, sagte er, druckte ihr 6 Termine aus, die er selbst übernehmen konnte und schaute sie ernst an. Ich habe einiges von dir gehört, Sarah, konfrontierte er sie, und nicht nur von Frank. Pass auf dich auf. Mach ich Peter, und danke für heute, erwiderte Sarah etwas erstaunt und verabschiedete sich bis Donnerstag.

Das reichte ihr für heute. Eigentlich wollte sie im „ask" vorbeischauen, aber nein, es war ein anstrengender Tag und sie hatte Hunger. Und ein Raki könnte sie vertragen, lachte sie in sich rein. Wenn schon Schmerzen, dann noch ein wenig Kater dazu, dafür würde sie auf Tabletten verzichten und konnte garantiert gut schlafen. Plötzlich hielt ein Auto neben ihr und sie schaute in Freds lachendes Gesicht.

„Ich komme gerade aus dem Krankenhaus, vor zwei Stunden ist Marlen zur Welt gekommen, Mutter und Kind gesund", sprudelte es aus ihm heraus und Sarah freute sich ehrlich mit ihm. Kann ich dich nach Hause fahren, wollte er wissen. Ja gern, und herzlichen Glück Wunsch und alles Gute für die kleine Familie, erwiderte Sarah etwas nüchtern und stieg ein. Du kannst mich bei „Yemek" absetzen, sagte sie und dachte dabei, wenn das mal nicht noch einen Raki wert war. Ob sie mit dem Betrag für die Mietzahlung einverstanden wäre, wollte er noch wissen. Aber sicher, bejahte sie, es hat sich ja kaum was geändert und ab Juli liefe ihr Einzugsverfahren. Sie wünschte ihm noch einen guten Abend, Gesundheit für Mutter und Kind und stieg vor dem Dönerladen aus.

Vor der Tür zögerte sie einen Moment, brannte sich eine an und horchte in sich rein. Ein dicker Kloss war ihr vom Magen nach oben gerutscht und ihr war leicht unwohl. Sollte sie doch lieber nach Hause gehen? Aber Eskil hatte sie schon entdeckt, die Tür stand offen, und er kam freudestrahlend auf sie zu. Sie riss sich zusammen und zeigte auf den Personaltisch. Er nickte, schaute plötzlich etwas besorgt und fragte, ob ihr gut geht. Da musste sie lachen, den älteren Menschen konnte man einfach nichts vormachen. Sie grüßte an den Tischen und setzte sich. Da stand er mit der Flasche Raki schon neben ihr, fragte, ob sie Hunger hätte und schenkte ein. Serefe Eskil, ein bisschen, kleinen Teller mit Döner und Salat, und einen Tee, erwiderte sie lächelnd und er eilte davon.

Die Nachricht von der Geburt hatte sie doch sehr getroffen. Nicht wegen Fred und seiner neuen Familie, um Gottes Willen, damit hatte sie sich schon längst abgefunden. Aber ihr „furchtbarer Tag" Nummer 2 kam urplötzlich tief aus ihr heraus und quälte sie im Moment. Der ganze Tag an sich war schon anstrengend und dann das noch. Allein zu Hause hätte sie jetzt nicht sein wollen. Gut, bei Joseph hätte sie sich ausheulen können, aber wollte sie das? Nein, hier musste sie sich etwas zusammenreißen und in dieser Ecke war sie auch gut geschützt vor neugierigen Augen.

„Wer hat dich geärgert, Sarah?"

Aus ihren Gedanken gerissen schaute sie hoch und mitten in Wolfs besorgtes Gesicht. Wo kommst du denn auf einmal her und sage jetzt nicht, du findest mich immer, reagierte sie etwas überrumpelt und wischte sich die Tränen aus dem Gesicht. Er zog ihre Hände an seine Lippen und schaute sie nur an. Ein Schauer huschte durch ihren Körper.

„Geärgert hat mich keiner. Ich habe Fred getroffen. Ein Kind wurde geboren und mich haben meine Schatten wieder mal eingeholt", beantwortete sie leise seine Frage. Oh, kam nur über seine Lippen. In dem Moment stellte Eskil Platten auf den Tisch und die beiden Männer tauschten einen Blick aus.

„Hat er dich angerufen?", fragte Sarah und zeigte auf Eskil. Ich mir Sorgen gemacht, Sarah, du so traurig, brummelte der alte Türke und füllte die Schnapsgläser nach. Sie war so gerührt, stand auf und umarmte ihn kurz. Strahlend lief er zurück zum Tresen. Lang bitte mit zu, er hat es wieder zu gut gemeint, forderte Sarah Wolf auf und zeigte auf die Teller. Er ließ sich nicht lange bitten, er hätte heute keine Zeit gehabt zum Essen, sagte er und müsste eigentlich schon längst auf der Autobahn sein.

„Bin ich jetzt schuld, dass du…"

„Nein, nein, Sarah", fiel er ihr ins Wort. „Ich musste sowieso umdisponieren, hatte bis gerade im Rathaus tu tun. Morgen früh muss ich in Berlin sein und einen Vortrag halten, fahre heute Nacht irgendwann. Aber jetzt muss ich nach Hause, bei dir alles gut?"

„Alles gut bei mir und wenn dich wieder einmal jemand anruft, nur weil ich traurig bin, einfach nicht darauf reagieren, versprochen", erwiderte sie und meinte es auch so. Mach dir darüber keine Gedanken Sarah, beruhigte er sie, und das nächste Mal erzählst du mir von deiner Physio bei Peter, setzte er noch nach und schmunzelte. Er beugte sich zu ihr, küsste sie und verschwand so lautlos wie er gekommen war. Sarah blieb noch einen Augenblick sitzen, knapperte die Reste vom Salatteller, goss sich einen Raki ein, und das Karussell ihres Lebens drehte sich weiter. Aber die Schatten hatten sich aufgelöst, es tat nichts mehr weh, außer ihr Arm. ‚Sehr beruhigend' murmelte sie vor sich hin und musste lachen. Eskil beobachtete sie und sah zufrieden aus.

Am Dienstag hatte das Wetter umgeschlagen und ein feiner Nieselregen benetzte den gesamten Vormittag Straßen und Häuser. Im Büro ging es etwas lockerer zu und in der Frühstückspause gab sie dem Drängen ihrer Kolleginnen nach, erzählte einiges von dem Überfall auf „Yemek", aber nur, was sowieso schon bekannt war. Die Mädels konnten sich überhaupt nicht vorstellen, dass sie so ihre Freizeit verbrachte, mit Jugendlichen und deren Probleme.

Nach der Arbeit nahm sie den kürzesten Weg zu Josephs Werkstatt, er freute sich. Es tat gut mit ihm zu reden. Sie erzählte von ihren geplanten Behandlungen bei Peter, dass sie Fred getroffen hatte, von dem neuen Erdenbürger und von Eskil, der aus Sorge um sie Wolf angerufen hatte. Was du so alles erlebst an einem Tag, Sarah, brummte er und musterte sie mit väterlicher Fürsorge. Er wollte wohl herausfinden, ob es ihr wirklich gut ging. Es geht mir gut, Joseph, nahm sie ihm gleich den Wind aus den Segeln, und wenn mein Arm sich erholt hat, wird Moped gefahren. Aber jetzt muss ich ins „ask", habe es schon lange versprochen, rief sie fröhlich und sprang auf. Wie geht es Muchad eigentlich?

Ehe Joseph antworten konnte, stürmten Aky, Batu und Toni auf den Werkstatthof, laut diskutierend. Was ist los, wollte Sarah wissen, ich war gerade auf den Weg zu euch. Wieso seid ihr nicht im Quartier, gab es Zoff? Sie drucksten herum, ob sie jetzt wieder öfter käme, lenkten sie ab, ob ihr Arm wieder in Ordnung sei, wann sie endlich mal mit dem Moped käme, und…

„Ihr habt noch nicht meine Frage beantwortet, ist irgendetwas, gab es Ärger, raus mit der Sprache", bedrängte sie die Jungs und ließ nicht locker. „Wenn ihr nicht mit mir reden wollt, kann ich auch nach Hause gehen."

Wir haben keinen Ärger, machte Batu endlich den Mund auf, macht keinen Spaß heute. Genau hängte sich Aky jetzt mit rein, da kommt so eine blonde Tussi und will uns aushorchen, da sind wir abgehauen. Und dann schleppt sie noch zwei Typen an, die den Billardtisch in Beschlag nehmen und keinen mehr ranlassen, gab Toni seinen Kommentar dazu, da sind wir abgehauen, damit es keinen Ärger gibt.

Joseph und Sarah wechselten einen Blick und in ihr kam eine Ahnung hoch. Nun mal langsam Jungs, was meint ihr mit aushorchen, fragte sie vorsichtig. Na, aushorchen eben, erklärte Toni näher, dumme Fragen stellen über Wolf, ob er immer da ist, auch am Wochenende, wann er da kommt und... Genau, uuuund, fiel ihm Aky ins Wort, dann wollte sie wissen, ob du dann auch immer da bist, Sarah, da hat es uns gereicht und wir sind gegangen. Sarah hatte genug gehört. Wolf würde begeistert sein, dachte sie, und dass er es erfahren würde, dafür würden die Jungs sorgen, da war sie sich sicher.

„Das mit dem Billardtisch klären wir sofort, Jungs, gehen wir."

Sarah spielte die Sache etwas runter und marschierte los. Joseph zeigte nach hinten und über die kleine Gasse dauerte es gerade mal 5 Minuten, da standen sie vor dem Quartier. Gerade kamen Sem und Muchad heraus. Sarah freute sich, Muchad hatte sich gut erholt. Muss alles langsam machen, sagte er und feixte. Pass auf dich auf, erwiderte Sarah und fragte noch, wo sie schon hinwollten. Wir wollten Billard spielen, aber die Fremden lassen keinen ran, druckste Ben herum, und Andrey ist gerade was besorgen, da gehen wir lieber zu Joseph.

„Wir gehen jetzt alle wieder rein", bestimmte Sarah und öffnete die Tür. Mit einem Blick überschaute sie die Lage. In der Ecke saßen drei Jungs und spielten Karten, zwei junge Männer am Billardtisch, mit Kippen im Mund, hatten ihren Spaß und Kati, die blonde Tussi, wie Aky es ausgedrückt hatte, hockte daneben und heizte sie an. Auf dem Tisch standen Bierflaschen, die sie sich wohl vom Kiosk mitgebracht hatten. Die Jungs hielten sich zurück und sie trat an den Tisch heran. Was ist hier los, wollte sie wissen und nahm die schwarze Kugel vom Tisch. Sarah, da bist du ja, rief Kati und kam auf sie zu. Sarah übersah die ausgestreckte Hand und drehte sich zu den Männern. Ah, das ist also die Sarah, sagte einer und grinste. Können wir jetzt weiterspielen, mischte sich der andere ein, drückte die Kippe auf einer Unterrasse aus und nahm einen Schluck aus der Flasche. Können wir nicht und ich möchte Sie bitten, die Einrichtung zu verlassen, antwortete Sarah ruhig.

„Oho, hier hat wohl einer das Sagen", provozierte der erste und schaute sie frech an. „Ist das kein öffentlicher Raum, darf hier nicht jeder rein und eine Runde Billard spielen? Wer bestimmt das denn, wird doch von der Stadt bezahlt, oder von unseren Steuergeldern, ist das nicht so?"

„In erster Linie ist das ein Treffpunkt für Jugendlich von 14 bis 18, wozu sie ja zweifellos nicht mehr gehören", klärte Sarah ganz in Ruhe auf. „Natürlich sind auch Gäste gern gesehen in unserer Gemeinschaft. Aber jeder, der sich in diesen Räumen aufhält, muss sich an die Hausordnung halten, unter anderem: Rauchverbot in geschlossenen Räumen und Alkoholverbot. Wer sich nicht an die Hausregeln hält, wird hier auch nicht geduldet. Des Weiteren achten wir sehr auf einen freundschaftlichen, konfliktfreien Umgang miteinander." Sarah überhörte einfach die spöttischen und unqualifizierten Bemerkungen der beiden, die sich echt darüber lustig machten, und drehte sich zu Kati. Ihr war es anzusehen, dass sie sich nicht mehr wohl in ihrer Haut fühlte. Aber das war Sarah jetzt egal, den Denkzettel hatte sie verdient. „Kati, vielleicht unterhältst du dich mal mit deinem Vater über seine Arbeit, dann wäre das nicht neu für dich."

Wütend starrte Kati Sarah an und dann ihre Begleiter. „Kommt jetzt, wir gehen", befahl sie und die meuterten. Du hast uns doch hierhergeschleppt, rief einer erbost, deinen

136

Alten sollten wir ausspionieren, ob da was mit der... „Halt die Klappe", Bruno, fiel Kati ihm ins Wort und stürmte zur Tür. Dort stieß sie mit Andrey zusammen, der gerade zurückkam. Sie schubste ihn zur Seite und er kuckte völlig bedeppert.

Meine Herren bitte, forderte Sarah Katis Begleiter auf, zeigte zu den halbleeren Flaschen und dann zur Tür. Sie hielten es für besser zu gehen und Sarah ging erst mal eine rauchen. Durch die Tür drangen heftige Wortwechsel und sie musste schmunzeln. Sie hatte nicht vor, Andrey zu kritisieren, aber alles, was er wissen sollte, erfuhr er jetzt gerade von den aufgebrachten Jungs und plötzlich stand er neben ihr.

„Sarah, es tut mir leid, aber ich kenne die beiden, eigentlich sind die..., na ich meine sie sind mit Kati gekommen. Die kenne ich ganz gut, Wolfs Tochter, die wollte ein paar Minuten aufpassen, ich musste kurz nach Hause, meine Mutter ist krank und ich..."

„Andrey, du bist mir keine Rechenschaft schuldig, und es ist ja auch nichts passiert", stoppte Sarah sein Gestotter und lächelte. „Besser ist es, du redest mit Wolf über die Sache, denn erfahren wird er es sowieso, wie du dir denken kannst, aber nicht von mir. Und ich gehe jetzt nach Hause, ist das in Ordnung für dich?" Na klar, antwortete er etwas erleichtert und hielt ihr die Tür auf. Dahinter lauerte schon Aky mit dem Queue in der Hand. Sarah lachte, ging zum Tisch und zog ihre Jacke aus. „Leute, sieht das so aus, als könnte ich gut Billard spielen damit, gebt mir noch ein paar Tage. Ab Donnerstag bekomme ich Physiotherapie, sechs Anwendungen, und dann könnte es was werden."

So 10 Augenpaare starrten auf ihren Arm, der bereits in allen Regebogenfarben leuchtete. Tut das weh, wollten sie wissen. Sicher tut das weh, erwiderte sie und verzog das Gesicht, als hätte sie in eine Zitrone gebissen. Fragt doch mal Muchad, der hat geprellte Rippen, das ist viel schlimmer, oder Muchad? Alle umringten jetzt ihren Freund, der nickte heftig und Sarah schlüpfte zur Tür raus.

15

Ein stechender Schmerz im Schultergelenk weckte Sarah schon um fünf Uhr. Der Donnerstag fing ja gut an, nölte sie vor sich hin und quälte sich aus dem Bett. Dabei hatte sie sich gestern geschont, nach der Arbeit nur ein paar Besorgungen gemacht in der Stadt und den Rest des Tages zu Hause verbracht. Es war allerhand liegengeblieben, aber ihre Wohnung würde sie am Samstag gründlich putzen, samt Terrasse. Natürlich mit reichlich Auszeiten und Kühlpacks auf dem Arm. Trotzdem ging es ihr schlecht. Sie beschloss, einen Teil ihres Jahresurlaubs zu beantragen für die nächsten zwei Wochen. Wolf hatte sie seit Sonntag nicht gesehen, und dass machte ihr, obwohl sie dagegen ankämpfte, auch noch zu schaffen.

Der Seniorchef hatte den Urlaub genehmigt mit einer Bedingung, sie müsse verfügbar sein, wenn es erforderlich wäre. Aber, schwächte er gleich ab, die Auftragslage wäre im Moment überschaubar und der Juniorchef hätte den Überblick. Er schaute ihr in die Augen so wie früher und schmunzelte. Sarah bedankte sich und lächelte. Da hatte sich wohl was getan, Gott sei Dank, ging ihr durch den Kopf und der Tag war fast gerettet.

Nach ihrer ersten Anwendung bei Peter war sie einfach kaputt. Sie spielte mit dem Gedanken bei Frank reinzuschauen, verwarf es aber gleich wieder. Der wahre Grund nagte in ihr und sie musste dagegen angehen, ihre Gefühle endlich in den Griff bekommen. Der kürzeste Weg nach Hause führte an Pauls Kiosk vorbei. Da könnte sie mal Hallo sagen und ein Tütchen Lakritz mitnehmen.

Paul war sehr erfreut und sie unterhielten sich über alles Mögliche. Natürlich war er, wie konnte es auch anders sein, besser informiert als die Tageszeitung. Sarah blockte es ab und erkundigte sich, ob er noch mit den Jungs Kontakt hatte. Aber ja, er kannte schon einige, die im Joseph vermittelt hatte, und es klappte gut, erklärte er eifrig und er half gerne, wenn sie sich dementsprechend benahmen. Steck ein, für dich gibt es Lakritz umsonst, sagte er lachend und schob ihr die zwei Euro über den Ladentisch, und schau mal wieder vorbei. Mache ich, erwiderte sie, schwenkte die Lakritz Tüte und setzte ihren Weg fort.

Heute lief sie an der Häuserreihe entlang und unwillkürlich hatte sie Visionen, die sie an den Donnerstag vor einer Woche erinnerten. Kurz vor der Straße sauste ein Junge hinter dem Haus hervor und stieß mit ihr zusammen. Aua, rief sie aufgebracht und hielt ihren Arm, kannst du nicht aufpassen? Er drehte sich um und starrte sie an. Sie erkannte ihn sofort. Sem, was rennst du so blind durch die Gegend, wollte sie wissen, was ist passiert? Sarah, rief er völlig außer Atem, aber doch erleichtert. Die sind wieder hinter mir her. Wie, die beiden vom letzten Mal, warum, bohrte sie und er nickte heftig. Ich habe die in der Stadt getroffen, die haben wir den Weg versperrt und wollten noch Geld, es wäre noch etwas offen, haben die behauptet. Die Leute haben gekuckt und ich bin losgerannt. Jetzt mal langsam, unterbrach Sarah seine Aufregung, hast du dir wieder was geborgt? Nein, schrie er, fast den Tränen nah, ich borge nichts mehr, von niemanden.

Sarah legte den Arm um seine Schulter und beruhigte ihn. Ich glaube dir Sem, jetzt warten wir gemeinsam, flüsterte sie und zog ihn in den Hauseingang. Es dauerte gar nicht lange, da hörten sie Stimmen. ‚Der muss hier lang sein, sagte einer. Genau, der will bestimmt ins „ask", müssen ihn vorher abfangen', stimmte der andere zu.

„Kann ich euch helfen", fragte Sarah freundlich und stellte sich in den Weg. So überrascht wie die glotzten war ihr klar, dass die beiden sie sofort erkannt hatten. Nein, danke, stotterten sie und wollten weitergehen. Sarah ließ sie nicht vorbei und winkte Sem heran. „Dann kann euch vielleicht Sem helfen", grollte sie mit drohendem Blick. Sie wichen einen Schritt nach hinten aus und hampelten herum. Ich warte, motzte Sarah sie scharf an und ging einen Schritt auf sie zu. Sie hatte ihre Sporttasche abgestellt und die Arme vor der Brust gekreuzt.

„Was willst du von uns", meckerte der größere los, wir haben uns in der Stadt getroffen und etwas geplaudert. Und wenn er was anderes behauptet, lügt er."

„Ach so, geplaudert, und warum verfolgt ihr ihn dann, so nach dem Motto; ‚der muss hier lang sein, der will bestimmt ins „ask", wir müssen ihn vorher abfangen'. Ihr wolltet also kein Geld von Sem, oder, ich nenne es Nötigung! Die Sache von damals war erledigt, erinnert ihr euch."

Die fast wortwörtliche Wiedergabe ihres Gespräches hatten sie nicht erwartet und sie versuchten es ins Lächerliche zu ziehen. War doch nur Spaß, sie wollten der Memme nur etwas Angst machen, war doch nicht ernst gemeint, faselten sie durcheinander und grinsten dabei.

„Schluss jetzt, den Spaß verstehe ich nicht", unterbrach Sarah mit ernster Stimme ihr Geschwafel, „und solltet ihr noch einmal mit Sem oder irgendjemandem so eine Masche abziehen, bekommt ihr wirklich Ärger mit mir, ist das verstanden! Könnt euch ruhig mal umhören, mit Sarah ist nicht zu spaßen." In dem Moment kamen zwei Männer aus dem „Yemek", sahen die Gruppe und steuerten über die Straße auf sie zu. Sarah, rief der eine, alles in Ordnung? Alles Okay, rief sie zurück und hob die Hand. Das gab den beiden wohl den Rest, sie hatten es plötzlich sehr eilig und verschwanden kurz darauf in der Einkaufsmeile. Bei dir auch alles gut, fragte sie Sem, der noch kein Wort gesprochen hatte. Ja, ja, alles gut und danke Sarah, erwiderte er und

141

sauste los. Sie selbst eilte nach Hause, nicht schon wieder Döner. So langsam musste sie mal wieder an ihre ausgewogene Ernährung denken. Und Arbeit hatte sie sich aus dem Büro mitgenommen, aber ab Montag zwei Wochen Urlaub. Geschafft, im wahrsten Sinne des Wortes. Gestern Abend noch Zahlen wälzen ging gar nicht, doch heute war ihr Schreibtisch leer. Dafür hatte sie eine halbe Stunde früher angefangen und nach Arbeitsschluss noch drangehängt. Zielstrebig kaufte Sarah ein paar Lebensmittel, fehlende Kosmetika und frisches Gemüse, ausnahmsweise mal im kleinen Laden auf der Ecke. Seit dem Vorfall mit der Wandschmiererei überschlug sich Herr Bekroll fast vor Freundlichkeit. Sarah musste jedes Mal schmunzeln und bedankte sich freundlich. Seine Ware war wirklich frisch. Jetzt nur noch Beine hoch und kühlen. Im Drogeriemarkt hatte sie einen allerliebsten Strampler und eine Karte erstanden für Freds Nachwuchs. Heute Mittag hatte er sie extra im Büro aufgesucht, um sie persönlich zum Babypinkeln in Marys Bar für Samstag, 20 Uhr einzuladen. Na ja, vielleicht der richtige Anlass, um endgültig Frieden zu schließen.

Und da war es wieder, das Gefühl beobachtet zu werden. Sarah lief an ihrer Nebenstraße vorbei, überquerte die Meile und ging noch einmal in Richtung Einkaufscenter. Sie blieb an verschiedenen Schaufenstern stehen, wechselte einige Male die Seiten und war sich sicher. Mit etwas Abstand folgte ihr ein dünner, unscheinbarer Mann. Sie kannte ihn, er stand mit seinem leeren Kaffeebecher oft neben der Bäckerei und sie selbst hatte schon mal einen Euro reingetan. Wieso folgte er ihr. Kurz entschlossen holte sie sich doch noch Zigaretten bei Henry. Der Kiosk gehörte zu Wolfs Kontaktliste, und blitzartig erinnerte sie sich. Natürlich, jetzt machte alles einen Sinn und sie konnte mit Henrys Ausspruch etwas anfangen.

‚Am Dienstag hatte er sie gefragt, ob sie am Montag mit Wolf verabredet gewesen sei, er wäre gerade hier gewesen.

Nach ihrer Verneinung hatte er weiter bedient und für sie war die Sache vergessen. Doch ein paar Minuten später war ihr Kati in der Einkaufsmeile entgegengekommen, hatte die Straßenseite gewechselt und sich weggedreht. Und abends war sie mit ihren Kumpels im „ask" aufgetaucht.'

Wie Schuppen fiel es Sarah von den Augen und ihr kam ein böser Verdacht. Sie beobachtete unauffällig den Schattenmann. Er setzte sich auf eine Bank mitten in der Flaniermeile, als sie im Coffee Shop verschwand. Mit zwei Becher Kaffee kam sie raus, setzte sich daneben und überrumpelte ihn damit. Er wollte aufspringen.

„Bleib sitzen", forderte sie ihn leise auf und reichte den Becher rüber, „und dann erzähle mal, warum du mir folgst und mich beobachtest?" Sie brannte sich eine Zigarette an und hielt ihm die Schachtel vor die Nase. „Gut, wenn du nicht redest, rufe ich jetzt die Polizei und sage aus, dass du mich schon tagelang stalkst", drohte Sarah.

„Mach ich doch gar nicht, so ist das nicht, die Frau... ich meine, Geld kann ich immer gebrauchen", stotterte er herum und nahm sich eine Zigarette. „Nun mal der Reihe nach, welche Frau, welches Geld?", bohrte Sarah weiter und er knickte ein. So erfuhr sie, dass eine blonde, junge Frau ihn am Dienstag angesprochen hätte, ob er sich ein paar Euro verdienen wolle, 10 gleich und dann noch 40. Dafür müsste er nur jemand bis Freitag beobachten und ihr davon berichten. „Heute also", fiel Sarah ihm ins Wort, „wann?" Um sechs am Bäckerladen, antwortete er zerknirscht. „Oh, das ist in 15 Minuten", bemerkte Sarah und schaute in alle Richtungen umher. „Ich verschwinde jetzt in der Boutique gegenüber. Du sollst dein Geld haben, aber mach so etwas nie wieder", mahnte sie den eingeschüchterten jungen Mann. „Du berichtest ihr, was du gesehen hast, zählst alle Läden auf und fertig, hast du das verstanden?

Und ich behalte dich im Blick!" Sarah zeigte mit zwei Fingern auf ihre Augen und verschwand im Klamottenladen.

Unglaublich, 10 Minuten später blieb Kati vor dem Mann stehen. Er zeigte die Meile hoch und runter, auf die Drogerie und den Coffee Shop, auf die andere Seite und wieder nach unten. Sie steckte etwas in den Becher und eilte Richtung Einkaufscenter. Sarah wartete noch, machte sich endlich auf den Heimweg und gab ihrem Beschatter noch einmal Handzeichen beim Vorbeigehen. Er grinste ihr hinterher und sie schmunzelte, die Belohnung hatte er sich verdient.

Am Samstagmorgen kreisten immer noch diese Gedanken in ihrem Kopf. Was hatte sich Kati nur dabei gedacht. Ein wenig konnte sie es sogar nachvollziehen, in Katis Augen war die Familienidylle in Gefahr. Sarah verspürte das dringende Bedürfnis darüber zu reden, auf keinem Fall aber mit Wolf. Im Schnelldurchgang putzte sie durch die Wohnung, bezog das Bett frisch, Terrasse musste noch warten, und machte sich auf den Weg zu Joseph, es gab ja so viel zu reden. Er freute sich sie zu sehen, merkte aber sofort, dass sie ihm etwas vorenthielt.

Was am Dienstag im „ask" alles passiert war, wusste er haarklein. Er verhehlte auch nicht wie stolz er auf sie war. Ihm gefiel ihre Art mit Konflikten umzugehen und sie zu lösen. Auch Sem hatte ihm schon seine Geschichte gebeichtet. Doch ihr entging es nicht, dass Fragen auf seiner Zunge brannten. Sie hatte keine Lust darauf einzugehen. Was würde er erst sagen, wenn er die gestrige Story von der Beschattung erfuhr. Aber eigentlich war sie ja deshalb hier, um ihre Last mit jemandem zu teilen.

„Nun erzähl schon", knurrte er sie an, „das war doch längst nicht alles. Und komm mir jetzt nicht mit

Babypinkeln, davon habe ich auch schon gehört." Er verzog sein Gesicht wie ein alter Fährmann, der dem tobenden Meer strotzte und Sarah musste lachen, bis ihr die Tränen rollten. Sie schniefte sich aus, brannte sich eine an und lehnte sich zurück. Er holte inzwischen zwei Pötte Kaffee und ließ sie nicht aus den Augen.

Völlig emotionslos berichtete Sarah langsam die ganze Geschichte; angefangen von ihrer fast Begegnung mit Kati, von ihrem Gefühl, dass sie seit dem Dienstag jemand beobachten würde, dann weiter, wie sie den jungen Mann gestellt hatte und gestern Abend die Bombe geplatzt war. In seinem Gesicht arbeitete es und er unterbrach sie nicht ein einziges Mal.

„Oh Jeh, oh Jeh, das ist ein starkes Stück", rief er plötzlich und schaute ihr in die Augen. „Meinst du nicht, er sollte davon erfahren?" Von mir nicht, hielt ihm Sarah entgegen. Das ist eine Familienangelegenheit, da hänge ich mich nicht rein, und ich kann damit umgehen. „Wenn du meinst", erwiderte er nachdenklich, „aber ich glaube, es wäre richtig, damit er sich darauf einstellen kann. Seine Tochter wird es ihm nicht freiwillig erzählen, aber kommt es mal raus, macht es die Sache viel schlimmer. Vielleicht beichtet sie es Frank, und der lässt es nicht auf sich beruhen, er kennt die Problematik und er mag dich. Für mich ist nur wichtig, dass du keinen Schaden davon hast."

„Mach dir nicht so viel Gedanken, lieber Joseph. Ich bin schon mit anderen Sachen fertig geworden. Das Leben ist ein Karussell und wenn man rausgeschleudert wird, muss man wieder aufspringen und um sein Seelenheil kämpfen. Ich habe eine Weile gebraucht, um das zu begreifen, aber die letzten zwei Monate haben mich stark dafür gemacht. Und jetzt mein Lieber gehe ich nach Hause und verwöhne mich mit einem Wellness Nachmittag, damit ich heute Abend frisch und munter der jungen Familie alles Gute für ihr weiters Leben wünschen kann." Sarah sprang auf, bedankte sich für den Kaffee, nahm Joseph beim Kopf und eilte davon. Seinen mitfühlenden Blick konnte sie nicht mehr ertragen, ein wirklicher Freund eben. Und ihr war es auch egal, was Joseph Wolf erzählen würde.

Eine halbe Stunde früher war Sarah schon in Marys Bar. Ziemlich leer war der Gastraum und Jo schonte sich noch ein wenig. Der Fuß wollte keine Ruhe geben, vor allem nicht, wenn er stundenlang darauf herumstand, erzählte ihr Mary und man merkte, dass sie mitlitt. Sarah nahm sie in die Arme und konnte das gut verstehen, Mary war sehr mitfühlend. Sie unterhielten sich über Maren, die sich bisher nicht gemeldet hatte. Kein Grund zum traurig sein, erklärte die Wirtin, Maren hatte versprochen, dass sie sich sofort melden würde, wenn das Gröbste geschafft wäre. Wahrscheinlich war so eine Umsiedlung schwieriger, als man vorher dachte, vermuteten sie und wollten in Ruhe abwarten. Natürlich fragte Mary auch nach Geschichten, die sie schon wieder gehört hatte, und vor allem nach Wolf. Kein Thema für heute, meine Liebe, wich Sarah aus und war froh, dass gerade in dem Moment die Tür aufging und ein Schwarm schwatzender, lachender Arbeitskolleginnen und Kollegen aus Freds Firma hereinschneiten, allen voran der große Chef Herr Strakmann. Sie hatten sich wohl vor der Tür getroffen.

Sarah überlegte kurz und ging dann in die Offensive, schnappte sich eins von den Tabletts mit vollen Sektgläsern und begrüßte sie alle herzlich. Mary brachte das andere Tablett hinterher und konnte sich ein Grinsen nicht verkneifen. Gut gemacht, flüsterte sie ihr zu und beide amüsierten

146

sich über die verdutzen Gesichter der Gesellschaft. Wenige Minuten später stieß Fred dazu, freudestrahlend und mit der kleinen Marlen auf dem Arm. Er bedankte sich bei allen, dass sie der Einladung gefolgt waren, und erhob sein Glas. Susanne schien sich nicht so wohlzufühlen, vor allem, als sie Sarah entdeckte, die ihr auch noch gratulierte und ein Geschenk übergab. Sie flüsterte ihrem Mann etwas zu und der reagierte sofort. Nach zehn Minuten gab er bekannt, dass er Mutter und Kind wieder sicher nachhause bringen würde, seine Gäste natürlich bleiben dürften und er gleich wiederkäme. Laute Bravorufe und Geklatsche an den Stehtischen dröhnten durch die Bar und die drei verließen den Raum. Aber damit hatte keiner ein Problem und alle fingen an zu feiern und stürzten sich auf das appetitlich zurechtgemachte Büfett.

Sarah schmunzelte und war froh, dass sie Mary unterstützen konnte. Auf Gespräche hatte sie null Bock. Dafür fühlte sie genau, dass sie beobachtet wurde, wieder einmal. Mary stieß sie an und zeigte grinsend zum Thekenende. Wolf, da stand er tatsächlich, hatte sich unbemerkt unters Volk gemischt. Unter ihrer Haut fing es an zu kribbeln und als Mary nickte, setzte sie sich auf den Hocker daneben. Sie spürte seine Wärme, fröstelte kurz und schaute ihm mit all den aufgestauten Gefühlen tief in die Augen. Keiner beachtete sie und das war gut so.

„Sarah, es tut mir so leid", sagte er leise und wich ihrem Blick aus.

„Was genau, Wolf, dass wir uns eine Woche nicht gesehen haben, dass mir mein Arm noch weh tut, dass mein Ex Vater geworden war, was genau tut dir leid, Wolf?"

„Sarah, bitte", reagierte er leicht genervt „Ich bin erst gestern Abend zurückgekommen, musste drei Vorlesungen in drei verschiedenen Städten für einen Kollegen

147

übernehmen und bin nicht auf Späßchen eingestellt. Du weißt genau, was ich meine. Bevor ich hierhergekommen bin, war ich bei Joseph." Oh, entfuhr es Sarah und jetzt tat es ihr leid, dass sie so plump reagiert hatte, und sie legte die Hand auf seinen Oberschenkel. Langsam entspannte er sich und sie ließ ihm die Zeit. Komm, lass uns an den Tisch gehen, sagte sie, nahm die Gläser und stellte sie auf ihren Stammplatz, der immer reserviert war. Die Bar hatte sich gefüllt und in der Ecke konnte man sich noch ungestört unterhalten, aber Wolf blieb still.

„Du musst dir keine Sorgen um mich machen, Wolf, mir geht es gut", redete sie leise auf ihn ein. „Ich lebe wieder, mit allen Höhen und Tiefen, mit Freude, Gefühlen, Ärger und Schmerz. Und das habe ich dir zu verdanken. Vor Monaten hattest du mich gefragt, was ich eigentlich vom Leben erwarten würde, da ich ja wohl alles hatte, zumindest mehr als viele andere Menschen, erinnerst du dich? Du kanntest mich gar nicht, hast dir trotzdem ein Urteil gebildet. Jetzt kennst du mich, weißt mehr über mich als die meisten Menschen, mit denen ich Kontakt habe. Mir geht es gut, verstehst du, ich lebe wieder und ich liebe dich." Die letzten Worte flüsterte Sarah kaum hörbar, aber durch seinen Körper ging ein Ruck.

„Hallo, Sarah", unterbrach Fred, ihr Exmann und jetzt stolzer Vater, das einseitige Gespräch, „schön, dass du gekommen bist. Meine Kollegen nerven mich, ob es tatsächlich stimmt, was man so über dich erzählt." Sage einfach, es wird so viel erzählt, versuchte Sarah ihn abzuwimmeln. Aber sein Kollege Wolfgang hing sich gleich mit rein. Ach ne, rief er, das ist doch Wolfram Brunner, unser Jugenddezernent. Genau, du hast es erfasst Wolfgang, konterte Sarah lachend, das ist mein Chef, der war die ganze Woche unterwegs und jetzt muss ich ihm zum Samstagabend Bericht erstatten, was in der Woche in unseren Jugendquartieren und auf den Straßen so passiert war. Ach, hakte Fred gleich ein, du hast einen zweiten Job? Ne, ne, mein Lieber, ich arbeite für die Stadt ehrenamtlich, bekomme keinen Sou dafür, mach dir keine Hoffnung, erwiderte Sarah laut und griente ihn an.

Das wurde ihm jetzt doch zu peinlich, er wünschte noch einen schönen Abend und mischte sich wieder unter seine Kollegen. Mary hatte alles an der Ecke verfolgt und lachte sich kaputt. Selbst Wolf musste schmunzeln und schüttelte nur mit dem Kopf. Er sieht richtig kaputt aus, dachte Sarah und hätte ihn am liebsten in den Arm genommen. Aber das ging ja wohl nicht, sie hatten eh schon für Aufmerksamkeit gesorgt. Also bestellte sie sich noch einen Gin Tonic auf Freds Rechnung und ging zur Toilette. Als sie zurückkam, war Wolf weg und ihr Getränk stand auf der Theke. Es verwunderte sie nicht und sie fiel auch nicht in ein schwarzes Loch. Sie plauderte noch eine Weile mit Mary, die rief dann Memet an und schaute ihr lächelnd hinterher.

16

Leise schloss Sarah ihre Wohnungstür auf. Ein lieblicher
Duft ihres Duschgels schwebte im Raum und seine Sachen
lagen ordentlich auf dem Sessel. Auf Zehenspitzen schlich
sie ins Schlafzimmer, zog sich aus und legte sich neben den
schlafenden Mann unter die Decke. Auf den Ellbogen gestützt betrachtete sie ihn liebevoll. Ein tiefer Seufzer ent-
rang sich seiner Brust und er schlug die Augen auf, wollte
etwas sagen. Sarah legte ihren Finger auf seine Lippen,
schob das Bett zur Seite und begann seinen Körper zu strei-
cheln. Vom Gesicht, über die behaarte Brust bis zu den Len-
den glitten ihre Hände ganz zart von oben nach unten, immer wieder. Sie küssten sich weich und sanft, dann fordernd, bis ihre Leiber miteinander verschmolzen, Zeit und
Raum sich auflösten.

Wolf hatte seine Arme fest um sie geschlungen, starrte
an die Decke und fühlte sich leicht, erholt, einfach fantastisch. Er konnte es gar nicht begreifen und fragte sich,
wann er sich das letzte Mal so gefühlt hatte, seit Jahren
nicht. War es egoistisch, was er tat, fragte er sich auch. Sarah schlüpfte aus seinen Armen, richtete sich auf und
schaute auf ihn herab. Dann liebkoste sie sein Gesicht,
ahnte genau, was gerade ihm vorging und sagte leise, „Es
war unglaublich schön, Wolf, vergiss den „stillen Ort"
nicht, dann   geht es uns beiden gut." Sie berührte mit den
Lippen seinen Körper, küsste die Stelle, hinter der sein Herz
ruhig und regelmäßig klopfte. „Du bist unglaublich, Sarah", murmelte er, strich ihr die Haarsträhne zurück und
setzte traurig hinterher, „ich muss jetzt gehen." Er stand auf
und deckte sie zu. Ich weiß, gab sie lächelnd zur Antwort,
kuschelte sich unter die Decke und schlief ein.

Nicht mal die Sonne konnte sie heute aus dem Bett locken. Immer wieder drückte sie ihr Gesicht in die Kissen, sog den Geruch auf, streichelte über das Laken und in ihrem Körper summte es. Der Tag gehörte ihr, ohne Joseph, ohne die Kids, sie wollte ihn genießen, nur mit sich allein und ihren Tagträumen. Ihr Magen fing an zu knurren und lachend schwenkte sie die Beine über den Bettrand. Da hatte sie wohl die Rechnung ohne den Wirt gemacht, wie man so schön sagte.

Nach einem ausgiebigen Brunch sonnte sie sich auf der Terrasse, träumte dabei vor sich hin. Ausgeschlafen hatte sie heute und so hellwach, wie sie war, konnte sie einfach nicht länger faul herumliegen. Ihr Arm gab im Moment Ruhe, selbst die Farben verblassten langsam. Und sie musste ja auch mit niemanden reden, Joseph war sowieso nicht da, er besuchte Verwandte im Nachbarort. Das hatte er gestern Mittag erwähnt. Da bot sich doch bestens an, ganz in Ruhe eine Runde mit dem Moped zu drehen, ohne besorgte Blicke, die sie jedes Mal verfolgten.

Unbeschwert und sehr zufrieden mit sich und der Welt rollte Sarah langsam durch ihr Stadtviertel, und darüber hinaus. An einem nahe gelegen See pausierte sie. Gern wäre sie ans Wasser gegangen, aber eine Menge Leute, Alter und Geschlecht waren schwer auszumachen, tobten sich auf der Wiese aus und so sah es dort auch aus. Überall lag Müll herum. Es schien sie nicht zu stören, im Gegenteil, mit Gejohle spielten sie Fußball und Blechdosen, Plasteflaschen flogen durch die Gegend. Plötzlich war Ruhe, sie starrten zur Straße und bewegten sich auf sie zu. Sarah drehte die Maschine und fuhr den Weg zurück. In die andere Richtung führte die kleine Straße durch ein Wäldchen, das Risiko wollte sie nicht eingehen. Aber der Sache würde sie nachgehen, und wenn es bis ins Rathaus wäre.

Ihre gute Laune schwand ein wenig und sie beschloss, doch noch im „ask" vorbeizuschauen. Vielleicht konnte sie von den Jungs in Erfahrung bringen, was es mit diesem verwilderten Naturidyll auf sich hatte, wer sich da herumtrieb.

Im Haus war wenig los. Es wunderte sie nicht, denn bei dem schönen Wetter tummelten sich die Jungs draußen herum. Aky, Batu, Toni und drei andere bestürmten sie mit zig Fragen und lachend versuchte sie alles zu beantworten, musste ihren Arm zeigen und sollte endlich Billard spielen. Okay, aber nur die Revanche, dann fahr ich nach Hause, gab sie sich geschlagen. Eh, du bist mit Moped, das wollen wir erst mal sehen, rief Toni und lief zur Tür, die anderen hinterher. Peter, der heute Aufsicht hatte, kam aus dem Büro und folgte ihnen.

„Riecht ihr das auch Jungs?", stoppte Sarah ihre Begeisterung, „da brennt es doch irgendwo, riecht doch mal." Alle hielten jetzt die Nasen in die Luft und liefen umher. In dem Moment kam Sem aus der Gasse gestürmt und schrie ihnen von weitem zu, dass bei Joseph aus der Werkstatt Rauch käme, hinten bei der kleinen Pforte. Japsend stand er da und zeigte nach hinten. Alle wollten losstürmen. Halt Jungs, bremste Sarah sie aus, erst das Haus abschließen und dann gehe ich mit Peter vorneweg. Sie übernahm das Kommando. Auf ein paar Meter rangekommen war es deutlich zu erkennen, Rauch stieg in die Luft. Plötzlich gab es eine Verpuffung und aus dem eisernen Mülleimer schoss eine Stichflamme hoch, genau neben der Pforte. Sarah rief die Feuerwehr.

„Peter, halte die Jungs zusammen! Haltet großen Abstand, wenn die Flammen in die Werkstatt übergreifen, wird es gefährlich. Ich laufe nach vorne, schaue nach, ob Joseph da ist, vielleicht hat er noch nichts bemerkt. Wir warten auf die Feuerwehr, keiner geht da näher ran." Im Eiltempo bewegte sich Sarah an der ca. 100 m langen Seitenfront der Werkstatthalle entlang. Sie endete an der kleinen Straße vor dem Gebäude. Das große Rolltor war geschlossen. Trotzdem musste sie da rein, nachschauen, ob drin etwas von dem Brand zu merken war.

Ganz langsam öffnete sie die Nebentür. Außer einem leichten Brandgeruch fiel ihr auf dem ersten Blick nichts auf. Sie pochte laut an seine Unterkunft und öffnete die

Tür, die nie verschlossen war. Es war alles ruhig. Mit einem Feuerlöscher ging sie schrittweise nach hinten, der Geruch wurde stärker. Unter der Holzpforte schwelte es und ein winziges Flämmchen züngelte ganz langsam dazwischen. Sarah entsicherte den Feuerlöscher und schäumte mit genügend Abstand den Fußboden ein. Da hörte sie schon die Feuerwehr, lief schnell raus und sprach mit dem Einsatzleiter. Ein Trupp verteilte sich in der Werkstatt, untersuchte jede Ecke, brennbare Materialien waren genug in der Halle, auch Öl und Benzin. Als Gefahr ausgeschlossen werden konnte, öffneten sie das große Tor und kontrollierten noch einmal alles.

Der brennende Mülleimer und der Rasen an der Gebäudemauer entlang waren schnell gelöscht. Die Jungs standen mit Peter auf dem Werkstatthof und einige Anwohner hatten sich auf der Straße versammelt. Inzwischen war die Polizei eingetroffen und stellte Fragen. Sarah erläuterte den Hergang, erwähnte auch, wer den Brand entdeckt hatte und der Beamte befragte Sem noch einmal, ob ihm etwas aufgefallen war. Er meinte darauf hin, dass zwei Personen in Richtung Park gelaufen seien, die er aber nicht erkennen konnte.

An der Straße hielt ein alter Jeep und Joseph stieg aus, schüttelte ungläubig mit dem Kopf. Der Einsatzleiter unterhielt sich mit ihm und gemeinsam gingen sie in die Halle. Vorher schaute er sich um, entdeckte Sarah und winkte sie heran. Die Brandursache war ein brennender Mülleimer an der Außenwand, links neben der Holztür, erklärte der Feuerwehrmann. Und es sieht nach Brandstiftung aus. Durch Funkenflug breitete sich das Feuer auf den Rasen aus und schwelte schon an der Unterkante der Holztür, wie man hier sieht, erläuterte er und beseitigte mit einer Schaufel die Reste des Löschschaumes. Das angekohlte Holz war zu erkennen. Und wenn sie es nicht eingedämmt hätten mit dem Feuerlöscher, hätte sich der Brandherd ausbreiten können. Und trotzdem, es war nicht ungefährlich die Halle allein zu betreten, belehrte er Sarah sehr ernst.

Joseph bekam große Augen. Sarah, sagte er fast entsetzt, du bist doch nicht allein… lass uns zu den Jungs gehen, blockte Sarah ab, Sem hatte den Brand entdeckt und die warten bestimmt schon auf uns. Sie nickte dem Einsatzleiter zu und ging zum Tor.

Die Leute zerstreuten sich langsam und das Löschfahrzeug zog ab. Wolf stand bei den Jugendlichen und Peter, der ihn wohl informiert hatte. Etwas aufgedreht steuerte Sarah auf die Gruppe zu und atmete tief durch. Ihr habt es sicher schon gehört, wir haben rechtzeitig reagiert, und ich bin stolz auf euch, lobte Sarah die Jungs und klatschte mit jedem einzelnen ab. Und Sem, du hast einen großen Anteil daran, im Haus war nichts zu merken davon. Und ich bin erst froh und danke euch allen, polterte Joseph dazwischen und schaute in die Runde. Ich lass mir was einfallen, aber als erstes bauen wir hinten eine Stahltür ein, okay? Zustimmendes Gegröle machte jede Unterhaltung unmöglich.

Ein Junge beteiligte sich nicht an dem Spektakel, das fiel Sarah sofort auf. Er stand etwas abseits, starrte zur Erde und als er merkte, dass sie ihn beobachtete, schlich er davon. Sie würde Peter danach fragen. Wochenanfang hatte sie ihn das erste Mal im Quartier gesehen, konnte sie sich erinnern. Nein, halt, vor längerer Zeit schon mal auf dem Spielplatz in der Nähe des Studios. Da hing er mit älteren Burschen herum.

„So, jetzt geht es zurück ins Quartier", verschaffte sich Wolf Gehör, „wenn ich kommende Woche bei euch bin, reden wir noch einmal darüber, jetzt muss ich mit Joseph noch etwas besprechen, alles klar. Sie nickten und schauten Sarah an. Ja, ja, ich komme mit euch, reagierte sie lächelnd, hole aber nur mein Moped ab, wollte schon längst zuhause sein. Aky protestierte, aber erst eine Runde Billard, du hast es versprochen, rief er, als wäre nichts inzwischen passiert. Herrje, du Nervensäge, stimmte Sarah lachend zu und sie machten sich auf den Weg zum Quartier.

Eine halbe Stunde später rollte sie langsam zur Werkstatt zurück. Aky hatte die Revanche gewonnen und freute sich wie ein König. Ehrlich gesagt, sie konnte sich nicht so wirklich auf das Spiel konzentrieren. Den Teenagern fiel das leichter mit derartigen Ereignissen fertigzuwerden oder sie zu verdrängen. Vor der Werkstatt entdeckte sie Joseph und Wolf, die sich laut unterhielten und das Gespräch beendeten, als sie sich dazusetzte. Stumm schauten sie ihr ins Gesicht und sie musste ein Lächeln unterdrücken. Es war nicht schwer zu erraten, worüber sie sich unterhalten hatten. Joseph brummte etwas von Leichtsinn, sich in Gefahrbegeben vor sich hin, es war kaum zu verstehen, und sein Blick war gütig dabei. Wolf holte tief Luft und setzte zu einer ermahnenden Predigt an, von wegen Sicherheit und so, aber seine Augen sahen sie an, als würde er sie am liebsten in den Arm nehmen und küssen wollen. Das war zu drollig und sie fing an zu lachen.

„Wer jetzt zuerst", rief sie fröhlich und wurde gleich wieder ernst. „Männer, nun macht doch nicht mehr draus als es ist. Eure Vorhaltungen könnt ihr euch sparen. Okay, ich bin allein da rein gegangen, das sollte man eigentlich nicht tun. Aber glaubt ihr wirklich, wenn ich Gefahr sehe, drehe ich mich weg. Ich musste da rein. Joseph, es hätte ja sein können, dir wäre schon etwas passiert. Ich werde es zukünftig nicht anders machen, punkt!", trumpfte sie auf und wechselte übergangslos das Thema. „Aber mal was anderes. Auf meiner Moped Tour bin ich an einem schönen kleinen See vorbeigekommen. Das Umfeld lud allerdings nicht zum Verweilen ein. Es glich eher einer Müllhalde und komische Typen trieben sich dort herum. Und zweitens", fuhr sie fort als keiner reagierte, „ich wollte eigentlich im Quartier mal ran horchen, was die Jungs von einem Sommerfest hielten, vielleicht Ende Juli. Apropos Jungs, wieso kommen keine Mädchen ins Quartier?"

„Sarah, Sarah", unterbrach Joseph als erster das Schweigen und ein brummiges Lachen schüttelte ihn. „Immer der Reihe nach, deinen Gedanken kann doch keiner folgen. Sommerfest unterstütze ich gerne, das andere musst du mit Wolf bereden. Aber jetzt muss ich mich erst einmal bei dir

155

bedanken", brummte er ziemlich ergriffen, stand auf, zog sie vom Stuhl hoch und umarmte sie ganz feste. Das berührte sie sehr und aus Verlegenheit brannte sie sich eine an und nahm aus Wolfs Kaffeetasse einen Schluck.

Wolf beobachtete die Szene, aber mit seinen Gedanken war er ganz wo anders. Gerade war ihm durch den Kopf gegangen, was sich zuhause beim Kaffeetrinken abgespielt hatte, als sein Telefon klingelte. Peter hatte angerufen und ihn informiert. Er war aufgestanden und hatte sich entschuldigt. Seine Kinder waren zu Besuch, selten genug. Alle drei hatten ihn sehr unterschiedlich angeschaut, Frank gelassen, Kati lauernd und Hellen verständnislos. ‚Ach, hatte sie giftig reagiert, muss Sarah mal wieder die Welt retten und braucht jetzt deine Hilfe? Dagegen kommt natürlich ein Nachmittag mit der Familie nicht an, oder?' Diese Spitze ging schon unter die Gürtellinie, aber er hatte sich wie immer beherrscht.

‚An Josephs Werkstatt wäre ein Brand ausgebrochen, hatte er sehr ruhig erklärt. Wahrscheinlich Brandstiftung. Und ja, Sarah wäre im Quartier gewesen, hätte die Feuerwehr alarmiert und so mit Peter und den Jungs das Schlimmste verhindert. Jetzt müsse er als Verantwortlicher schon dahin, und ob das als Entschuldigung reichen würde.' All das ging Wolf gerade durch den Kopf und er reagierte erst, als Joseph ihn derbe anstieß.

„Sarah, Sarah", begann er genau wie Joseph und alle drei lachten. „Du bist einfach unmöglich. Über deine Anregungen muss ich in Ruhe nachdenken, das besprechen wir dann. Aber wie willst du das alles schaffen?" Er wechselte einen Blick mit Joseph und zählte auf: neben deiner Arbeit, der Physiotherapie, dem Training im Fitness Studio und den nicht vorherzusehenden Katastrophen. In dem Moment fuhr Frank auf den Hof und stieg aus. Sarah beugte sich über den Tisch und zwitscherte lachend, „ich habe zwei Wochen Urlaub ab Montag." Die Männer grinsten, doch Wolfs Blick wurde ernst als Frank sich dazusetzte.

„Vater", sagte er nach der allgemeinen Begrüßung, „was soll ich dazu sagen, das war einfach…"

„Lass gut sein Frank", fiel Wolf ihm ins Wort, „kein Thema jetzt." Joseph und Sarah schauten sich an und machten sich ihren eigenen Reim darauf. Lasst uns doch noch einmal die Brandherde abgehen, unterbrach Sarah die etwas gekippte Stimmung, und dann muss ich nach Hause, ich habe einen Bärenhunger, setzte sie lachend hinterher. Dann ging sie zu ihrem Moped und fuhr es in die Halle. Die drei folgten ihr. Erst kontrollierten sie die Pforte und das Umfeld. Nah dabei stand ein ausgeschlachteter alter Golf und sie waren sich einig, bei Ausbreitung des Brandes, wäre das zum Problem geworden, Benzin und Ölspuren waren unter dem Wrack zu sehen. Die Pforte ließ sich noch öffnen und sie kontrollierten auch draußen alles.

Wolf unterhielt sich leise mit seinem Sohn und beide schauten sie an. „Was gibt es bei dir zu essen?", fragte Frank und lächelte verschmitzt, „wir haben auch Hunger, oder können wir dich einladen, zu Eskil vielleicht?"

„Das habt ihr euch ja fein ausgedacht, bei meinem Eskil bekomme ich alles umsonst", erwiderte sie und lachte aus vollem Halse, fing sich wieder, bedankte sich für die Einladung und schaute Joseph fragend an. Der schüttelte mit dem Kopf, er müsse erst mal alles sacken lassen und vor allem Brandwache halten, brummelte er und drückte sie noch einmal kräftig an sein Herz.

Alle Tische bei Eskil waren besetzt. Laute Gespräche schwirrten durch den Raum. Die Geschichte von dem Brand hatte sich wie ein Lauffeuer verbreitet und ihren Namen hörte sie auch heraus. Eskil eilte nach hinten, rückte

Tisch und Stühle zurecht in der Personalecke. Die beiden Männer schwiegen und Sarah dachte gar nicht daran den Anfang zu machen. Sie verschwand kurz auf Toilette und machte sich etwas frisch, schüttelte ihre Haare durch, die schon wieder nachgewachsen waren.

„Hattest du eigentlich gar keine Angst, Sarah, bei allem, was du in kurzer Zeit so erlebt hast?", fragte Frank plötzlich. Das überrumpelte sie ein bisschen und sie musste etwas nachdenken und versuchte es allgemein zu beantworten. Natürlich kenne ich Angst, das ist auch richtig so, hält davon ab, leichtsinnig zu werden, erwiderte sie und schaute umher. Aber, man sollte sich von Angst nicht beherrschen lassen, das wiederum beeinträchtigt das Urteilsvermögen. Da hast du dich jetzt schön rausgeredet, knurrte er und feixte. „Eigentlich müssten wir mal über was anderes reden", wechselte er das Thema, „ich sage nur Kati, oder Vater, was meinst du?" Wolf zuckte hoch und schaute ihr direkt in die Augen.

„Ja, das müssen wir wohl", reagierte er etwas gereizt. „Ich habe von dem Vorfall im Quartier nach meiner Rückkehr gehört, von Andrey. Heute haben wir darüber gesprochen und sie ist nicht gut weggekommen dabei. Trotzdem denke ich, du hast das mit dem Platzverweis sehr gut geregelt." Das denke ich auch, stimmte Sarah ihm zu, hatte aber das Gefühl da kam noch etwas und schaute von einem zum anderen. Wolf stützte seine Arme auf, legte kurz den Kopf auf seine Hände und schaute dann zu Frank. „Dann gibt es noch die andere Geschichte, die dich persönlich betrifft, Sarah. Kati hat es Frank heute erst gebeichtet und er hat es mir erzählt. Du weißt, was wir meinen, sie hat jemanden bezahlt, damit er dich ein paar Tage beschattet. Das können wir ihr doch nicht durchgehen lassen."

Oha, von Frank hatte er es erfahren, ging Sarah durch den Kopf, Joseph hatte ihre Meinung also respektiert. Das freute sie und ein Lächeln glitt über ihr Gesicht. Die Männer schauten sie verwundert an, da wurde sie wieder ernst.

„Du sagst es Wolf, es ist persönlich und ich hätte allen Grund so richtig sauer auf Kati zu sein, war ich auch. Trotzdem sehe ich es anders, kann sie sogar ein wenig verstehen, sie will ihre Familie beschützen. Warum also Öl ins Feuer gießen, ich kann damit leben und sie wird es auch nicht drangeben. Wenn es mir zu viel wird, werde ich reagieren."

„Du wärst ein guter Psychiater, Sarah", stieß Frank sichtlich erleichtert hervor.

„Dafür muss ich kein Psychiater sein, mein lieber Frank, das Leben selbst ist Lehrmeister genug, manchmal dauert es, ehe man das wichtige begreift, und manchmal tut es sehr weh", konterte Sarah und sah dabei Wolf an, der ihr selbstvergessen zuhörte und keine Miene verzog. Einen Dollar für seine Gedanken, aber vielleicht war es besser es nicht zu wissen, sinnierte Sarah und drehte sich wieder zu Frank, der Wolf mit zusammengekniffenen Augen beobachtete und gerade etwas erwidern wollte.

In dem Moment kam Eskil um die Ecke und stellte einige Platten auf den Tisch, daneben ein Tablett mit Schnaps. Er entschuldigte sich, dass es etwas gedauert hatte und zeigte in den Raum. Der Raki kommt von den Tischen. Sie sagen, Sarah, du ein Held. Lachend winkte Sarah ab, nahm ein Glas Raki, stand auf und rief laut „Serefe". Damit war das für sie erledigt. Danke Eskil, und denke dann an die Rechnung, die Männer haben mich heute eingeladen, bemerkte sie schelmisch und langte zu.

Bis Mitternacht saß Sarah auf ihrer Terrasse, unterhielt sich mit dem Mond, der rund und voll auf sie herabsah und der ganze Tag zog in Zeitlupe noch einmal an ihr vorüber. Frank hatte sein Auto bei Joseph stehen gelassen. Nachdem sie am Haus ausgestiegen war und sich verabschiedet hatte, fuhren beide zurück. Sie hatte ihnen nachgeschaut, da war Wolfs Auto längst nicht mehr zu sehen. Worüber würden die beiden sich jetzt wohl unterhalten, ging ihr dabei durch den Kopf. Sicher, Frank machte kein Hehl daraus, dass er sie mochte und akzeptierte. Aber hier ging es um mehr, um viel mehr, ein gut funktionierendes Familiengefüge wurde von außen gestört, und zwar von ihr. „Schluss jetzt mit der Grübelei, alle sind erwachsen, Punkt!" Sie winkte dem grinsenden Mond noch einmal zu, wühlte sich in ihr Bett und glitt hinüber ins Land der Träume.

17

Ihr erster Urlaubstag fing entspannt an. Weit öffnete Sarah Türen und Fenster und ließ den Sommer herein. Sie zelebrierte ihr Frühstück auf der Terrasse und schaute über die Wiesen dahinter bis hoch zum kleinen Wäldchen. Plötzlich tauchte ein kleiner See vor ihren Augen auf und sie erinnerte sich an ihren Ausflug gestern. Da wusste sie, was sie als nächstes tun würde, ein neues Handy kaufen. Ihr Verhältnis zu Handys war bis jetzt eher schwach, anrufen und angerufen werden reichte ihr. Aber was könnte man nicht alles damit machen, Missstände festhalten, oder Personen, die gerade nichts Gutes im Sinn hatten. Und in den letzten Wochen hatte sie ja einiges davon erlebt, also wenn schon Veränderungen im Leben, dann richtig.

Beschwingt lief sie durch die Einkaufsmeile, achtete auf die wenigen Handyläden und konnte sich nicht entscheiden für einen Anbieter. Fachmännische Beratung bekam sie sicher überall, aber das schmeckte ihr nicht, zu unpersönlich, zu professionell und nur aufs Geschäft ausgerichtet. Sie brauchte es etwas persönlicher und da fiel ihr plötzlich Rauls Wettbüro ein. Nicht das der Handys verkaufen würde, aber sie wusste von Wolf, dass sich dort alle möglichen Leute, Geschäftsleute, Händler, vorwiegend Türken, aus den unterschiedlichsten Branchen trafen. Vielleicht hatte er einen Tipp für sie.

Raul erkannte sie sofort, lächelte und fragte, wie es ihr ging und ob bei Joseph alles in Ordnung sei. Das hoffe sie doch, sie sei heute noch nicht da gewesen, sagte Sarah und hob die Schultern. Und was kann ich für dich tun, wollte er noch wissen und sie kam mit ihrem Anliegen um die Ecke. Versuche es mal bei Mussa, erwiderte Raul, ohne lange zu überlegen und schmunzelte. Bei ihm bekommst du alles, er hat einen Laden hinter dem Museum, in der kleinen Sackgasse, daneben ist ein Italiener, kennst du? Kenne ich, bejahte sie, bedankte sich für den Tipp, grüßte zu den Tischen und eilte hinaus, ehe sie einer ansprechen konnte.

Morgen würde sie mal in den Laden gehen, jetzt erstmal in die Werkstatt. In dem Moment sah sie ihren „Schattenmann" und ihr kam eine Idee. Der lange, dünne Mann stand neben dem Bäckerladen und sie stellte sich daneben. Er zuckte zusammen, als er sie erkannte. Alles gut, beruhigte sie ihn, ich will nur etwas plaudern. Wie heißt du eigentlich, was tust du sonst noch, außer hier herumstehen? Hast du keine Arbeit, fragte sie ihn ganz direkt aus und bot ihm eine Zigarette an. Nach kurzem Zögern nahm er sich eine, schaute sie misstrauisch an. Wem interessiert das schon, maulte er und schwieg.

„Na mich zum Beispiel, sonst würde ich nicht fragen", motzte Sarah ihn an und setzte sich auf die Bank, auf der sie schon mal gesessen hatten. Ich bin Sarah, nannte sie ihren Namen, als er sich danebensetzte. Sie unterdrückte ein Lächeln, ihr Plan ging auf. Ich weiß, wer du bist, erwiderte er und grinste. In den nächsten zehn Minuten erfuhr sie alles über ihn. Ihr Instinkt hatte sie nicht getäuscht. Du hörst von mir, ich muss jetzt, beendete sie sein plötzliches Redebedürfnis und verschwand in einer Gasse.

Hochaufgerichtet stand der rotblonde Hüne unter seinem Werkstatttor und schaute umher. Als er sie entdeckte, verschwand er. Schmunzelnd setzte sich Sarah an den Tisch vor dem Nebeneingang, und da kam er schon strahlend um die Ecke, stellte zwei Pötte Kaffee und ein Teller mit Keksen ab. Geht es dir gut, Joseph, begann sie das Gespräch. Er schaute sie immer noch stumm an, warm und liebevoll, das machte sie verlegen und sie fuhr fort. Danke, dass du….

„Sarah", unterbrach er sie und sein tiefes, grollendes Lachen hing für Sekunds in der Luft, „ich muss mich ja wohl bei dir bedanken. Und tu es jetzt nicht einfach so ab. Ein Sachverständiger der Feuerwehr hat herausgefunden, dass Feuerzeugbenzin als Brandbeschleuniger benutzt wurde, in einer leeren Coladose. Anzeige gegen unbekannt läuft schon, und es hätte schlimmer ausgehen können, wenn ihr es nicht rechtzeitig entdeckt hättet. Wenn du das andere meinst, na ja, ich habe es eingesehen, es ist Familiensache und vor allem deine Entscheidung, wie du damit umgehst."

„Dann ist das schon mal geklärt." Sie lehnte sich zurück und krauste ihre Stirn. „Ich habe mich heute mit meinem „Schattenmann" unterhalten und einiges über ihn erfahren. Willst du es wissen?", fragte sie, kniff die Augen etwas zusammen und wartete. Wenn du schon so anfängst, brummelte er, dann schieße mal los. „Er heißt Hans, ist 35 Jahre, lebt bei seiner kranken Mutter und pflegt sie. Bis vor drei Jahren hat er in einer kleinen Kfz-Werkstatt gearbeitet, sein Meister verstarb plötzlich und die Kinder haben den Laden verkauft. Seitdem ist er arbeitslos, kein Job als gelernter Schrauber zu finden." Und weshalb erzählst du mir das, knurrte er, du hast doch nicht… „Aber Joseph, nicht ohne mit dir zu sprechen", schmeichelte sie und sprang auf. „Ich muss los, also…"

„Dann schick ihn halt vorbei", grummelte er und schaute sie durchdringend an. „Versprechen kann ich nichts, und ich muss mir selbst ein Bild machen." Mehr wollte ich doch gar nicht, du alter Brummbär, zwitscherte sie und eilte davon. Wieder einmal war ihr aufgefallen, dass sich Joseph und sie wunderbar verstanden, und das ohne Worte. Sie brauchte nur einen Gedanken äußern, dann wusste er fast immer, worauf sie hinauswollte. Und nicht nur dass, manchmal hatte sie das Gefühl, er könne tatsächlich ihre Gedanken lesen, genau wie Wolf. Das wiederum fand sie nicht immer lustig, an ihrer Selbstbeherrschung musste sie noch arbeiten, also ab in „Alis Box Bude".

Heute hatte sie der Therapeut geärgert. In deiner Schulter knirscht es schon, erklärte er, da setzt sich Kalk ab, dagegen müssen wir etwas tun. Und die Bewegungsübungen waren nicht ohne. Lass dir mal unten ein paar spezielle Übungen für die Schultern zeigen, ergänzte er noch und lachte, als er ihre süßsaure Miene sah. Was ist mit Schmerzen im Arm, wollte er noch wissen. Seit gestern wesentlich besser, antwortete sie schnell, froh aus seinen Fängen zu kommen. Peter verließ grinsend den Raum. Sarah schnappte sich ihre Sachen und ging so wie sie war eine Etage tiefer, ein bisschen Beinarbeit wollte sie noch dranhängen.

Im Gang zur Garderobe stieß sie mit Frank zusammen, der aus dem Kursraum kam. Hoppla, Sarah, so in Gedanken, platzte er heraus und schaute sie fragend an. Ihre Blicke kreuzten sich und eine tiefe Sehnsucht flammte jäh in ihr auf, und sie brachte kein Wort hervor. Alles in Ordnung, bohrte er weiter und sie hob beide Hände. Alles gut, Frank, Peter hat mich heute geärgert, erwiderte sie und verzog ihr Gesicht. Im Gelenk setzt sich Kalk an, hat er gesagt und ich soll mir Übungen zeigen lassen. Aber nicht mehr heute, und Boxen ist auch noch nicht, also werde ich mich etwas auf dem Laufband abreagieren. Sarah streichelte Frank kurz über die Wange und verschwand in der Umkleide. Ob er sich einen Reim darauf machen konnte, war ihr im Moment egal.

War es ihr wirklich egal was Frank gerade dachte? Neben Joseph war er wahrscheinlich der Einzige, der von Wolf und ihr wusste, na ja, außer Maren und Mary natürlich. Wie würde er tatsächlich dazu stehen, wenn es was Ernstes wäre zwischen ihnen. Würde er dann auch noch zu seinem Vater halten oder wie seine Schwester dagegen rebellieren? Das alles ging Sarah durch den Kopf, als sie auf dem Laufband ins Schwitzen kam.

Diese Gedanken verfolgten sie bis in den Schlaf und sie starrte regungslos an die Zimmerdecke, versuchte zu meditieren. Aber selbst das gelang ihr nicht und zwei Uhr schlief sie erst ein. Braune und blaue Augenpaare verfolgten sie, drängten sie in die Enge, und sie wusste nicht weiter. Da schwang sie sich auf ein Motorrad, sauste mit Vollgas genau auf eine Mauer zu. Sie schrie auf, doch ehe es krachte, umfassten sie starke Arme und brachten sie in Sicherheit. Sarah, flüsterte eine dunkle Stimmen an ihrem Ohr, was träumst du nur für ein Zeug. Völlig benommen schlug sie die Augen auf und befreite sich aus den Armen des Mannes, der neben ihr lag.

„Das willst du gar nicht wissen, Wolf", erwiderte sie, wusste nicht· ob sie lachen oder heulen sollte, und wühlte ihren Kopf auf seine Brust, küsste ihn wie verrückt, bis er sie zu sich hochzog und die Welt um sie herum versank.

„Was machst du hier?", murmelte sie irgendwann. Sie lagen entspannt nebeneinander und ihre Herzen schlugen ruhig. Ach, warst du denn nicht dabei, fragte er lachend zurück, stand auf und verschwand im Bad. Sarah schlüpfte aus dem Bett und setzte Kaffee an. In ihrem Morgenmantel gekuschelt schaute sie ihm entgegen und es fühlte sich so gut an, das konnte einfach nicht falsch sein. Er lächelte, ich muss jetzt nach Berlin, sagte er, doch vorher brauchte ich ein wenig Zeit am „stillen Ort", Kraft schöpfen und dich einfach noch einmal fühlen. Er trank im Stehen seinen Kaffee aus, zog sie von der Couch hoch und schaute sie ernst an. Ist das in Ordnung für dich Sarah, fragte er leise. Genauso war es gedacht, mein Lieber, wann immer du willst, ob ich da bin oder nicht, entgegnete sie mit belegter Stimme und begleitete ihn bis zur Haustür. Halb sechs war es. Sie schaute dem schwarzen Auto hinterher und kroch wieder in das noch warme Bett, herrlich und sie hatte Urlaub.

Um neun schälte sich Sarah endlich aus den Federn. Sein Duft hing immer noch in der Luft, ließ sie kurz schaudern und sie öffnete weit die Terrassentür. Vergebens bemühte sich die Sonne hinter den Wolken hervorzukommen, aber es war ja noch früh am Tag. Gedankenverloren starrte sie über die von einem diesigen Schleier eingehüllte Wiese und das Wäldchen ragte schemenhaft in den Himmel. Und da kreisten sie schon wieder, die Gedanken. Ob es in Ordnung wäre, hatte er sie gefragt. Konnte sie ehrlichen Herzens bezeugen, dass sie zurechtkam mit den spontanen Besuchen in der Nacht, den zufälligen Zusammentreffen bei Joseph, den dienstlichen Kontakten im Quartier oder sonst irgendwo? Aber der springende Punkt war doch, wie lange konnte sie ertragen, dass er ein zweites Leben führte. Anderseits hatte sie nicht vor, sich in nächster Zeit mit jemanden zusammenzutun. Also zurück zu ihrem Lebensmotto, „lebe Jetzt und Heute", und gegen Gedankenmarathon half Ablenkung. In Windeseile brachte Sarah ihre Wohnung in Ordnung und beschloss, im Café am Markt ein kleines Frühstück einzunehmen. Genau dort begann vor Wochen ihre Odyssee der Liebe.

Den Handy Laden in der Sackgasse fand sie sofort und Mussa, ein kleiner, drahtiger Türke lächelte ihr mit schwarzen, blitzenden Augen entgegen. Er wusste, dass sie bei ihm auftauchen würde und legte ihr ein Handy vor die Nase. Ein Apple iPhone 4, gut erhalten, fast nicht gebraucht, erklärte er ihr und so vieles mehr, was es alles konnte. Sarah unterbrach ihn lachend, ich habe null Ahnung von dieser Technik, muss es nur benutzen können und dann versuche ich so nach und nach dahinterzukommen. Er feixte verschmitzt.

Wenn du nicht zurechtkommst, ich bin jeden Tag hier, sagte er, nahm die SIM-Karte aus dem alten Handy und steckte sie in ihr neues. Dann erklärte er ihr die wichtigsten Funktionen, die Symbole auf dem Display, wie man die Kamera benutzt und einiges mehr.

Was bekommst du dafür, wollte sie wissen. Teste es zwei Wochen und dann reden wir über den Preis, erwiderte er und nickte, als sie ihn ungläubig anschaute und ins Stottern kam. Mussa, das ist… das ist schon in Ordnung Sarah, fiel er ihr ins Wort und schob ihre Sachen über den Tisch, grüß Eskil und Joseph von mir, rief er ihr noch hinterher, als sie sich herzlichst bedankt und verabschiedet hatte.

Ihre Gedanken weilten noch bei diesem ungewöhnlichen Kauf und sie stieß an der Museumsecke mit jemanden zusammen. „Sorry", entschuldigte sie sich und schaute hoch. Ein langer, dünner Mann grinste auf sie herab. „Hans, das trifft sich gut", rief sie erfreut. „nach dir wollte ich gerade Ausschau halten." Warum das, knurrte er sie misstrauisch an und lehnte sich an die Hausmauer. „Kennst du die alte Autowerkstatt neben der großen Baustelle?", fragte Sarah, ohne drumherum zu reden. Als er nicht reagierte, sprach sie weiter. „Die gehört Joseph, einem rotblonden Hünen, vielleicht unterhältst du dich mal mit ihm, natürlich nur, wenn du mal Zeit oder Lust hast."

„Warum sollte ich?", brummelte er etwas verwundert und drehte sich eine Zigarette. Sarah hatte keine Lust auf diese Wortspielchen. Und was in ihrem Kopf herumschwirrte, ging ihm nichts an, außerdem war es Josephs Entscheidung, ob er mit dem Mann was anfangen konnte. Gehe hin oder lass es bleiben, erwiderte sie etwas ungeduldig. Dann schaute sie ihm direkt ins Gesicht und setzte hinterher, sage einfach, du kommst von Sarah, dann weiß

Joseph Bescheid, alles klar? Als er immer noch nicht reagierte, hob sie die Hand, grinste und verschwand um die Ecke.

Jetzt trieb es sie aber nach Hause. Sie wollte sofort ihr Handy aufladen, das passende Kabel hatte ihr Mussa mitgegeben, und sich dann damit beschäftigen. Und später wollte sie ins „ask", die Jungs lauerten bestimmt schon darauf. Diesmal würde sie den Weg an Pauls Kiosk vorbei nehmen, da trieben sich öfters zwei, drei Mädchen herum. Und die Frage, warum keine Mädchen ins Quartier kamen, war noch nicht beantwortet.

Aber mit dem schnellen Nachhauseweg wurde es wohl nichts. Gerade als sie die Meile in Höhe Gemüseladen überqueren wollte, blieb ihr Blick an drei Personen hängen, die sich davor herumdrückten, zwei Jugendliche, vielleicht 16 Jahre und ein wesentlich jüngerer. Sie ging zurück auf den Fußweg und beobachtete von der anderen Seite, wie die älteren durch das Fenster in den Laden starrten. Dann liefen sie ein paar Schritte in die Nebenstraße, redeten heftig auf den jüngeren ein und zeigten auf die Tür. Sarah überlegte schon einzuschreiten, da ging einer zurück und starrte wieder durchs Fenster, mopste nebenbei einen Apfel aus der Stiege und eilte zurück. Und dann ging alles sehr schnell. Sie traute ihren Augen nicht und wechselte jetzt die Seite, nur ein paar Meter höher.

Herr Berkoll hielt einer alten Dame mit Rollator die Tür auf und sie setzte sich in Bewegung. Plötzlich schlenderten die drei Jungs heran, die älteren blieben stehen und schubsten den Kleinen derbe an, gerade als die Dame die Nebenstraße überquert hatte. Er stolperte genau vor ihren Rollator und ging mit Wehgeschrei in die Knie. Die ältere Frau war so erschrocken, sie blieb stehen, wollte wissen, ob ihm etwas passiert sei. Er rief laut, nichts passiert, kam langsam wieder hoch, hielt sich am Einkaufskörbchen fest und ließ etwas in seiner Hosentasche verschwinden. Sarah war nahe genug heran, bekam alles mit und war sehr ärgerlich. Von den beiden älteren war nichts zu sehen. Die Frau fragte noch einmal, aber der Bub winkte nur ab und sie rollte immer noch aufgeregt weiter. Etwas gehetzt schaute sich der Kleine um und wollte sich aus dem Staub machen.

„So, jetzt pack aus, was du aus dem Korb entwendet hast", sagte Sarah streng und versperrte ihm den Weg. Der arme Kerl war so erschrocken und fing an zu stottern. Nichts habe ich...die, die... hat mich angefahren, jetzt muss ich los, mein Bruder wartet, motzte er und wollte vorbei. „Gut, dann rufe ich die Polizei", drohte sie leise und hielt ihr Handy hoch. „Da sind Bilder drauf und die zeigen genau, dass du in den Korb gegriffen hast und vorher mit Absicht gestolpert bist." Das hatte gewirkt. Er griff in die Tasche, hielt ihr eine schwarze Geldbörse hin und fing an zu heulen.

Hallo, rief Sarah laut der Frau hinterher, die blieb stehen, drehte sich um und Sarah winkte. Langsam kam sie zurück. „So mein Lieber", sprach Sarah leise auf das Häufchen Elend an ihrer Hand ein. „Hör auf zu heulen, erzähle der Frau, du hast das auf dem Fußweg gefunden nach der Rempelei." Er zog lautstark seine Nase hoch und nickte.

Die alte Dame war sichtlich erleichtert, hatte es noch gar nicht bemerkt, dass die Geldbörse nicht mehr in ihrem Einkaufsbeutel war. Sie strich über seinen Haarschopf und schenkte ihm eine Apfelsine als Dankeschön. Er ließ es mit gesenktem Kopf über sich ergehen, schaute dann unruhig die Straße hoch und runter. Wie heißt du eigentlich und warum machst du so etwas, fragte Sarah mit ruhiger Stimme, zog ihn auf den Treppenabsatz einer verbarrikadierten

Haustür hinter sich. Tim, murmelte er, ich wollte das gar nicht, aber…ich muss jetzt zu meinem Bruder. Der wird dich schon finden, antwortete sie und da näherten sich schon laute Stimmen. In ihr keimte eine böse Ahnung und jetzt wurde sie wütend. Sie stand auf, fasste seine Hand und stellte sich mitten auf den Fußweg.

Der Überraschungseffekt war gelungen, so wie die beiden Jugendlichen sie anstarrten. Tim, wo steckst du, hast du…wer ist das eigentlich neben dir, keifte der eine los und zerrte an dem Jungen herum. „Lass deinen Bruder in Ruhe", schnauzte Sarah ihn an. „Ich kenne euch doch vom Quartier. Ich habe euch schon im „ask" gesehen. Dein Bruder weiß nicht, wer ich bin, und er hat nichts erzählt. Ich bin Sarah, noch nichts von mir gehört? Das solltet ihr aber. Und wir haben der alten Dame ihr Geld zurückgegeben. Schämt ihr euch gar nicht? Ihr stiftet den kleinen Bruder zum Klauen an und verdrückt euch, wie feige ist das denn?", putzte Sarah die beiden herunter. „Und eins sage ich euch, passiert so etwas noch einmal, kommt ihr nicht so glimpflich davon. Und jetzt zischt ab." Die beiden glotzten sie wütend an, nahmen den kleinen Bruder in die Mitte und trabten herumfuchtelnd davon.

Sie schaute ihnen hinterher wie sie mit verbissenen Gesichtern zwischen den Häusern verschwanden und rauchte in aller Ruhe eine Zigarette. Ihre Gedanken kamen allerdings nicht zur Ruhe. Dieser Vorfall beschäftigte sie sehr. Mein Gott, in ihrer Jugendzeit hatte sie mit Freunden auch eine Menge Mist verzapft, und auch jüngere zu irgendwelchem Blödsinn angestiftet. Sie hatten Äpfel und Kirschen vom Baum gepflückt, Möhren und Kohlrabi vom Feld stibitzt, Knallfrösche in den Hausflur geschmissen, und… Aber sie waren den Erwachsenen aus dem Weg gegangen und niemals wäre ihnen eingefallen irgendjemand wirklich zu beklauen, geschweige denn eine alte Frau mit Gehhilfe. In den letzten 30 Jahren hatte sich vieles verändert und nicht nur zum Guten. Und das bestärkte sie, die Augen offenzuhalten und nicht wegzuschauen

18

Wie sie gehofft hatte, hockten drei Mädchen gegen fünf in der Nähe des Kiosks auf einer kleinen Mauer. Sie setzte sich dazu und ihre Gespräche verstummten, sie steckten die Köpfe zusammen und tuschelten nur noch. Hört mal, euch habe ich gesucht, fiel Sarah gleich mit der Tür ins Haus. Warum das denn, wir haben nichts ausgefressen, motzte die größere von den dreien gleich los, du bist doch Sarah, oder? Das bin ich in der Tat, erwiderte Sarah und musste ein Lachen unterdrücken. Dachten die jungen Leute wirklich, sie würden von ihr ständig beobachtet, Joseph hatte mal so etwas angedeutet und dabei geschmunzelt, verkehrt kann es ja nicht sein, hat er noch dazu gesagt. Davon gehe ich aus antwortete sie ernst. Eigentlich wollte ich nur fragen, warum ihr nicht mehr ins „ask" kommt, keine Lust mehr auf Billard oder Unterhaltung? Die drei drucksten herum. Gut, sagte Sarah und stand auf. Ich will da jetzt hin, kommt mit oder lasst es bleiben, aber eigentlich könnte ich eure Unterstützung gut gebrauchen.

Doch etwas neugierig geworden, trotteten die Mädels hinterher und so erfuhr sie nach und nach, dass die Jungens doof waren, sie nicht dort haben wollten, dass wohl einer mal bestimmt hatte, das wäre nur ein Männerclub. An den Billardtisch und Dart hätte man sie nicht rangelassen, und, und…warum sollten sie da noch hingehen. Das klären wir gleich, versprach Sarah ihnen und öffnete die Tür. Sofort wurde es still im Raum, der heute gut besucht war. Sarah, rief Aky, endlich lässt du dich mal wieder sehen. Einige kamen auf sie zugelaufen. Was wollen die denn hier, platzte irgendeiner dazwischen, das ist ein Männerclub. Ach, das ist mir aber neu, steht das so in der Hausordnung, wollte

Sarah wissen. Nee, aber Petro hatte das bestimmt, Weiber haben hier nichts zu suchen, die stören nur, hing sich der nächste dazwischen. Okay, dann gehen wir wieder, kommt Mädels, konterte Sarah und musste ein Grinsen verbergen. Du doch nicht, riefen gleich mehrere Jungs und es wurde wesentlich ruhiger. Einige schauten betreten zu Boden oder drehten sich einfach weg. Aber sie war noch nicht fertig und wollte wissen, wer Petro sei. Der käme schon lange nicht mehr, wäre zu alt für diesen Kinderkram, maulte Sem, hampelte hin und her, stimmt doch Batu, oder?

„Das glaube ich jetzt nicht, irgendeiner bestimmt so etwas und ihr lasst es euch gefallen", sagte Sarah leise, „ich bin enttäuscht". Ist ja gut, lenkte Aky ein, klar können Mädels hier rein, aber die kommen eben nicht mehr. „Und das wundert euch", fragte Sarah ruhig, „dürfen sie Billard und Dart spielen, gebt ihr euch mit ihnen ab, gehören sie dazu, oder habt ihr Angst, dass die gegen euch gewinnen? Jeder ist willkommen der sich an die Hausordnung hält, schon vergessen?" Einige schüttelten den Kopf und sie wechselte einen Blick mit Peter, der schon eine Weile an der Bürotür stand und zugehört hatte. „Ehe ihr auseinanderrennt, setzte Sarah nach, „ich habe eine Idee, wollt ihr sie hören? Gut, dann in 15 Minuten alle an den Tisch."

Im Büro erörterte sie mit Peter ihren Plan. Er war ganz angetan von der Idee ein Sommerfest zu organisieren für die Jugendlichen, aber vor allem mit ihnen zusammen. Es fehlt einfach an Betreuungspersonal, um etwas auf die Beine zu stellen und geizig war die Gemeinde auch noch, beschwerte er sich. Da werden wir mal nachharken, als nächstes spreche ich mit Wolf, angekündigt hätte sie es schon, erwiderte Sarah. Erst müssen wir herausfinden, ob die Jungs und Mädels überhaut dazu Lust hätten, erklärte sie und lächelte. „Mädels" hatte sie besonders betont und Peter grinste. Sie gingen zurück und etwas schleppend hockten sich alle um den großen Tisch herum.

„Was haltet ihr von einem Sommerfest Ende Juli im und vor dem Quartier?", warf sie in die Runde. Keiner sagte etwas, alle schauten sie misstrauisch an. Sie wartete. Leere Versprechungen, kam aus der Ecke. Genau, die haben uns schon viel versprochen, sagte der nächste. Dann war plötzlich kein Geld dafür da, hörte sie noch. Andere zuckten die Schultern oder zeigten gar keine Reaktion. „Hättet ihr denn Lust? Wenn wir alle gemeinsam anpacken, bekommen wir das doch hin, meint ihr nicht?" So schnell gab sie nicht auf und ihr Blick blieb an Aky hängen. Mit ihm, Batu, Toni und Sem hatte sie bisher den meisten Kontakt. Bei Joseph in der Werkhalle trieben sie sich oft herum, unterhielten sich mit ihr ganz locker. Da hatte sie das Gefühl, dass sie ihr schon etwas vertrauten. Und auf Aky hörten die meisten.

„Klaro hätten wir Bock darauf, oder Leute? Aber das muss organisiert werden und wir haben so etwas noch nicht gemacht, selbst, meine ich, kann ja nicht jeder rummurksen, wie er will."

„Da hast du recht, Aky, es muss organisiert werden", stimmte Sarah ihm zu. „Macht euch doch mal Gedanken, wie das ablaufen könnte, was ihr gerne machen möchtet. Um die Organisation und die Knete würden wir uns kümmern, oder Peter?" Alle schauten zu ihm hin und er nickte. „Und ich bin überzeugt, dass Joseph auch mithelfen würde. „Und", setzte sie lachend hinzu und zeigte auf die Mädchen, „Verstärkung hättet ihr, wenn ihr sie nicht ärgert." Ihre letzten Worte hob augenblicklich die Stimmung, alle johlten durcheinander und klopften auf den Tisch.

Peter begleitete sie noch raus und schmunzelte. Du machst das wirklich gut, sagte er anerkennend, fragte noch, ob er mit Wolf darüber reden könne. Natürlich Peter, bereite ihn ruhig darauf vor, wenn du ihn eher siehst, ich muss jetzt los, will noch etwas trainieren, verabschiedete sich Sarah und lief durch den kleinen Park. Ein ungutes Gefühl begleitete sie immer noch, wenn sie diesen Weg nahm und Muchad hatte sich auch noch nicht richtig von der Attacke erholt.

Am Tresen plauderte Frank mit Tina, dem Grufti Mädchen. Da fiel ihr auf, dass Tina große Ähnlichkeit mit einem der drei Mädchen hatte, könnte die ältere Schwester sein. Vielleicht fragte sie mal nach. Frank musterte sie und sofort drängte sich die Erinnerung an die wunderbare Dienstagmorgenstunde mit Wolf hervor. Sie eilte zur Umkleide, aber Frank hielt sie zurück. Meine Schwester stolziert hier irgendwo herum, flüsterte er mit schiefer Grimasse und zeigte in den Kraftraum. Ja und, soll sie doch, erwiderte Sarah, zuckte mit den Schultern und machte die Tür hinter sich zu.

Vom Laufband hatte man einen guten Blick über den gesamten Raum und in der Ecke mit den Hantelstangen und Gewichten entdeckte sie Kati. Sie sah sehr sexy aus in ihrem engen Top, passend dazu das Schweißband, das ihre lange blonde Mähne zusammenhielt, und sie war sich dessen bewusst. Sehr offensichtlich flirtete sie mit den beiden Muskelprotzen, vor allem mit einem, der steckte gerade weitere Hantelscheiben auf die Stange. Bevor er sich auf die Bank legte, ließ er seine Brustmuskeln spielen, forderte sie dann auf, seinen Bizeps zu fühlen. Kati schickte einen versteckten Blick zu ihr rüber und Sarah musste schmunzeln. Wie albern ist das denn, dachte sie nur, stoppte vorzeitig ihr Warm-up und schnappte sich ein Thera Band, suchte sich eine Stelle im Fitnessraum, wo ihr das erspart blieb. Drei Durchgänge musste sie wenigstens machen. Frank hatte ihr einige Übungen für die Stärkung des Schultergelenks gezeigt. Dadurch entging ihr, dass Kati auf einmal kein Interesse mehr für die Männer zeigte und etwas entrüstet die Hand des einen von ihrem Hintern wegschob.

Auf dem Weg zur Umkleide sah sie Kati am Tresen sitzen mit den Fremden, die auf sie einredeten. Aber sie schüttelte den Kopf und rückte ein Stück ab. Da kam Sarah das erste Mal der Gedanke, dass Wolfs Tochter nicht zum Flirten hergekommen war. Sollte sie wegen ihr hier sein, vielleicht um ihr zu folgen ob sie sich mit Wolf traf, absurd, aber zuzutrauen wäre es ihr. Zehn Minuten später saß keiner mehr am Tresen. Tina, war das nicht Franks Schwester, fragte Sarah. War sie, Frank hat Kurs, und sie ist vor drei Minuten raus, kam trocken wie immer über den Tresen. Und die beiden Männer, wollte sie noch wissen. Die sind paar Minuten vorher raus, antwortete Tina und schaute sie verwundert an, warum fragst du? Nicht so wichtig, ich muss jetzt, wich Sarah aus und eilte zur Tür.

Draußen war alles ruhig, doch als Sarah um das Studio herumlief, hörte sie Stimmen und im Schutz der Hausmauer ging sie näher heran. Der kleine Weg zum Parkplatz war beleuchtet und sie erkannte Kati, einer der beiden redete auf sie ein. Sarah verstand nur Wortfetzen, aber sie sah, dass der ihre Hand gepackt hatte und sie versuchte wegzukommen. Deutlich hörte sie, dass sein Kollege aus dem Auto ihm zurief, er solle die Alte sausen lassen und endlich einsteigen.

„Kati, hallo Kati", rief Sarah so laut sie konnte, beide drehten sich um. „Du hast etwas bei deinem Bruder vergessen und sollst noch einmal zu ihm kommen, soll ich dir von Frank ausrichten", erklärte sie. Überrascht ließ der Mann die Hand los und Kati kam schnell auf sie zu. Mit lautem

Hupen und einem Stinkefinger fuhr der Wagen an ihnen vorbei und sie trotteten schweigsam zum Haus.

„Sarah, was ist hier los?" Frank stand im Eingang und schaute ihnen entgegen. „Tina hat mich aus dem Kurs geholt, hat irgendwas erzählt von zwei Männern, Kati und dir." Alles gut! Frag deine Schwester, erwiderte sie, hob die Hand und verschwand zwischen den Häusern gegenüber. Frank schüttelte den Kopf, ging wieder rein und musterte mit finsterem Blick seine kleine Schwester, die bei Tina am Tresen hockte. „In mein Büro!", befahl er und eilte zurück in den Kursraum, schickte die Teilnehmer ein paar Minuten früher nach Hause. „Ich höre", knurrte er wenig später, hob Katis Kinn an, damit sie ihn ansehen musste. „Und was sollte das heute, du besuchst mich doch sonst nicht, und von Training war ja kaum was zu merken, also?" Sie schüttelte seine Hand ab, druckste herum, sah ihm bockig an und wurde unter seinem strengen Blick dann etwas kleinlaut.

„Ist doch nichts passiert, mach kein Drama draus, ich wollte …" „Was wolltest du", fiel er ihr ins Wort, als sie nicht weitersprach und in ihm stieg eine Ahnung auf. „Jetzt sag nicht, du bist wegen Sarah hier, wolltest du sie diesmal selbst ausspionieren, spinnst du eigentlich?", bombardierte er sie aufgebracht. „Glaubst du wirklich, sie merkt das nicht? Die letzte Beschattung hatte sie sofort durchschaut, hat sogar ein gutes Wort für dich eingelegt bei Vater."

„Papa weiß davon", rief Kati entsetzt und sprang auf, „aber er hat nichts gesagt und wo ist er überhaupt, zuhause nicht", wurde sie schon wieder aufsässig und blitzte ihren Bruder an. Frank schmunzelte, er konnte ihr nie lange böse sein, dem Nesthäkchen, aber Strafe musste sein. „Natürlich weiß Papa davon und Sarah auch", kanzelte er sie ab, „und sie hat dich in Schutz genommen". „Ja aber, ich wollte nur wissen ob…wollte nur sehen, ach, ist egal", stotterte Kati herum und Frank nahm sie behutsam in den Arm.

177

„Kleines, wenn du was wissen willst, dann frage den Betroffenen selbst und zu deinem großen Bruder kannst du immer kommen. Papa ist bis morgen in Berlin, hat dir die Mama das nicht gesagt?", bedrängte er sie vorsichtig und setzte sie wieder auf den Stuhl vor seinem Schreibtisch. „Und jetzt erzähle mir genau, was heute eigentlich passiert ist. Deine Flirterei mit dem Muskelmann hatte ich mitbekommen, aber du bist ja schon groß, wie du immer so schön sagst. Und was hat Sarah damit zu tun?" Und trotzdem hat sie mir geholfen, murmelte Kati vor sich hin und schaute ihren Bruder etwas hilflos an. Erst als der ungeduldig wurde, kam sie mit der ganzen Geschichte um die Ecke. Es klopfte kurz, Tina steckte den Kopf zur Tür herein, und verabschiedete sich.

Die Gedanken kreisten wieder mal wie wild durch Sarahs Kopf. Der Vorfall mit Kati machte ihr zu schaffen. Wo würde das noch hinführen, ihr Verhältnis mit Wolf. Eiskalt lief es ihr über den Rücken bei der Vorstellung, dass es plötzlich enden könnte. Sie hatte nach Jahren Einsamkeit und Leere den Menschen gefunden, dem sie noch einmal vertrauen wollte, der sie ausfüllte. Gesprochen hatten sie über ihre Gefühle noch nicht wirklich, fehlte bisher die Zeit, oder war es die Angst, Angst, dass das unsichtbare Band zwischen ihnen zerreißen könnte. Sie konnte es nicht beantworten, wollte es bisher auch nicht. Doch eins war Fakt, lüftete sich der Mantel der Verschwiegenheit und kam ihr Geheimnis an das Tageslicht, musste sich einer entscheiden. Sie hatte sich schon entschieden und ihr war vollkommen klar, entweder sie würde glücklich oder sehr unglücklich werden.

Eigentlich wollte sie sich im „Yemek" eine Kleinigkeit mitnehmen, mittags hatte sie nur einen Jogurt gegessen und verspürte Hunger. Aber Eskil freute sich so sehr sie zu sehen, dass sie sich in die Ecke setzte. Er hatte gerade etwas Luft und sie tranken einen Raki zusammen, unterhielten sich über dies und jenes. Die nervigen Gedanken hätten sie zuhause sicherlich wieder eingefangen, ihr vielleicht noch den Appetit verdorben. Hier war sie abgelenkt, konnte den überbackenen Schafskäse und den frischen Salat genießen und nach ein, zwei Raki würde sie später bestimmt schnell einschlafen.

„Hallo Sarah", sprach sie ein junger Mann an, na ja, so in ihrem Alter. Er stand mit zwei Schnapsgläser am Tisch und zeigte auf den leeren Stuhl. Sie nickte lächelnd und er setzte sich. „Serefe, ich bin Aaron, bei Raul haben wir uns schon gesehen." Stimmt, kann mich erinnern, erwiderte sie und prostete ihm zu. „Heute Mittag hast du Jungs beim Klauen erwischt, habe ich gehört, zwei ältere und die schicken den Kleinen los, stimmt das?" Sie musterte ihn, ohne zu antworten und zog die Augenbrauen hoch. Er registrierte es mit einem schiefen Grinsen und hob die Hände. „Wie gesagt, ich habe es nur gehört, hier im Viertel spricht sich alles schnell herum", bestärkte er seine Worte. „Wollte damit sagen, die machen das nicht zum ersten Mal, es sind Brüder, Vater gibt es keinen, die Mutter…", er schniefte laut und verdrehte die Augen, „verteidigt ihre Jungs wie eine Löwin. Wir denken ja, sie weiß davon, vielleicht…?" Als Sarah die Hand hob, stoppte er mitten im Satz und sie überdachte genau, was sie antworten wollte.

„Gut zu wissen, ich werde die Augen offenhalten, auch mit den Betreuern im Jugendzentrum darüber reden, vielleicht können wir sie einfangen", erwiderte sie locker. Das wollte ich hören, antwortete er grinsend, es stimmt wohl, was man über dich alles so erzählt. Eskil, bring uns noch einen Raki, rief er zur Theke, ich muss mit der Lady anstoßen. „Okay, einen noch", ergab sich Sarah lachend, "aber dann muss ich nach Hause." Sie prostete Aaron zu und der erhob sich sofort, als sie Eskil zurückhielt. „Ende Juli wollen wir im Quartier ein Sommerfest organisieren, kann ich auf dich zählen", fragte sie leise. Kannst du Sarah, was du brauchen, rief er ganz aufgeregt. „Später, mein Lieber, muss erst planen", bremste sie ihn lachend, „ich komme am Freitag vorbei, wenn du aufmachst, einverstanden, ich habe Urlaub." Eskil strahlte wie ein Honigkuchen und brachte sie bis zur Tür. Sie hob die Hand und raus war sie.

19

Tief atmete Sarah am Freitagmorgen die frische kühle Luft auf ihrem Balkon ein. Der Juni neigte sich dem Ende zu und es blieben vier Wochen für die Vorbereitung des Sommerfestes im Quartier. Eine arbeitsintensive Woche lag hinter ihr, trotz Urlaub. Jeden Tag war sie von früh auf den Beinen, klapperte alle Kontakte ab, die auf ihrer Liste standen und das mit Erfolg. Sie rannte offene Türen ein. Egal ob in Pauls Kiosk, Henrys Schreib - und -Tabakladen, Rauls Wettbüro, alle wollten etwas dazu beitragen. Gleich Anfang der Woch würde sie ins Künstlerviertel fahren, hoffte jemand zu finden, der sie bei den Flyern unterstützte. Das Gesamtkonzept hatte sie im Kopf. Gestern nach der Therapiestunde hatte sie bei Frank reingeschaut. Ihre Idee, einen Box Sack aufzuhängen, fand er gut und wollte nachschauen. Mit Joseph würde sie morgen eine Werkstattbegehung machen, da freute sie sich schon drauf.

Plötzlich überfiel Sarah ein Lachanfall, bis ihr die Tränen kamen. Sie plante alles durch, plante und plante, klapperte mit der Spendenbüchse und die Verantwortlichen, die es absegnen mussten, wussten noch gar nichts davon. Wolf hatte sie am Dienstag frühmorgens zuletzt gesehen, da hatten sie was anderes zu tun, als über ein Sommerfest zu reden. Ein Schauer lief ihr über den Rücken und sie verbannte diese Erinnerung schnell wieder, trank ihren Kaffee aus und joggte zum „Yemek". Mit Eskil wollte sie absprechen, was man für den kleinen Hunger anbieten könnte und was er dazu beitragen würde.

Mit einem Seufzer schloss Sarah den Notizblock und machte ein paar Dehnübungen, um ihren Rücken zu entlasten. Es war nur der Vorschlag des Konzeptes und sie war gespannt was ihr Jungs, hoffentlich auch Mädchen, davon hielten. Vielleicht hatten sie völlig andere Vorstellungen. Aber eins stand fest, sie mussten alle mit ran. Und sie musste sich jetzt sputen. Heute würde sie sich mal herausputzen, natürlich nicht fürs Quartier. Aber von dort wollte sie gleich zu Mary und Jo, endlich mal wieder quatschen, vielleicht wussten sie etwas Neues von Maren.

Durch die Tür hörte Sarah schon heiße Diskussionen, ein Kauderwelsch von Sätzen, Durcheinander Geschrei, kein Wort war zu verstehen und sie trat unbemerkt ein. Ein kurzer Pfiff und es war still. Schmunzelnd blieb sie vor dem großen Tisch stehen und alle starrten sie an, als käme sie von einem anderen Stern. ‚Meine Fresse, was für eine heiße Biene', rief Toni und ein Gejohle, Pfiffe, Geklopfe auf den Tischen brach los. Selbst von Peter erntete sie einen anerkennenden Blick, ehe er die Bande zur Ruhe verdonnerte.

„Danke für die nette Begrüßung", rief Sarah fröhlich. Ich freu mich das ihr alle hier seid, vor allem die Mädchen. Da wollen wir mal loslegen." Doch ehe sie sich hinsetzte, winkte Peter sie zur Seite. Wolf lässt sich entschuldigen, er schafft es nicht, informierte der Betreuer sie leise, irgend so eine Premiere. Er lässt dir freie Hand und will das Budget wegen Unterstützung prüfen, soll ich dir ausrichten. Sarah nickte, drückte ihre Enttäuschung weg und packte die Unterlagen auf den Tisch.

„So Mädels und Jungs, dann legt mal los, aber schön der Reihen nach. Was stellt ihr euch vor, wie soll es ablaufen?" Es blieb ruhig am Tisch. Ihr Blick wanderte von einem zum anderen und blieb an Aky hängen. Billard spielen, Luftgewehrschießen, vielleicht grillen, wir sind uns nicht einig, erwiderte er, sie hatten ihn wohl als Wortführer akzeptiert. Sarah lächelte, hatte sich so was ähnliches gedacht. „Okay, dann drehen wir das ganze um. Ich trage euch jetzt mein vorläufiges Konzept vor, stichwortartig, eure Wünsche können wir jederzeit einbauen, machen wir es so?" Ausnahmslos nickten alle und Sarah musste sich ein Grinsen verkneifen, die meisten schauten sie an, als wäre gleich Weihnachtsbescherung.

„Das Wichtigste zuerst", begann sie klar und deutlich, „alle Aktionen werden von euch betreut. Also überlegt euch bitte, wer was freiwillig übernehmen möchte, ansonsten muss ich es einteilen. Jetzt meine Vorschläge: Essen und Trinken sind wichtig; also eine Grillstation, ein Kaffee und Kuchen Büfett, ein Getränkestand, alles vor dem Haus. Unterhaltung ist wichtig: also kleines Billard Turnier und Dart Turnier nach KO-System, eine Mal-und-Bastelecke für Kinder, jüngere Geschwister und natürlich Eltern laden wir herzlich ein, alles im Gemeinschaftsraum. Draußen könnte ich mir noch vorstellen; eine „Trimm dich" Ecke, ein Stand zum Büchsenwerfen, Luftgewehrschießen geht natürlich nicht, warf Sarah mit hochgezogenen Augenbrauen dazwischen, aber vielleicht ein Geschicklichkeit Parcours bis runter zur Gasse mit…irgendwas, weiß ich noch nicht", beendete sie den Vortrag.

„Sarah, das klinkt fantastisch, ich bin begeistert", äußerte sich Peter als erster, „und was haltet ihr davon?" Doch ehe alle wieder durcheinanderreden würden, hob Sarah die Hand. „Wenn euch noch etwas eigefallen ist, dann raus damit, aber einer nach dem anderen." Die meisten schüttelten mit dem Kopf. „Gut, fuhr sie fort, dann steht der Plan. Nächste Woche werde ich öfters herkommen und wir tragen gemeinsam zusammen, was wir dafür alles brauchen, wie jeder von euch helfen kann. Und dann tragen wir in die Listen ein, wer was betreut zum Fest. Draußen habe ich mich schon mal umgeschaut, Platz genug für einige Stände ist da. Die Fäden laufen bei mir zusammen. Wer damit einverstanden ist, hebt jetzt die Hand", kam sie endgültig zum Schluss und freute sich. Alle Hände schossen in die Höhe, die Runde löste sich auf und die Diskussionen fingen an.

Mit Peter ging sie kurz ins Büro und rief sich ihr Taxi. Ganz schön viel Arbeit, bemerkte er und zog eine ernstlustige Grimasse dabei. Das stimmt, erwiderte Sarah, ich habe nächste Woche noch Urlaub, und es macht mir Spaß. Eine Menge Kontakte habe ich schon geknüpft und kann auf viel Unterstützung hoffen. Von dir doch auch, oder? Sie grinste ihn an und er nickte lachend. ‚Am Montag fahre ich ins Künstlerviertel, wir brauchen Handzettel zum Auslegen, überlegte sie noch laut'. Aky steckte den Kopf zur Tür rein, Taxi rief er und Sarah folgte ihm. An der Tür drehte sie sich noch einmal um, Tschüss Leute, ich verlass mich auf euch, bis Montag, und raus war sie.

Hallo Sarah, begrüßte Memet sie herzlich, lange nicht gesehen. Das stimmt wohl, antwortete sie lachend, ich bin immer zu Fuß unterwegs. Oder mit dem Moped, warf er dazwischen, habe dich schon gesehen. Auch das, sie grinste, in letzter Zeit selten, die Wege sind kurz. Heute gönne ich mir mal ein Taxi, fahre mich bitte zu „Marys Bar", mir ist danach. Beim Aussteigen nahm er kein Geld von ihr. Ich schreibe es auf Wolfs Rechnung, sagte er und fuhr lächelnd weg.

‚Wann war ich das letzte Mal hier', überlegte Sarah und rauchte in Ruhe noch eine Zigarette. Na klar, Freds Babypinkel Party war es und in der Nacht hatte sie Wolf gesagt, dass sie ihn liebte, dass er den „stillen Ort" nicht vergessen sollte und dass es ihnen dann beiden gut gehen würde. Und heute, dachte sie genau noch so, würden sie ihr immer

184

reichen, die heimlichen Liebesnächte? Ihr Herz krampfte sich zusammen, aber eine Antwort wusste sie nicht darauf. Und hätte sie geahnt, wie sich dieser Abend noch entwickeln würde, wäre sie nicht durch die Tür gegangen.

Mary entdeckte sie sofort und strahlte ihr entgegen. Der Betrieb war noch mäßig und sie eilte hinter dem Tresen hervor. Nach der herzlichen Begrüßung ging sie wieder zurück und stellte ihr einen Gin Tonic mit Eis und Zitrone vor die Nase. Gute Wahl, bemerkte der hagere, grauhaarige Mann, mit dem Mary sich unterhalten hatte, und prostete ihr zu. Er kam ihr bekannt vor und es fiel ihr auch sofort ein, Marens Abschiedsparty und er gehörte zu Marens Künstlerfreunden. Und wenn sie sich richtig erinnerte, hatte er sogar im Künstlerviertel ein kleines Kreativatelier. Na, wenn das kein glücklicher Zufall war.

„Wir kennen uns doch", wählte Sarah den direkten Weg, „sie waren sehr begeistert von Marens Zukunftsplänen, als wir ihren Abschied gefeiert hatten, hier in der Bar."

„Genau, du bist Sarah und ich bin Bert, kannst mich ruhig duzen", erwiderte er sehr erfreut. „Und heute habe ich gehofft, etwas über Maren zu erfahren, wie es ihr geht auf der Insel, aber Mary…" Wir wissen es auch nicht, fiel Mary ihm ins Wort und verdrehte die Augen. Sarah zog die Augenbrauen hoch und war froh, dass neue Gäste an die Theke traten und Mary sie bedienen musste.

„Aber wir könnten uns mal unterhalten, ich habe etwas auf dem Herzen", lenkte Sarah das Gespräch wieder in ihre Richtung und zeigte ans Thekenende. „Wirkst du noch im Künstlerviertel, da wo sich das Jugendzentrum befindet?" Bert nickte schmunzelnd, rückte nach und schaute sie neugierig an. Da schieße mal los, wenn ich helfen kann… Das denke ich doch, schmeichelte Sarah ihm, erzählte vom

„ask", Jugendquartier III, was sie da trieb und von dem Plan ein Sommerfest auf die Beine zu stellen und dass sie Hilfe für ein paar Plakate und Flyer brauchte.

Er hatte sehr aufmerksam zugehört und musterte sie. Ich muss jetzt los, sagte er dann, ich denke da geht was, komme einfach nächste Woche vorbei, bis 14 Uhr bin ich jeden Tag da, einverstanden? Und ob ich das bin, antwortete Sarah fröhlich, bestand darauf seine zwei Cola zu übernehmen und drückte fest seine Hand. Als er weg war, grinste Mary sie bewundernd an, wie du das immer hinkriegst, piepste sie und wollte mehr wissen. Sie hatte nur ein paar Brocken von dem Gespräch mitbekommen. Zu dir komme ich auch noch, meine liebe Mary, flötete Sarah über die Theke. Jetzt hast du dafür keine Zeit, aber ich habe Urlaub und besuche dich irgendwann in den nächsten Tagen. Um was geht es, hängte sich jetzt Jo mit rein. Später, vertröstete Sarah auch ihn und fragte, wie es seinem Fuß ginge. Eine schmerzverzogene Grimasse war die Antwort und alle drei lachten und plötzlich hatten sie beide Hände voll zu tun. Sarah trank ihr Glas aus, gab Jo ein Zeichen und ging zur Toilette. Im Hinterhof rauchte sie noch eine und war mit sich zufrieden.

Mary hatte keine Zeit mehr sich zu unterhalten, es war rappelvoll geworden, alle Tische waren besetzt, auch ihr Tisch in der Ecke. Sarah ließ ihren Blick umherschweifen, 23.00 Uhr war es schon. Sie würde ihr Glas noch austrinken und dann Memet anrufen. Aber es kam ganz anders. Die Tür ging auf und drei Pärchen kamen herein, ziemlich aufgekratzt und sich laut unterhaltend. Das hatte heute noch gefehlt, Frau Richterin Brunner in Begleitung zweier Paare, Freunde oder Kollegen und Wolf. Sie steuerten auf den Tresen zu, da war noch Platz. Warum konnte sie nicht schon weg gewesen sein, dachte Sarah nur und schaute zu Mary.

Die fing ihren Blick ein, verdrehte die Augen wie immer und zuckte mit den Schultern. Wolfs Frau bekam das wohl mit, sie kniff die Augen etwas zusammen, erkannte Sarah und ihre Gesichtsmuskeln arbeiteten. Dann stieß sie ihren Mann an, sagte etwas zu ihm und beide nickten ihr zu. Sarah grüßte lächelnd zurück und bestellte sich doch noch ein Getränk, sie würde doch jetzt nicht flüchten.

Hellen unterhielt ihre Bekannten. Manchmal tuschelte sie und die anderen sahen zu ihr rüber. Wolf stieß sie einige Male an, aber das ignorierte sie einfach. Mary hatte ein bisschen Luft und sie unterhielten sich über Maren, alberten herum und kicherten. Das passte wohl der Frau Doktor nicht.

„Sarah, rücken Sie doch näher heran und erheitern Sie uns ein wenig mit Ihren Heldentaten. Das Theaterstück hat es nicht geschafft, es war mäßig", rief Wolfs Frau zu ihr rüber, und setzte lachend hinterher, „wieviel Jugendliche konnten Sie schon vor uns retten?" In Sarah kochte der Unwille hoch, was bildete die Frau sich ein, wollte Hellen sie vorführen, sie provozieren, aus der Reserve locken. Sie dachte an die erste Begegnung mit der Richterin und ärgerte sich heute noch, dass sie sich bei Marys Abschiedsparty herausfordern lassen hat und sich sogar gerechtfertigt hatte. Trotzdem würde sie antworten, aber sie hatte dazugelernt. Wolf merkte, dass sie sich zusammenreißen musste, sah es in ihren Augen, und flüsterte seiner Frau etwas zu. Aber die schob seine Hand einfach weg, lass sie doch erzählen, zischte sie dabei, trank ihr Sektglas leer und ließ nachfüllen.

„Das ist wohl wahr", konterte Sarah ruhig, nachdem sie tief durchgeatmet hatte. „Wir versuchen die Jugendlichen in erster Linie zu schützen, versuchen zu helfen, damit sie auf dem rechten Weg bleiben, oder ihn wieder finden. Keinem wird in die Wiege gelegt, dass er Mist bauen soll. Oft liegt es am Umfeld. Aber das sind Probleme, die im Büro erörtert werden, und nicht in einer Bar."

Das kam gar nicht gut an. Die Richterin verstand das wohl als Zurechtweisung und reagierte giftig; und das gelingt Ihnen, fragte sie so laut, dass sogar andere Gäste aufmerksam wurden und zu ihnen schauten. Sarah quittierte es mit einem herzlichen Lachen. Sie stand auf und fragte zurück, gelingt es uns die Umwelt zu retten? Gelingt es uns Kriege zu verhindern? Dann ging sie vor die Tür, sie brauchte frische Luft.

Die Stimmung an der Theke hatte sich aufgeheizt. Hellens Amtskollegen, das vermutete Sarah, erzählten Episoden, vielleicht aus dem Berufsleben, und die Frauen kicherten albern darüber. Nur Wolf stand mit finsterem Blick daneben, stieß Hellen einige Male an. Sie ignorierte es abermals, hatte sich auf Sarah eingeschossen.

„Nun erzählen Sie schon, es muss ja nicht über Ihre Schützlinge sein, was haben Sie noch erlebt. Eine Menge abenteuerliche Geschichte über Sie kursieren durch die Stadt, oder ist das alles erfunden?", forderte sie Sarah mit einem falschen Lächeln heraus. Sarah reagierte nicht darauf und den anderen schien es langsam peinlich zu werden. Einen kurzen Moment sah sie Wolf direkt in die Augen und er erkannte das Gewitter, was sich hinter ihrer Stirn zusammenbraute. Es reicht jetzt Hellen, knurrte er und packte ihren Arm. Sie befreite sich und giftete ihn an, er könne ihr doch nicht den Mund verbieten.

„Dann frag doch deine Kinder", warf er hochaufgerichtet in die Unterhaltung, und plötzlich war es still. Was haben denn die Kinder damit zu tun, wollte Hellen wissen und starrte ihn empört an, nun sag schon. „Gut, es gehört auch nicht hier her, aber wenn du es unbedingt wissen willst", erwiderte Wolf etwas ironisch und zuckte mit den Schultern. „Letzte Woche wurde Kati vor Franks Studio von zwei

Männern belästigt und Sarah mischte sich ein, reicht es jetzt!" Dann marschierte er wütend zur Toilette. Hellen verschlug es die Sprache, sie stand auf und stürmte hinterher. Deutlich war ein Wortwechsel bis in die Bar zu hören. Hellens Begleiter wirkten etwas betreten und als sie zurückkam, setzten sie sich an einen Tisch, der gerade frei geworden war. Wenige Minuten später kam auch Wolf zurück, legte eine Hand auf Sarahs Schulter, wir reden später, aber ich entschuldige mich schon einmal, sagte er nicht gerade leise und setzte sich dazu, die Stimmung war gekippt.

Mary schüttelte mit dem Kopf, sie verstand das alles nicht und schaute betroffen zu Sarah, die an ihrem Glas nippte. Ein Taxifahrer steckte den Kopf zur Tür rein und Hellens Begleiter standen auf, zahlten am Tresen. Der große grauhaarige Mann stellte sich kurz zu Sarah. Ich glaube wir müssen uns alle bei Ihnen entschuldigen, aber das konnte keiner vorhersehen, sagte er, und hielt ihr die Hand hin. Ich auch nicht, erwiderte sie lächelnd und wünschte guten Heimweg. Kaum waren sie raus, stand Hellen auf, ging leicht schwankend zur Theke und bestellte sich ein Glas Sekt.

Wolf war machtlos, er stellte sich links neben seine Frau und warf einen besorgten Blick zum Ende der Theke. Plötzlich kam Frank herein, schaute sich um und steuerte auf sie zu. An seiner Seite lief eine sehr hübsche, schwarzhaarige junge Frau. Da schau, dachte Sarah und schmunzelte. Neulich hätte sie ihm fast gefragt, warum so ein toller Mann allein wäre. Sie hatte sich aber beherrscht, ging sie ja schließlich nichts an. Frank begrüßte alle und stellte seine Begleiterin vor.

„Das ist Leonie, Marens Nichte, frisch eingeflogen von der Insel", sagte er fröhlich und amüsierte sich köstlich über ihre überraschten Gesichter. „Ab September studiert sie in Deutschland und Maren hat mich gebeten, mich ein wenig um sie zu kümmern, bis sie sich eingelebt hat." Leise redete er ein paar Worte mit Leonie und drehte sich dann zu seiner Mutter, die ihm mit Fragen nervte: wo er so plötzlich herkäme, wem er da mitgebracht hätte und so weiter. Er umfasste sie zärtlich und lotse sie mit an den Tisch an dem Wolf wieder saß.

Sarah und Mary waren ganz aus dem Häuschen. Auf einen Freudentanz verzichteten sie unter den Umständen und zogen Leonie in ihre Mitte, hatten eine Menge Fragen. Ehe sie darauf einging, umarmte und küsste Leonie erst Sarah, dann Mary und sprudelte fröhlich heraus, dass Maren ihr das aufgetragen hatte. Dann legte sie Sarah einen Brief in die Hand.

Vom Tisch herüber drangen unterdrückte, aber heftige Worte. Eigentlich redete nur Frank auf seine Mutter ein, die unwirsch abwinkte und noch was zu trinken wollte. Er schaute zu seinem Vater, der schüttelte leicht den Kopf und ging zur Tür. Frank gab Sarah Handzeichen, die sie sofort verstand. Aus dem Augenwinkel hatte sie alles dezent verfolgt und Wolf tat ihr ehrlich leid. Hellen schickte noch einen giftigen Blick in die Ecke und folgte ihrem Sohn nach draußen.

Mary begann die Tische abzuräumen, Leonie verschwand auf die Toilette und Jo kam zu ihr rüber. Was war denn das für eine Nummer, sagte er. Aber Sarah winkte nur ab und holte den Brief aus ihrer Tasche. Ehe Jo sie weiter löchern konnte, kam ein Schwung junger Leute rein, wollten noch einen Absacker trinken. Langsam las Sarah Marens Zeilen und sie konnte die Tränen nicht zurückhalten. Es war wohl eher die Anspannung, die sich in der letzten

Stunde aufgebaut hatte und sich mit den Tränen allmählich auflöste. Leonie stand schon eine Weile stumm neben ihr und nahm sie in den Arm. Alles gut, meine Liebe, reagierte Sarah sehr gerührt, und jetzt erzähle.

„Mädels, Zeit zum Kennenlernen und Erzählen habt ihr noch genug", platzte Frank in ihre angeregte Unterhaltung. „Leonie macht ab Montag bei mir ein Praktikum. Sie möchte Sportmedizin studieren", ergänzte er, schaute Sarah mit einem rätselhaften Blick an und fragte Mary, ob sein Vater etwas zu bezahlen hätte. Ne, hat der grauhaarige alles übernommen, zwitscherte sie. Meine Rechnung heb bis nächste Woche auf und schreib Leonies Getränk mit drauf, meldete sich Sarah. Ist gut, Liebes, dann bis Anfang der Woche. Sie schnappte mit Daumen und Zeigefinger vor ihrem Mund und Leonie kicherte. Wenige Minuten später bedankte sich Sarah bei Frank fürs nach Hause bringen und er schaute sie erneut mit diesem Blick an.

Leise bewegte sich Sarah durch ihre Wohnung, es roch nach ihm. Sie schlüpfte in den kuscheligen Hausanzug, wollte auf dem Balkon noch eine rauchen und blieb wie angewurzelt stehen. Im Schein des Mondes entdeckte sie Wolf. Lang ausgestreckt lag er reglos in ihrem Fernsehsessel und schien zu schlafen. Sie bezwang sich ihn nicht zu berühren, hockte sich gegenüber auf der Couch in ihre Kuschelecke und betrachtete still sein Gesicht.

„So habe ich sie noch nie erlebt", sagte er plötzlich, als wolle er eine Beichte ablegen. „Sie wusste genau, dass ich nicht die geringste Lust auf diese Prämiere hatte. Ob ich sie bloßstellen wolle, hat sie mich gefragt, die Einladung läge schon zwei Wochen da. Wir haben uns das erste Mal richtig gestritten, und was sie mir alles an den Kopf geworfen hat, ich werde es nicht wiederholen. Aber letztendlich habe ich eingelenkt. In der Theaterpause stichelte sie, wo ich mit den Gedanken wäre, hat sie gefragt und viel zu viel getrunken. Sie hat nie viel getrunken. Beim Abendessen ging es weiter. Alles, was ich sagte, stellte sie in Frage. Ihre

Kollegen fanden das noch lustig. Dann wollte sie unbedingt noch in diese Bar. Den Rest kennst du."

Sarah hatte den Kopf auf ihren Knien abgelegt und schwieg, wusste einfach nicht, was sie dazu sagen sollte. Aber sie ahnte, um was es hier ging, und das müsste Wolf auch wissen, es war ja nur eine Frage der Zeit. Sie stand auf und ging auf den Balkon. Wolf schälte sich aus dem Sessel, folgte ihr nicht, ging ins Bad und legte sich dann auf die Couch. Sarah zog die Gardinen hinter sich zu und eine tiefe Traurigkeit überfiel sie. Über ihn gebeugt streichelte sie zärtlich sein Gesicht und hockte sich dann zu seinen Füßen mit auf die Couch.

„Sarah, sag etwas dazu", bat er, zog sie zu sich hoch und sie legte den Kopf auf seine Brust.

„Was willst du hören, Wolf, ich kann deine Probleme nicht lösen, oder doch. Wenn du mir sagst, dass wir zukünftig jeden privaten Kontakt vermeiden müssen, dann werde ich es akzeptieren und irgendwie überleben. Aber verlange nicht von mir, dass ich mich nicht mehr um meine Jugendlichen kümmern darf, das werde ich nicht akzeptieren."

Es war totenstill im Zimmer, aber seine Atemzüge verrieten, dass er nicht schlief. „Es gibt Entscheidungen, die kann einem keiner abnehmen", sprach Sarah leise weiter. „Ich entschied mich vor Jahren in den furchtbarsten, schmerzhaftesten Sekunden meiner Ehe, für ein kompromissloses Aus. Mir wurde im Bruchteil einer Minute klar, dass dieser Verrat, dieser Riss im festen Mauerwerk nicht zu kitten war. Man kann sich verzeihen, aber Misstrauen würde der ständige Begleiter sein. Du musst für dein Leben schon selbst entscheiden."

Schwer hingen Sarahs Worte in der Luft und es dauerte lange, bis sich Wolf wieder bewegte. Kann ich das noch etwas hinausschieben, fragte er, und schubste Sarah lachend von sich runter. Dann zog er sie wieder auf die Couch und küsste sie, bis ihr die Luft wegblieb. Mit Händen und Füssen wehrte sie sich und flüchtete auf den Balkon. Gut, rief er hinterher, dann brauch ich jetzt eine kalte Dusche, kommst du mit? Sarah drückte die angerauchte Zigarette aus, ich werde es mir abgewöhnen, sagte sie laut und eilte ihm hinterher. Sie seiften sich gegenseitig ein, standen eng aneinander unter warmen Wasserstrahl und eingewickelt im Badetuch trug er sie ins Bett. Sie liebten sich intensiv, konnten nicht voneinander genug bekommen und schliefen irgendwann erschöpft ein.

20

Mit einem tiefen Seufzer schlug Sarah die Augen auf. Die unverhoffte Liebesnacht klang noch in ihr nach. Sie dehnte ihre Glieder, griff zur Seite, aber das Bett war leer. Ihr Handy zeigte 7 Uhr. Mit einem Satz war sie aus den Federn und lief durch die Wohnung. Er war noch überall zu spüren. Weit öffnete sie die Terassentür, sie brauchte jetzt frische Luft. Gedankenverloren schaute sie über ihre Wiese, im Morgennebel verlor sich das kleine Wäldchen.

Die Kaffeemaschine lief. Im Badezimmer stockte ihr der Atem. Ein großes rote „Danke" prangte ihr am Spiegel entgegen. Der Puls sauste nach oben, und unzählige Gedanken durch ihren Kopf. War es jetzt ein DANKE; es war schön mit dir, aber…oder war es ein DANKE; du hast mir sehr geholfen. „Schluss jetzt!", rief Sarah ihrem Spiegelbild entgegen, wischte entschlossen seine Nachricht weg und lachte etwas gequält, ‚Unmöglich dieser Mann' dachte sie und schickte ihn erstmal in die Hölle, sie hatte jetzt keine Zeit in ihrem Herz- Schmerz zu versinken.

Schon von weitem sah sie Joseph mit einem Pott Kaffee vor seiner Werkstatt sitzen. Ein gutes Gefühl. Sie eilte über die Straße, nahm ihn beim Kopf und setzte sich dazu. Du hast dich lange nicht sehen lassen, knurrte er zur Begrüßung und versuchte seine Freude zu verbergen. Sarah durchschaute ihn. Ich hatte viel zu tun du alter Brummbär, erwiderte sie, knallte ihren Notizblock auf den Tisch und lachte. So, so, viel zu tun, und das war alles, sonst gab es nichts, was du gerne loswerden möchtest, bohrte er weiter, und fixierte sie mit Röntgenaugen. Sie konnte ihm einfach nichts vormachen, winkte ab, als er auf den Kaffee Pott zeigte und unterschwellig stieg der Freitagabend in ihr hoch.

„Du hast recht, mein Freund; er ist in der Klemme", sagte sie leise, „und das belastet mich auch." Josephs rotblonden buschigen Augenbrauen rutschten zusammen, aber er blieb stumm. Sarah schaute an ihm vorbei und berichtete haargenau, was sich am Freitagabend abgespielt hatte, bis Franks Eintreffen. Den Rest der Nacht verschwieg sie, das ging nur Wolf und sie etwas an. Für Minuten war es still am Tisch. Geräuschvoll stieß Joseph die Luft durch die Nase. Und nun, fragte er. Sarah zuckte mit den Schultern, schüttelte sich und griff nach ihrem Notizblock.

„Nun... geht es wieder ran an die Arbeit", antwortete sie lächelnd und lauschte in die Werkstatt rein, es rumorte im Hintergrund. „Ist da jemand?", fragte sie erstaunt und wollte aufstehen. Joseph hielt sie zurück, grinste und pfiff kurz. Was gibt es Chef, tönte es von drinnen und der „Schattenmann" stand unterm Tor. Das ist eine Überraschung, rief Sarah laut und winkte ihn heran. „Hans, ich freue mich dich hier zu sehen. Das passt hervorragend in meine Pläne, komm setzt dich." Erst holst du mal die Thermoskanne raus und bringst zwei Tassen mit, stoppte Joseph ihn und der lange Hans sauste los. Hast du gut gemacht, Sarah, kann ihn gebrauchen, brummte er dann über den Tisch und sein Gesicht knautschte sich zusammen.

Sie erläuterte den beiden zügig und mit einfachen Worten ihr Konzept für die Durchführung des Sommerfestes. Hans hing regelrecht an ihren Lippen, seine Bewunderung war nicht zu übersehen. Joseph hörte ihr, den Kopf auf seine Faust gestützt, mit undurchdringlichem Blick zu. Sarah musste feixen. Seine Augenfarbe war tatsächlich mehr grün als blau. Als sie geendet hatte, brummte er nur, und was können wir dabei tun? Da lachte sie aus vollem Hals und zwitscherte, jede Menge, mein Lieber, jede Menge. Der lange Hans starrte sie immer noch an, kam nicht mehr mit.

„Ich brauche", ging Sarah näher darauf ein und zählte laut auf: „drei Stände für draußen, Grill ist vorhanden, fehlt nur die Gasflasche, eine Befestigung für den Box Sack, eine Möglichkeit fürs Büchsenwerfen und einen beweglichen Untersatz für einen Geschicklichkeit Parcours." Mit einer lustigen Grimasse schaute sie über den Tisch. Und das findest du alles bei mir, reagierte Joseph skeptisch. „Das und noch mehr", konterte Sarah todernst, „lasst uns eine Werkstattbegehung machen und jede Ecke inspizieren!"

Bei voller Beleuchtung durchforsteten sie die große Werkstatthalle. Eine wahre Fundgrube. In einer Ecke standen einige Holzspanplatten, dahinter waren Gerüstböcke aufgestapelt. Ein stabiles halbhohes Regalteil stand daneben. Schwere Ketten, Seile und Netze hingen an der Wand. Dann das High light, Sarah entdeckte ein etwas überholbedürftiges Gokart, und stieß einen Freudenschrei aus, genau das ist es, rief sie begeistert und Joseph quittiertes es mit seinem dunklen, grollenden Lachen. Da bin ich gerade dran, sagte Hans ganz trocken, konnte Sarahs Euphorie nicht nachvollziehen. Aber jetzt muss ich erst mal zu meiner Mutter, setzte er nach und ging zum Tor.

Wir haben noch vier Wochen Zeit, Hans, rief Sarah ihm hinterher, ehe er mit dem Fahrrad davon düste. Joseph war verschwunden, sie blätterte im Notizblock, machte Randbemerkungen und strahlte ihn an, als er mit zwei Flaschen Bier zurückkam. Warum machst du dann so eine Hektik, brummte er sie an. Weil ich bis Freitag noch Urlaub habe, und bis dahin muss das Gerüst stehen, quietschte sie vergnügt und rollte mit den Augen. Und was steht jetzt an, wollte er wissen und stöhnte mit gespielter Verzweiflung. Jetzt Wochenende, mein Lieber, säuselte sie und sie lachten, bis ihr die Tränen kamen.

„Na euch geht es ja gut", platzte Wolf plötzlich dazwischen. Sarah hatte ihn nicht kommen sehen und eine heiße Welle rollte vom Kopf bis zu den Füßen. Dir nicht? fragte Joseph, zeigte auf seine Tasse und Wolf nickte. Sarah packte seine Hände, die waren eiskalt, und zog ihn auf den

Stuhl neben sich. In den wenigen Minuten, die sie allein waren, schauten sie sich schweigend an, ohne sich loszulassen. Sollte sie etwas sagen, überlegte sie, und war froh als der Große die Tasse abstellte und sich dazusetzte.

„Das sieht nur so aus", rief sie fröhlich, „ich bringe Joseph gerade zur Verzweiflung. Ich habe seine Werkstatt auf den Kopf gestellt auf der Suche nach Dingen, die ich für das Sommerfest gebrauchen kann." So schlimm war es nun auch nicht, brummte Joseph, und gefunden haben wir ja genug. „Apropos Sommerfest, du hast noch gar nichts dazu gesagt", nörgelte sie Wolf an.

„Wie denn auch, wann denn auch", reagierte er unwillig, „deine Pläne kenne ich ja noch nicht."

„Stimmt, da hast du recht, wie denn auch", erwiderte Sarah und schob ihm die Mappe zu. „Dann schau bitte jetzt rein, ein paar Eckdaten müssen wir gleich festhalten, damit ich mir die Arbeit nicht umsonst mache", verlangte sie mit sanfter Stimme. „Und wir gehen noch einmal nach hinten, bitte Joseph. Dann erzähle ich, was ich damit vorhabe, und du sagst mir, ob das geht, okay?" Wie könnte ich dir was abschlagen, Kleines, grummelte er und stand auf. Lachend und schwatzend kamen sie zurück und Wolf schaute hoch. Das ist gut und machbar, sagte er, aber die Umsetzung, was alles gebraucht wird, wie soll das gehen... Ich bin da dran, unterbrach Sarah ihn, ich organisiere das schon. Von dir muss ich nur wissen; gibt es finanzielle Unterstützung von der Stadt, als Pauschale oder muss man Quittungen zur Abrechnung vorlegen? Wann soll es anfangen und enden, muss ich für die Flyers wissen. Ich will ...

„Gut, gut, stoppte Wolf sie und lachte herzhaft, Joseph stimmte mit ein. „Ich weiß was alles dazugehört Jugendveranstaltungen zu organisiere", sagte er, zog sie zu sich rüber und küsste sie. „Ich muss jetzt los, wir sehen uns im Quartier." Für Sekunden war es still. Sarah schaute verdutzt zu den Männern und erwiderte trocken, auch wahr, wenn nicht du, wer dann. Selbst als das schwarze Auto längst verschwunden war, blickte sie zur Straße. Joseph räusperte sich, sie drehte langsam den Kopf und ihre Augen blitzten ihn wieder an.

„Barsener See, heißt der Ort", stieß Joseph unvermittelt in seiner pragmatischen Art hervor. „Auf der anderen Seite liegt oberhalb ein kleines Landhotel der „Barsen Hof". War mal ein Forstbetrieb, der Wald gehört dazu. Vor 20 Jahren hatte der Eigentümer einen tödlichen Arbeitsunfall. Seine Witwe wollte erst verkaufen, aber der Sohn kam vom Ausland zurück und baute es zum Hotelbetrieb um." Sarah hörte schmunzelnd zu. So viel Sätze hintereinander hatte sie von Joseph noch nie gehört. Fein rief sie fröhlich aus, dann werde ich heute mal dem Örtchen einen Besuch abstatten. Danke für alles, lieber Freund, ich komme wieder, drohte sie ihn lachend an. Davon gehe ich aus, brummte er zurück und holte ihr das Moped aus der Werkhalle. Hans radelte gerade heran. Sie unterhielten sich noch kurz und er bekam große Augen, als sie winkend vom Hof rollte.

Nach einem leichten Mittagimbiss und einem Sonnenbad auf ihrer Terrasse, schwang sich Sarah auf ihr Moped. Der herrliche Sommertag war einfach zu schön, und sie wollte raus in die Natur und ihr Ziel hatte sie schon im Kopf. An reifen Kornfeldern, gesäumt von roten Mohnblumen rollte sie langsam in Richtung Barsener See, wie sie jetzt wusste. Trauerweidensee wurde er von den Alten auch genannt, da vor vielen Jahren zwei Geschwisterkinder dort ertrunken waren, die zwischen Weiden gespielt hatten und reingefallen waren.

Diesmal fuhr sie durch das Wäldchen, wie Joseph ihr es beschrieben hatte. Die Wiese war heute menschenleer und wie sie erkennen konnte, der Müll weg. Hatte wohl doch schon jemand reagiert. Nach einer langgestreckten Linkskurve sah sie das Landhotel auf einer Anhöhe, rechts der Straße, davor befand sich ein Parkplatz. Für Zweiräder zeigte der Hinweis Pfeil nach oben. Die Kaffee Terrasse lag quasi über dem Parkplatz mit herrlichem Ausblick auf den See. Sie war gut besucht und Sarah holte am Außen verkauf drei Kugeln Eis mit Sahne, stellte sich damit an die Terrassen Brüstung. Da wurde sie aufmerksam. Drei junge Männer, die hatte sie nach der Kurve an der Seeseite gesehen, schlenderten den Weg hoch, bogen aber dann rechts ab.

An einem Tisch, so 5 Meter von ihr entfernt, hatten sich gerade zwei Pärchen niedergelassen und einer der Männer starrte zu ihr rüber, sie kannte ihn. Er sagte etwas zu seinen Begleitern und alle schauten zu ihr. Es spiegelte sich in Sarahs Sonnenbrille. Er war gestern in „Marys Bar" dabei, erinnerte sie sich, aber mit einer anderen Dame, wahrscheinlich seiner Ehefrau. Was ging es sie an, sie hatte ihre eigenen Probleme.

Plötzlich sah sie Bewegungen zwischen den Autos. Sie holte ein kleines Fernglas aus der Tasche und ließ den Blick über den Parkplatz schweifen. Gerade hatte sie zwei der Männer eingefangen, da standen die Tischnachbarn neben ihr. Was machen Sie da eigentlich, fragte der ihr unbekannte etwas wirsch. Ohne das Glas runterzunehmen reagierte Sarah darauf und sagte, „Tatsächlich, die drücken sich zwischen den Fahrzeugen herum, schauen rein und greifen an die Türen." Waaas, rief der andere laut und die Frauen kamen rüber, das gibt es doch nicht, komm, forderte er seinen Kollegen auf und wollte losstürmen.

Sarah ging ein paar Schritte zur Seite, setzte einen grellen Pfiff mit den Fingern ab und drohte mit der Faust. Da kam der dritte hervor, sie glotzten nach oben, machten obszöne Handbewegungen und trotteten paar wenige Schritte weg. Da drückte sie ihren Schrill Alarm. Sekunden nur waren Polizeisirenen zu hören und die drei machten sich aus dem Staub. Sie flitzten über die Straße und verschwanden im Wäldchen am See. Das Ganze dauerte keine drei Minuten. Sarah steckte ihr Fernglas ein und löffelte weiter ihr Eis.

„Sarah, setzen Sie sich doch ein paar Minuten zu uns", forderte der Mann von gestern sie lächelnd auf, wir kennen uns." Ich weiß, antwortete sie und blieb neben dem Tisch stehen. Da kam ein Herr auf sie zu, stellte sich als Inhaber vor, fragte was passiert sei. Gäste hätten ihn aufmerksam gemacht und ob die Polizei jetzt käme, wollte er aufgeregt wissen. Sarah ging ein paar Schritte mit ihm zur Seite und versuchte ihn zu beruhigen.

„Herr Barsen, es ist nichts passiert", redete sie mit sanfter Stimme auf ihn ein. „Ich habe drei Männer beobachtet, die sind zwischen den Fahrzeugen herumgeschlichen und ich habe sie verjagt. Die Sirene war nur ein Warnzeichen, es kommt keine Polizei. Ich wäre jetzt gleich zu Ihnen reingekommen. Wird der Parkplatz denn überwacht?" Ja, ja, erwiderte er immer noch aufgeregt. Letztes Jahr gab es mehrere Aufbrüche, meistens nachts. Seitdem haben wir Überwachungskameras, setzte er eifrig hinzu, bedankte sich für ihre Aufmerksamkeit und eilte zurück. Die vier hatten den Wortwechsel verfolgt, musterten sie mit unterschiedlichen Gesichtsausdrücken und sie hatte gar keine Lust auf Unterhaltung. Auf der anderen Seite reizte es sie. Sie hätte zu gern gewusst, was die sich davon erhofften, und setzte sich.

„Das war eine reife Leistung, meine Hochachtung", bemerkte der Gast von gestern, schaute ihr offen und freundlich in die Augen. „Wieder eine Geschichte mehr, die in der

Stadt kursieren wird." Ist das so, erwiderte Sarah ungerührt, was erzählt man sich denn so? „Da kommt eine Menge zusammen, Anbetracht der kurzen Zeit, die Sie ehrenamtlich auf der Straße unterwegs sind. Ich habe mich mal schlau gemacht", antwortete er ernst und schaute in die Runde. Da sind Sie wohl viel mit Doktor Brunner unterwegs, fragte eine der beiden Frauen und sah sie lauernd an. Das bleibt nicht aus, wenn man die Jugendlichen im Quartier mit betreut, gab Sarah bereitwillig Auskunft und musste ein Grinsen unterdrücken. Jetzt ließen sie die Katze aus dem Sack. Aber sie wusste längst, worauf das hinauslief, war bestens darauf vorbereitet. Den Männern passte es nicht wie sich die Unterhaltung entwickelte und als die andere Begleiterin mit spitzer Zunge wissen wollte, ob sie auch nachts mit ihrem Chef unterwegs war, klopfte einer auf den Tisch. Sarah hob lächelnd die Hand und nickte.

„Ja, auch nachts sind wir ab und zu zusammen unterwegs", konterte sie gelassen. „Wir treffen uns an Orten, wo jemand überfallen wurde, wo eingebrochen wurde, wo jemand einen Brand gelegt hatte oder schlimmsten Falles auf der Notfallstation, um nach den Opfern zu sehen oder um selbst behandelt zu werden. Möchten Sie noch etwas wissen? Gut, dann wünsche ich noch einen angenehmen Tag. Ich muss jetzt los, das Böse ist immer und überall." Das konnte sie sich jetzt nicht verkneifen, sie hob ihren Helm auf und ging zum Parkplatz neben dem Hotel.

Doch ehe sie aufstieg, schaute sie sich ein wenig um und war überrascht. Der Innenhof des Hotels lud mit einer wunderbaren rustikalen Grillecke zum Verweilen ein. Zurzeit bewegte sich da nichts. Sie vermutete, dass man sie auf Vereinbarung nutzen konnte, oder für Hotelgäste geplante Grillabende stattfanden. Daneben entdeckte Sarah einen

Hofladen. Der hatte offen. Eine Vielfalt an Souvenirs, alle aus Holz gefertigt, konnte man hier erwerben. Außerdem wurden selbstgemachte Konfitüren, eingelegtes Obst und Gemüse in Gläsern und vieles mehr angeboten. Sarah war begeistert, kaufte sich etwas Konfitüre und erfuhr von der älteren netten Dame noch einiges über dieses Landhotel. Sie bedankte sich und versprach wiederzukommen. Dann bewunderte sie noch einmal die aus Baumstämmen gefertigte Sitzlandschaft um den großen Schwenkgrill herum, wollte endlich los, da entdeckte sie noch etwas anderes. Die beiden Pärchen von der Terrasse verschwanden gerade im Hotelnebeneingang. ‚Da schau an' grummelte sie, blieb in Deckung und eine leise Ahnung stieg in ihr hoch, sie wollte es selbst nicht glauben.

Und sie hatte sich vor wenigen Minuten wieder einmal gerechtfertigt. Musste sie das eigentlich? Sie beantwortete sich die Frage selbst mit einem ja. Es war gut zu wissen, wo man steht. Sie wollte auf keinen Fall ignorant rüberkommen und so konnte sie den neugierigen Fragern den Wind aus den Segeln nehmen, gerade in dieser sehr delikaten Angelegenheit. Außerdem amüsierte sie sich jedes Mal über die betroffenen, peinlich berührten Gesichter der Leute. Langsam rollte sie zur Straße, schaute rüber zur Terrasse und lächelte.

21

Nach ihrem Ausflug brachte sie das Moped zurück, erzählte Joseph von der Vertreibungsaktion auf dem Parkplatz und Anmache der Tischnachbarn. Sie schwärmte von dem Hofladen und der Grillstation, doch ihre Gedanken über die speziellen Gäste verschwieg sie. Aufmerksam hörte er zu und musterte sie mit seinen grüngrauen klugen Augen. Da flüchtete Sarah lachend, holte sich auf dem Nachhauseweg einen köstlichen frischen Salat mit viel Schafskäse aus dem „Yemek" und konnte seit langem mal wieder einen wunderschönen Sonnenuntergang genießen.

Am Sonntag trübte sich der Himmel ein und das legte sich ein wenig aufs Gemüt. Erst versuchte sie zu meditieren, das gelang ihr nicht. Da nahm sie sich zum Wiederholten Male ihre Aufzeichnungen für das geplante Sommerfest vor, aber der Schuss ging nach hinten los. Jedes Detail erinnerte sie an Wolf. Liebeskummer und Ungewissheit trieb sie um und sie war froh, als ihr Telefon klingelte. Erleichtert atmete sie auf, auch wenn es nur der Senior Chef war, der sie für Montag ins Büro bestellte.

Ein Stapel Unterlagen lag auf ihrem Arbeitsplatz und ihr Chef, der sie reinkommen sah, fing sie ab. Sarah, schön dass Sie es einrichten konnten, kam er gleich zur Sache. Die Unterlagen müssen auf Richtigkeit geprüft werden und wir sind unterbesetzt. Er zeigte durch die Scheibe und widmete sich wieder seiner Arbeit. Sarah drückte ihren Groll weg und blieb vor dem Schreibtisch stehen. „Ist noch was", fragte er mürrisch und schaute hoch, fing ihren Blick auf und fügte mit einem schiefen Lächeln hinzu, „Sie haben es doch nicht verlernt in den paar Tagen, oder?" Mit Sicherheit nicht, Chef, und was ich bis mittags schaffe, wird auf dem Tisch liegen, erwiderte sie nicht gerade freundlich und ging raus.

Was war nur aus dem renommierten Steuerbüro Theusdorf geworden. Sarah begrüßte die vier Kolleginnen herzlich und machte sich über die Abschlüsse her. Die jungen Kolleginnen tuschelten miteinander, aber sie trauten sich nicht Fragen zu stellen. Sarah nahm sich einen Kaffee und ging auf den Balkon, suchte in ihrer Tasche nach Zigaretten und lachte vor sich hin, sie hatte keine, wollte es sich doch abgewöhnen. Katja Hamann, die nach ihr am längsten hier war, bot ihr eine an, aber sie lehnte ab.

„Macht keinen Spaß mehr", sagte Katja, „zum Monatsabschluss nimmt sich der Juniorchef einfach frei, weil er seine Madam zum Frauenarzt begleiten muss. Das hat es früher nicht gegeben und der Senior sagt nichts dazu, kann sich nicht durchsetzen."

„Nächste Woche bin ich wieder da, und dann verlangen wir eine Aussprache, okay Katja", munterte Sarah sie auf. „In dieser Atmosphäre arbeite ich auch nicht weiter. Aber jetzt muss ich wieder ran, habe nur bis Mittag Zeit."

Halb eins legte sie dem Seniorchef alles vor die Nase. Danke, brummte er, und nichts für ungut, Sarah, ich bin im Moment…Schon gut, bis Montag Chef, dann müssen wir reden, erwiderte sie, winkte ihren Kolleginnen zu und verschwand.

Eigentlich wollte sie ins Künstlerviertel, aber das reichte morgen auch noch, nur keinen Stress. Dafür bog sie in die kleine Sackgasse am Museum ein, wollte bei Mussa endlich das mit ihrem Handy klären. Er schloss gerade seine Tür ab, sah sie kommen, schloss wieder auf und bat sie mit einer galanten Handbewegung herein. Was kann ich für dich tun, fragte er freundlich, eilte hinter den Ladentisch und blitzte sie mit seinen dunklen Augen an.

„Mussa, du weißt, weshalb ich komme, will meine Schulden loswerden." Ah ja, das Handy, kommst du damit zurecht? Das eilt doch nicht, lenkte er liebenswürdig ab. „Ich bin zwar noch nicht dahintergekommen, was das Teil alles kann, aber was ich damit mache, funktioniert", gab Sarah Auskunft und feixte, als er die Augen verdrehte. „Also sag endlich, was du dafür bekommst, sonst lasse ich es hier", drängte sie energisch. Die Hand unterm Kinn drehte er den Kopf hin und her und erwiderte schmunzelnd, dann gib mir 50 Euro dafür. „Mussa, ich bezahle 100, bringe sie dir die Tage rein. Dafür habe ich noch einen Anschlag auf dich vor." Augenblicklich veränderte sich seine Miene, sein Blick wurde wachsam und Sarah hob lachend die Hände.

Sie erzählte kurz zusammengefasst vom Sommerfest im Quartier und was sie mit den Jugendlichen gemeinsam auf die Beine stellen wollte. Dabei flocht sie ganz geschickt ein, dass sie auf der Suche nach kleinen Preisen wäre und ob vielleicht in seinen Schubladen irgendetwas rumliegen würde, was er nicht brauchte. Jetzt grinste er wieder, ich schau nach, versprach er, aber jetzt habe ich Mittag.

Die Woche verging rasend schnell und Sarah zog Freitagmorgen zum Frühstück auf ihrer Terrasse Bilanz. Strahlend blauer Himmel an diesem herrlichen Julitag ließ keine Wünsche offen und ihre To-Do-Liste zierten zahlreiche Häkchen. Trotzdem bedrängte etwas Wehmut ihr Herz. Von Wolf hatte sie am Montag das letzte Mal etwas gehört, oder besser gelesen. Andrey hatte ihr ein Schreiben weitergereicht, eine Bestätigung der Gemeinde, dass ein Budget über 300 Euro genehmigt worden war für die

Veranstaltung, natürlich gegen Vorlage der Belege über die Ausgaben. Bisher waren es nur Vorgespräche mit ihren ausgewählten Sponsoren, jetzt musste sie sich wohl noch etwas einfallen lassen, wie sie an das Geld rankommen könnte.

Von früh bis abends war sie unterwegs gewesen. Nina, eine junge aufgeschlossene Grafikerin hatte mit ihr ein Plakat gestaltet. Bert hatte sie miteinander bekannt gemacht. Die Idee, ein rotes Herz mit „ask" in der Mitte und als Logo, „ein Herz für alle", fand sie richtig gut. Mit Eskil konnte sie sich darauf einigen, dass sie Cevapcici, Bratwurst und Salate anbieten würden, alles zum Einkaufspreis. Und Paul hatte ihr zugesagt, dass er einige Kisten alkoholfreie Getränke und eine große Tüte Weingummi beisteuern würde. Besser konnte es doch gar nicht laufen.

Mit den Jugendlichen hatte sie mehrmals durchgespielt, wie ein Billard Kurzturnier funktionieren könnte. Im Sportstudio hatte sie am Mittwoch etwas trainiert und sich lange mit Leonie unterhalten. Sie verstanden sich gut und Leonie hatte ihre Hilfe beim Sommerfest angeboten. Frank war ständig lächelnd um sie herumgeschlichen und Sarah konnte seinen Blick, der sie jede Sekunde an Wolf erinnerte, kaum ertragen.

„Schluss jetzt mit dem Selbstmitleid", rief Sarah über die Wiese zum Wäldchen noch, nicht ohne vorher nach links und rechts zu schauen, ob sie jemand beobachtete. Heute Abend würde sie zu Mary gehen, sich selbst für getane Arbeit belohnen und das Lager durchstöbern. Ab Montag wehte wieder ein anderer Wind. Fröstelnd hob sie die Schultern beim Gedanken an das Büro. Wenn sich da nichts besserte am Arbeitsklima, würde sie tatsächlich ernsthaft über eine Veränderung nachdenken und ihre Fühler ausstrecken. Aber bis dahin stand noch eine Menge an, Listen vorbereiten für die einzelnen Aktionen. Im Büro würde sie wohl nicht dazukommen. Bis zum späten Nachmittag saß sie an den Tabellen, dehnte und streckte sich, um wieder locker zu werden und beschloss, den Abend doch zuhause zu verbringen. Sie stöberte in ihrem Kühlschrank, bereitete sich ein leckeres Gemüse Omelett zu und schlief in der schon untergehenden Abendsonne im Liegestuhl ein.

Gegen zehn wurde sie wach, kühl war es geworden und sie kuschelte sich in ihren Fernsehsessel, schaute einen spannenden Krimi. Und da hörte sie es. Auf dem schmalen Pfad vor den Terrassen knirschte der Sand, leise, aber sie nahm es wahr. Sarah stellte den Fernseher leiser und trat auf die Terrasse. Dann rief sie in den Raum hinein ‚ich komme', damit man annehmen musste, sie wäre nicht allein. Von innen verriegelte sie die Tür und zog eine Hälfte der Gardine zu. Sie packte ihr Handy, steckte den Schrill Alarm in ihre Jackentasche und verharrte im Türrahmen zum Flur.

Es dauerte keine drei Minuten, da näherte sich ein Schatten hinter der freien Scheibe. Man konnte nichts erkennen, aber sie fotografierte es trotzdem. Lautlos verließ sie ihre Wohnung, schloss ab und schlüpfte zur Haustür hinaus. Das Außenlicht ging an. Sarah eilte das kurze Stück Weg bis zu den Containern dicht an der Hausmauer entlang, suchte dazwischen Deckung. Gegenüber in der Nebenstraße, die bei Eskil vorbeiführte, parkte ein silbernes Coupé. Es hupte kurz, jemand flitzte von hinten an den Containern vorbei, über die Straße, und stieg dann in dieses Auto. Sarah richtete sich etwas auf und drückte hintereinander den Auslöser ihres Handys.

Was war das denn, dachte sie und wollte den aufkeimenden Verdacht nicht zulassen. Sie zog die andere

Gardinenseite zu, lief völlig erregt durch ihre Wohnung und suchte Zigaretten, leider fand sie auch welche und inhalierte tief. Davon wurde ihr etwas schwindelig, eine Woche hatte sie keine angerührt, sie drückte die Kippe wieder aus. Dann goss sie sich ein Glas Wein ein und starrte auf ihr Handy. Als sich ihr Puls normalisiert hatte, schaute sie sich die Aufnahmen an. Gesichter konnte sie nicht erkennen, aber einen wippenden Pferdeschwanz der davoneilenden Person. Und das Auto, selbst das Nummernschild mit den Buchstaben HB, wenn man es heranzoomte. ‚Gott, wie abgefahren war das denn‘, stieß sie laut hervor. Wut empfand sie dabei nicht, denn die Tatsachen sprachen ja für sich, für Wolf wurde es eng. Die zweite Zigarette bekam ihr schon besser, doch Sarah drückte sie trotzdem aus und zerquetschte den Rest in der Schachtel, kein zurück, nur noch nach vorne schauen, hatte sie sich vor Monaten vorgenommen.

Völlig kaputt wachte Sarah ziemlich spät auf, die übelsten Träume hatten ihr einen unruhigen Schlaf beschert. Nach einer Wechseldusche fühlte sie sich wohler, konnte die schweren Gedanken aber nicht vertreiben. Sie bohrten und bohrten. Diesmal musste sie mit jemanden reden, und da kam nur einer in Frage. Auf dem Weg zu Joseph wollte sie sich etwas sortieren, Chaos im Kopf blieb. Raushalten wollte sie sich aus den Familienangelegenheiten, aber ging das jetzt noch? Wie würde Wolf reagieren, wenn sie es ihm erzählen würde? Sollte sie vielleicht in die Offensive bei den Damen gehen? Aber mit welchem Recht? Ihnen gestehen, dass sie den Mann, den Vater, liebte, ihn haben wollte? Niemals! Es gehörten immer zwei dazu und Wolf musste sich über kurz oder lang entscheiden und sie würde es akzeptieren, Punkt!

Sarah hielt den Pott Kaffee in beiden Händen, als wolle sie sich dran wärmen. Joseph registrierte es, sagte keinen

Ton, nur seine Falten hüpften hin und her, aber er schwieg beharrlich und wartete, bis Sarah den Mund aufmachte.

„Ich hatte gestern Nacht Besuch, ich bin ratlos." Sie schob das Handy über den Tisch. Er starrte auf den Schatten, zuckte mit den Schultern. Da scrollte sie die Bilder langsam weiter.

„Donner und Doria, das geht zu weit", stieß Joseph aus und seine Halsadern schwollen an. „Du musst es ihm sagen, das ist Hausfriedensbruch, das kannst du nicht hinnehmen!"

„Ja, vielleicht sollte er es wissen, aber nicht von mir. Ich könnte es Frank erzählen, ihm die Bilder zeigen. Aber woher weiß ich, dass er auf meiner Seite ist, dass er die Entscheidung seines Vaters akzeptieren würde, falls sie für mich ausfällt? Und woher weiß ich, dass Wolf tatsächlich zu mir steht, wenn es hart auf hart geht? Du siehst lieber Joseph, das Leben ist ein Karussell, man kann aus der Gondel fliegen. Ich bin schon einmal rausgeflogen und wieder aufgestanden und heute Abend gehe ich zu Mary und ertränke meinen Kummer."

Sarah fing an zu lachen, als sie seine entsetzte Miene sah, und schubste ihn derbe an. „Es hat gutgetan, den Ballast erstmal abzuwerfen. Jetzt lass uns über wichtigere Sachen reden", zwitscherte sie und stemmte die Arme in die Hüften. „Hast du schon die Platten gemessen, weißt du wie wir das Netz hinter dem Regalteil befestigen, und wie weit ist Hans mit dem Gokart?", bombardierte sie den Hünen mit Fragen.

Du bist unmöglich, knurrte er laut, schob geräuschvoll seinen Stuhl zurück und folgte ihr in die Werkstatt. Später stieß Hans dazu. Sarah lobte ihn und er strahlte. Sie sprachen einige Dinge durch, und am meisten freute sich Sarah darüber, dass Joseph mit seinem Transporter die notwendigen Fahrten selbst übernehmen wollte, egal was ranzuschaffen war.

Zufrieden mit ihrem Outfit und innerlich etwas aufgeräumt beschloss Sarah gegen sieben kein Taxi zu rufen, und die halbe Stunde bis „Marys Bar" zu laufen. Der laue Abend und vor allem das traumhaft schöne Abendrot am Horizont luden dazu ein, konnte aber die quälenden Gedanken nicht ganz vertreiben. Die Ungewissheit war ein lästiger Lebensberater.

Da bist du ja, begrüßte Mary sie am Tresen, du weißt, dass samstags wenig Zeit zum Plaudern ist. Es dauert nicht lange meine Liebe und gerade schafft das dein Mann allein, konterte Sarah lachend und Jo zeigte ihr den Mittelfinger. Na, dann komm, rief Mary und zerrte sie kichernd ins Lager. Sarah lief die Regale ab, schaute in jede Ecke und spürte Marys Blicke. Was ist, rief sie ihr etwas schroff zu, ich suche Kaffeetassen, Behälter für Süßigkeiten, und hoffentlich gibt es noch die Stehtische. Sag's doch gleich, erwiderte ihre Freundin eingeschnappt, habe ich alles irgendwo stehen, willst du es sofort mitnehmen? Sarah drehte sich verdutzt um, sorry meine Liebe, schnurrte sie und beide lachten los.

„Wie schräg war das denn, letzten Samstag", musste Mary aber noch loswerden. „Weiß Wolfs Frau von euch?"

„Vielleicht ahnt sie es", wich Sarah aus, „keine Ahnung." Einen winzigen Moment hatte sie gezögert, aber nein, mehr würde sie ihrer Freundin nicht erzählen, auch nicht von dem nächtlichen Besuch. In dem Moment rief Jo, dass er Hilfe brauchte. „Kann ich mich noch etwas umschauen?" Mary nickte und ließ sie allein. Sarah inspizierte die Regale erneut, fand mehr als sie erhofft hatte, auch die Stehtische völlig verstaubt in der letzten Ecke. „Na bitte, wenigstens das geht voran", sprach sie mit sich selbst, das tat sie öfter mal.

Sie ging durch die Küche zurück in die Bar. Mary stand mit dem Rücken zu ihr und unterhielt sich mit Wolf am Tresen. Siedend heiß schoss es durch ihren Körper. Ehe er sie entdecken konnte, kehrte sie um, lief über den Gang erst einmal zur Toilette. Mit kaltem Wasser auf den Handgelenken beruhigte sich ihr Puls langsam, sie atmete einige Male tief durch und war bereit. Von hinten berührte sie leicht seine Schulter und setzte sich auf den Barhocker. Wolf schaute sie nur an, Unruhe war in seinen Augen, die sich fast schwarz färbten. Doch er fing sich schnell und lächelte.

„Hallo Sarah, du warst sehr fleißig in der Woche, habe ich gehört, und nicht nur von Joseph." Hatte er das letzte Wort extra betont, überlegte Sarah, nippte an ihrem Glas und schwieg. „Jo hatte schon Angst, du würdest sein Lager ausräumen", redete er schnell weiter. „Und ich konnte nichts helfen, bin erst gestern aus Berlin zurückgekommen." Er verzog das Gesicht, sollte wohl eine lustige Grimasse werden, die aber danebenging, und Sarah amüsierte sich. Du musst dich nicht entschuldigen, hast ja genug am Hals, erwiderte sie leise und er zuckte leicht zusammen.

„Zeig mir die Bilder", sagte er plötzlich und unter seinem Blick wurde es ihr mulmig, sie drückte das Handy an ihre Brust. „Mach schon", forderte er mit Nachdruck. Sarah tippte den Code ein und schob es rüber zu ihm. Mit unbeweglicher Miene öffnete er das Album, scrollte hin und her und schob es wieder zurück. „Bist du hier fertig", fragte er tonlos, „dann lass uns fahren." Sie winkte Mary rüber, bezahlte und schüttelte mit dem Kopf, ehe die etwas fragen konnte. Kein Wort sprach er während der kurzen Fahrt zu ihrer Wohnung und parkte das Auto ein Stück weg.

In aller Ruhe zog sich Sarah um, ging kurz ins Bad. Als sie zurückkam, lag er langausgestreckt im Fernsehsessel. Sie bereitete Tee zu, stellte das Stövchen und zwei Gläser auf den Tisch und kuschelte sich in ihre Ecke. Er war schmal geworden, fand sie, die Wangenknochen hoben sich leicht ab. Und einige Silberfäden mehr durchzogen seine dichten schwarzen Haare, in die sie so gerne reingriff. Sie goss sich einen Tee ein, konnte ihren Blick nicht von ihm wenden und eine bitter-süße Traurigkeit berührte ihr Herz.

„Ich kann es nicht glauben", sagte er kaum hörbar, „und dann zieht sie noch Kati mit rein, das geht gar nicht. Was wirst du tun?" Er stand auf, schenkte sich auch Tee ein und setzte sich in die andere Ecke der Couch. Vom Luftzug flackerten die Teelichter, und winzige Schatten hüpften über die Wand. Sarah legte die Beine hoch und ihren Kopf in seinen Schoss.

„Nichts werde ich tun. Sie haben Angst dich zu verlieren, genauso wie ich", raunte sie in die Stille hinein. Aber das… „Kein aber, Wolf', fiel Sarah ihm ins Wort, zog seinen Kopf zu sich herunter und küsste ihn. In seiner ganzen Länge schob er sich unter sie, und ihr Kopf ruhte auf seiner Brust. Die Zeit schien stillzustehen. Sarah lauschte seinem Herzschlag und irgendwann verrieten tiefe, gleichmäßige Atemzüge, dass er eingeschlafen war. Sie fühlte sich in dem Moment glücklich und der Schlaf übermannte sie auch.

Ganz vorsichtig schob Wolf Sarahs Körper von sich runter, stand auf und deckte sie zu. Er schaute auf sie herab, sie lächelte im Schlaf, sah glücklich aus. Was hielt ihm davon ab, dass es so bliebe. Hatte er Angst um seinen Ruf, um sein bisschen Luxus zuhause, Angst vor Veränderungen? Was war er nur für ein lausiger Psychiater, wühlte in andrer Menschen Seelen herum und kannte seine eigene nicht einmal. Er hauchte ihr einen Kuss auf die Stirn und verließ wieder einmal fluchtartig den „stillen Ort".

Drei Uhr nachts war es, als Sarah auf ihr Handy schaute, und sie war allein. Ein leichter herber Duft hing noch im

Raum, sie mochte ihn. Diese Aktion seiner Frauen musste ihm ganz schön zu schaffen machen, dachte sie, aber da konnte sie ihm nicht helfen, da musste er allein durch. Sie trank kalt gewordenen Tee und ging ins Bett, wollte ihren Traum zurück.

22

Die Zeit flog dahin. Sarah kontrollierte eine Woche vor dem großen Fest Punkt für Punkt ihr Konzept. Sie konnte zufrieden sein und war es auch. Allerdings nur mit ihrer freiwilligen Tätigkeit. Im Büro hatte sich bis jetzt noch nichts geändert. Die Versammlung hatte wohl stattgefunden, einiges, was nicht rund lief, wurde angesprochen, auch notiert, aber der alte Trott ging weiter. Herr Theusdorf hatte sich eine Auszeit genommen, sein Sohn ließ den Chef raushängen, seine schwangere Freundin war als Abteilungsleiterin überfordert und an ihr blieb mehr Arbeit hängen als zuvor. Na ja, da war das letzte Wort noch nicht gesprochen. Doch im Moment hatte sie keinen Nerv dafür.

In den letzten zwei Wochen hatte sie nach der Arbeit die Flyer verteilt und die meiste Freizeit bei Joseph, oder den Jugendlichen im Quartier verbracht, auch zwei oder drei Mal Wolf dort getroffen. Diesmal hatte er ihr aber gesagt, dass er viel unterwegs sein würde, um Seminare über neue Strategien in der Jugendarbeit zu leiten. Ob das auch seine Frau wüsste, hatte Sarah ihn ernsthaft gefragt. Ihr hätte er geraten, sie solle erst in seiner Dienststelle nachfragen, ehe sie auf die Suche gehen und andere Leute nachts belästigen würde. Das hatte er geantwortet und sie dabei mit seinem typischen undurchdringlichen Blick angesehen, den er immer draufhatte, wenn ihm etwas ernsthaft beschäftigte.

Sarah lachte leise, diesen Blick würde sie lange nicht vergessen. Schluss jetzt mit der Grübelei. Das Wetter hatte sich gedreht, leichter Nieselregen vermieste ihr den Ausflug mit dem Moped, also würde sie trainieren gehen. Außerdem freute sie sich auf das Gespräch mit Leonie, die schon ihre Hilfe beim Sommerfest zugesagt hatte. Etwas neugierig war sie auch, ob sie aus Franks Verhalten erkennen konnte, was er über die Spioniererei seiner Damen wusste. Ins Quartier wollte sie anschließend noch. Sie hatte die Liste mit den einzelnen Aktionen ans schwarze Brett gehängt.

Laute Stimmen drangen bis zum Tresen in „Alis Box Bude". Tina verdrehte die Augen, dicke Luft, sagte sie zur Begrüßung und zeigte Richtung Franks Büro. Sarah wäre nie in den Sinn gekommen, an der Tür zu lauschen. Musste sie gar nicht. In der Umkleide, die daneben lag, hörte man deutlich, dass Frank ein Streitgespräch mit seiner Schwester hatte. Und da wurde ihr sofort klar, dass Frank gut informiert war.

,Was habt ihr euch dabei gedacht, wollte er wissen. Die soll ihre Finger von Papa lassen, verdammt, die zerstört unsere Familie, merkst du das nicht, zeterte Kati. Papa ist gar nicht in der Stadt, und ihr spioniert mitten in der Nacht auf fremden Terrassen herum, spinnt ihr eigentlich, konterte Frank wütend. Gesagt hat er es, aber stimmt das auch? Vielleicht drückt er sich bei der Tussi rum, zickte Kati genau so wütend zurück. Und wenn es so wäre, zischte ihr Bruder, wir sind erwachsen und jeder bestimmt über sein Leben selbst, und jetzt Schluss damit. Brüderchen, bitte, schmeichelte Kati jetzt, sei nicht sauer, es hat doch niemand mitbekommen. Das denkst du, grollte Frank, sie hat es mitbekommen und mit dem Handy Bilder gemacht'. Plötzlich war es still.

Sarah hatte genug gehört, und lustig fand sie es nicht, im Gegenteil. Leise schloss sie die Tür hinter sich, wärmte sich auf dem Laufband auf, und versuchte das unfreiwillig Gehörte zu verdrängen. Nach ein paar Einheiten Muskeltraining für Beine und Rücken reagierte sie sich am Box Sack ab. Frank beobachtete sie dabei, kam aber nicht näher, nickte ihr nur zu. Sie hob lächelnd den Boxhandschuh und er verschwand in seinem Büro. Leonie konnte sie nicht entdecken, wollte auch nicht nach ihr fragen. Ausgiebig duschte sie heute mal, sonst brauchte sie drei Minuten, und machte sich auf den Weg zum Quartier.

Der kürzeste Weg führte durch das Wäldchen. Ziemlich düster war es schon, der regenverhangene Himmel sorgte dafür. Auch heute stieg in ihr ein mulmiges Gefühl auf und aufmerksam registrierte sie jedes Geräusch. Zwischen den letzten Bäumen hindurch sah sie das Haus und zwei Personen, die drum herumschlichen. Gerade versuchte der eine, auf den Händen seines Kumpels stehend, durch das höher gelegene Fenster zu schauen. Sarah pirschte sich lautlos ran. Was macht ihr da, rief sie. Erschrocken plumpste er auf den Boden. Einfach wegrennen konnten sie nicht, Aky und zwei andere hatten wohl in der Raucherecke etwas mitbekommen und kamen dazu. Ich warte, wollt ihr mit reinkommen, fragte Sarah ruhig. He Petro, nun kommt schon rein, mischte sich Aky jetzt ein. Ich kenne die beiden, die waren früher öfter hier, erklärte er Sarah und sie nickte. Petro war ihr ein Begriff, aber sie würde alte Sachen nicht aufwärmen.

Johlend wurden die Neuankömmlinge begrüßt. Nur die Mädchen tuschelten, waren gar nicht begeistert, man sah es ihnen an. Sarah schmunzelte, unterhielt sich kurz mit Peter, und ging zum schwarzen Brett. Sie zog die Augenbrauen hoch, legte ihre Unterlagen auf den Tisch und pfiff. „So Leute, Plan B", verkündete sie laut, „ihr konntet euch nicht einigen, wer was betreut. Also sage ich; ihr seid alle für alles verantwortlich." Wie zu erwarten war, brach ein Tumult aus. ‚Wie soll das Gehen, ich steh nicht stundenlang da und da rum, ich will Billard spielen und, und…' Sie hob lachend die Hände und fuhr fort, als sich alle beruhigt hatten. „Das weiß ich doch, jetzt hört euch meinen Vorschlag an. Die Aktionen starten zu unterschiedlichen Zeiten und sind begrenzt. Die Teilnehmer müssen eingetragen werden, und Treffer, Punkte oder Sieger je nach Aktion notiert werden.

Finde ich keine Freiwilligen, muss ich jemanden einteilen. Bei Billard und Dart wird gewechselt. Kuchenbüfett, Getränkestand und Grillstation müssen ständig besetzt sein, da versuche ich noch Erwachsene zu gewinnen. Habt ihr noch Fragen? Gut, dann treffen wir uns spätestens heute in einer Woche, 10 Uhr, auf dem Platz."

„Alles perfekt durchdacht, oder Jungs?", kam eine Reaktion hinter ihr und alle lachten. Wolf, sie hatte nicht gewusst, dass er da war und mit Peter im Hintergrund ihre Ausführungen verfolgt hatte. Sie setzten sich mit in die Runde und gemeinsam gingen sie noch einmal alles durch. Sonja, die mit Tina aus „Alis Box Bude" Ähnlichkeit hatte, berichtete, dass ihr Mutter Kuchen beisteuern wollte. Die Jungs klatschten und sie wurde ein wenig rot. Sarah freute sich, Wolf lobte alle und Peter beendete die Gesprächsrunde. Zeit zum Aufräumen, Leute, es ist spät, rief er und ein emsiges Treiben begann. Tatsächlich war es schon halb neun. Sarah verspürte ein wenig Hunger und war am überlegen.

„Appetit auf Käse, Brot und Oliven?", fragte Wolf sie in diesem Moment und sie fühlte sich ertappt. Hast du schon wieder in meinen Kopf geguckt, moserte sie ihn an und zog eine Grimasse. „Vielleicht, aber diesmal soll ich dir von Raul ausrichten, dass einige Sachen für dich abgegeben wurden", erwiderte er und lachte leise. Sie liebte dieses dunkle warme Lachen. Er schaute ihr in die Augen, anders, aber sie konnte es nicht deuten und das machte sie nervös. Bis nächste Woche, rief sie in den Raum, packte die Unterlagen ein und ging zur Tür.

Kein Wort sprachen sie während der kurzen Fahrt. Rauls Wettbüro war gut besucht. Er verschwand mit Wolf nach hinten und Sarah setzte sich an den kleinen Tisch in der Ecke. Eine Menge Leute gingen ein und aus, einige kannte sie schon, aber alle grüßten freundlich. Raul war ein netter Kerl, er stammte aus Andalusien, dem südlichsten Teil

Spaniens. Aus einem Flirt mit einer deutschen Touristin war Liebe geworden und er war ihr hier her gefolgt, vor 30 Jahren schon, hatte ihr Wolf mal erzählt. Gleich musste Sarah an Maren denken, sie fehlte ihr sehr, gerade jetzt.

„Disfrutalo, Sarah". Raul stellte eine Platte auf den Tisch, „alles aus meiner Heimat."

„Gracias, Raul, das sieht ja lecker aus." Sie probierte den Käse und den Schinken, steckte sich eine Olive in den Mund und verdrehte die Augen. Er amüsierte sich und lief lachend davon. Du hast es verdient, bemerkte Wolf trocken und setzte zwei Teegläser ab. Mit Schuss sagte er noch, lehnte sich zurück und beobachtete sie beim Essen. Ab und zu nahm er sich ein Häppchen, kaute selbstvergessen und schaute sie unentwegt an. Seine Pupillen bewegten sich, änderten ständig die Farbe, wurden hell, dann wieder dunkel. Plötzlich musste sie lachen. Was hatte sie vor Wochen gedacht, etwas Mystisches ginge von ihm aus, das gleiche Gefühl hatte sie gerade wieder. Wolf, schau mich nicht so an, murrte sie und lief zu Raul. Der hielt ihr einen Karton entgegen. Von Mussa, sagte er, Henry hat auch etwas reingelegt, ich muss noch überlegen. Danke Raul, und für lecker Schinken, erwiderte Sarah und ging vor die Tür. Wolf lehnte am Auto, keine rauchen heute, fragte er. Wortlos stieg sie ein, er fuhr los, parkte sein Auto gegenüber ihrem Haus und folgte ihr.

Sarah war etwas verwirrt. Im Arbeitszimmer legte sie wie immer ihre Sachen ab, wollte in den Hausanzug schlüpfen, da stand er hinter ihr. Vertraust du mir, flüsterte Wolf, liebkoste ihren Hals, umfasste fest ihre Hand und zog sie ins Schlafzimmer. Wenig später spürte sie tausend Hände, die über ihren Körper glitten, ihn von Kopf bis zu den Füssen verwöhnten, sie spürte seine weichen Lippen, seine

Zunge überall auf und in sich. Willenlos gab sie sich der Wollust hin, bis sie es nicht mehr aushalten konnte. Ihr Leib bebte, bäumte sich auf und Wolf nahm sie mit ungezähmter Leidenschaft, und sie schwebte hinüber in die Schwerelosigkeit. Er küsste ihr lächelnd die Tränen vom Gesicht und in seinen Armen schlief sie ein.

Von ungewohnten Geräuschen wurde Sarah wach, zog sich die Bettdecke über den Körper und hockte sich auf die Couch, die Kaminuhr zeigte 3 Uhr. Wolf stand in der Küchenecke an der Espressomaschine.

„Was war das heute Nacht?", fragte sie leise. Er drehte sich langsam um, nahm einen Schluck und sah sie etwas verunsichert an.

„War es nicht schön für dich?", stellte er eine Gegenfrage und setzte zögernd hinzu, „Ich wollte dich einmal sprachlos erleben."

Damit hatte sie nicht gerechnet und jetzt brauchte sie Klarheit. „Neulich entdeckte ich ein rotes „Danke" an meinem Spiegel, willst du wissen, was ich da gedacht habe?" Er reagierte nicht und sie fuhr fort. „Ich fragte mich; war es ein Danke - es war schön mit dir, oder Danke - du hast mir sehr geholfen."

„Was dir alles so einfällt", erwiderte er kopfschüttelnd.

„War es auch schön für dich?", bohrte Sarah weiter, „Wolf, bitte, ich muss das wissen." Er stellte die Tasse weg und sein Blick jagte ihr die Gänsehaut über Arme und Rücken.

„Ich habe es noch nie so schön erlebt", raunte er, umfasste mit seinen warmen Händen ihr Gesicht und küsste sie voller Zärtlichkeit, „und jetzt schlaf weiter."

23

Eine Woche später stand Punkt 8 Uhr der Bulli vor dem Haus. Sarah sog die herrliche Sommerluft ein. Vom Wetter her versprach es ein guter Tag zu werden. Mit einem fröhlichen ‚Guten Morgen' begrüßte sie Joseph und Hans, der eine brummelte liebenswürdig zurück, der andere strahlte sie an. Gestern Abend hatten die beiden noch alles zum Platz geschafft, was zum Aufbau der Stände gebraucht wurde, sogar einen kleinen Flaschenkühlschrank vom Kiosk.

„Wohin zuerst?"

„Wir müssen zur Bäckerei Bertholt, zum Gemüseladen Bekroll und zu Paul in den Kiosk, such es dir aus. Ach, und bei mir vorbei, ich habe etwas vergessen." Das dir so etwas passiert, reagierte Joseph etwas schadenfroh und fuhr los. Das passiert doch jeden, verteidigte Hans sie ernsthaft. Sarah klatschte mit ihm ab und lachte herzhaft. War doch nur Spaß du Depp, knurrte Joseph und grinste. Damit gab sich Hans zufrieden. Immer wieder herrlich wie die beiden miteinander umgingen, dachte Sarah und musste schmunzeln. Nach einer knappen Stunde war alles erledigt und sie wurden johlend am „ask" empfangen. Ein Dutzend ihrer Schützlinge lauernden schon auf dem Platz, luden das Auto aus und die anderen kamen so nach und nach dazu. Sie studierte mit Joseph noch einmal die Zeichnung, ein Grundriss mit allen Standorten der einzelnen Stationen. Eine leichte Berührung im Rücken brachte sie aus dem Konzept. ‚Wo fangen wir an', hörte sie Wolfs dunkle Stimme und es kribbelte unter ihrer Haut. Die ganze Woche hatten sie sich nicht gesehen, doch sie zehrte immer noch von einer ganz besonderen Nacht.

Sarah überließ Joseph das Kommando, der pfiff laut und die Jungs umringten ihn. Kurz und knapp gab er Anweisungen und alle spurteten auf ihre Plätze. Leonie, die mit Frank mitgekommen war, räumte mit den Mädchen Tische und Stühle vor die Tür, stellten alles zu einer längeren Kaffeetafel zusammen und dekorierten sie sommerlich. Dann verteilten sie Süßigkeiten und Obst in kleine und große Schüsseln. Herr Bekroll hatte tatsächlich eine Kiste Äpfel und Birnen gespendet. Einen Stehtisch richtete sich Sarah als Aufsichtsplatz ein, packte ihre Unterlagen darauf und sie hatte eine perfekte Sicht über den gesamten Platz. Nach drei Stunden emsigen Treibens war es geschafft. Grillstation rechts vor dem Haus, linke Seite runter eine lange Tafel für Kaffee, Kuchen, Getränke. Die Sperrholzplatten hatten sie mit Raufasertapete bedeckt, die sich hervorragend dafür eignete. Dann schloss sich der Büchsen Ziel Wurf an. Etwas zurückgesetzt hing der Boxsack an einem kräftigen Ast und daneben lagen Boxhandschuhe und ein paar Hanteln. Hans hatte mit Joseph zusammen die Strecke für das Gokart Geschicklichkeitsrennen abgesteckt und markiert. Jetzt befüllte er mit Begeisterung die roten Luftballonherzen. Leonie, die Mädchen und ein paar Jungs schmückten damit das Haus und alle Bäume, die greifbar waren. Sarah ließ ihren Blick schweifen und war sehr zufrieden. Wolf kam mit einer Thermoskanne und zwei Tassen und stellte sich zu ihr.

„Deine Jungs hast du im Griff", sagte er anerkennend und schenkte Kaffee ein. „Joseph hat sie im Griff", erwiderte sie lächelnd und schaute ihm in die Augen. „Der auch, aber dich lieben sie und ich…" Er legte seine Hand auf ihre Hand und für Sekunden verlor sie die Kontrolle, zitterte am ganzen Körper. Wolf, sagte sie nur, zog ihre Hand weg und atmete tief durch. Der Platz füllte sich langsam und sie zeigte auf ihre Uhr, Wolf verschwand im Haus, kam mit dem Gong zurück und verschaffte sich Gehör, es war punkt 12 Uhr.

„Unter dem Motto „Ein Herz für alle" begehen wir heute gemeinsam unser erstes Sommerfest im „ask", unserem Treffpunkt für fröhliches, kreatives und gewaltfreies Zusammensein. Alle Gäste sind dazu herzlichst eingeladen. Wir freuen uns über jede kleine Spende, vielleicht für ein nächstes Fest", sagte er lächelnd und hielt unsere Spendenbox hoch, ein großes Herz aus Porzellan. „Ihr wisst, ich mache nicht viele Worte, aber ich bin sehr stolz auf euch, ihr habt das super hinbekommen. Danke an alle, die mitgeholfen haben. Doch alle gemeinsam wollen wir Sarah danken, ohne sie wäre das nicht gelungen". Wolf überreichte Sarah einen wunderschönen Sommerblumenstrauß und über den Platz schallte es Sarah, Sarah…Sie freute sich, wurde richtig verlegen und hob die Hand.

„Leute, lasst gut sein", rief sie laut, „wir gemeinsam haben es geschafft, nur so geht es. Jetzt lasst uns Spaß und Freude haben, der Grill ist angeworfen, stärkt euch und die Wettkämpfe können beginnen, wie wir es abgesprochen haben. Und noch eins, seid fair miteinander und ärgert sich mal jemand, kann er sich am Box Sack abreagieren. Ist das klar?" Klar, Sarah, kam vielstimmig zurück und alle stoben lachend und johlend auseinander. Leonie kam ihr mit einem Gefäß für die Blumen entgegen. Sie war ganz begeistert von der Aktion, bot sich an die Kuchentheke zu übernehmen mit zwei der Mädchen. Hans stand am Grill, bis Joseph mich braucht, rief er ihr zu und strahlte. Er war wirklich zu gebrauchen, wie Joseph es ausgedrückt hatte, dachte Sarah und winkte ihm zu. Für musikalische Untermalung hatten sie die Musikanlage ans Fenster gerückt und Schlager aus den 80 gern schallten dezent über den Platz.

Sarah drehte ihre Runden, begrüßte Nachbarn, lud sie zum Kaffee ein und hatte einen Blick auf alle Aktionen. Wolf, Peter oder Andrey unterhielten sich mit den Eltern, beantworteten viel Fragen, führten sie durch die Einrichtung und so mancher Euro wanderte in das „Spendenherz".

Sarah hatte die Augen und Ohren überall. Und stand sie am Stehtisch, kamen Aky, Batu oder Sem schnell mal vorbeigeflitzt und berichteten ihr. Gab es Unstimmigkeiten, wurden sie ohne viel Aufsehen geklärt. Peter und Andrey betreuten nebenbei Billard, Dart und Büchsen Ziel Wurf, das entlastete sie sehr. Aber irgendetwas störte sie. Ein Gefühl sagte ihr; das ganze Geschehen wurde beobachtet.

Sarah kniff die Augen zusammen und schaute angespannt zu den Bäumen, die den Platz seitlich eingrenzten. Die roten Herzen an den Bäumen bewegten sich im leichten Sommerwind, Schatten der Äste huschten hin und her. Sie holte ihr Fernglas aus dem Büro und inspizierte noch einmal das Wäldchen. Ihr Verdacht, dass sich die Burschen von vormittags herumdrücken könnten, bestätigte sich nicht. Über den Platz ließ sie ihren Blick noch schweifen und er blieb an einem Grüppchen hängen. Wolf, Frank und zwei fremde Männer standen in der Box Ecke und unterhielten sich. Genau in dem Moment schauten alle zu ihr und sie senkte schnell das Fernglas. Wolf hatte es bemerkt, er zeigte zum Haus und kam mit den fremden Herren langsam rüber. Gleichzeitig nahten von der Straßenseite Frau Dr. Brunner mit Tochter Kati. Sie gingen auf die Gruppe zu, Kati lief zu Frank und Hellen begrüßte überschwänglich die Gäste, verwickelte sie sofort in ein Gespräch. Wolf kam näher und blieb neben ihr stehen.

„Sarah, was ist los? Du hast den Wald abgesucht."

„Ich bin mir nicht sicher, heute Morgen beim Aufbau lungerten drei Jugendliche da herum, nicht aus unserem Quartier. Als ich sie ansprechen wollte, verschwanden sie und ich meine, ich hätte sie gerade zwischen den Bäumen wieder gesehen. Ich halte die Augen offen, und du kümmere dich um deinen Besuch, wer ist das?"

„Komm, die wollen dich eh kennenlernen", antwortete Wolf schmunzelnd und schubste sie leicht an. „Der kräftige Mann ist mein Chef Herr Wolters, Leiter der Abteilung Kinder- und Jugendarbeit, der andere ist Herr Dittrich, Sekretär des Bürgermeisters."

Sie standen an der Kaffee Tafel, schauten ihr freundlich entgegen, außer Hellen, die musterte sie wie einen unerwünschten Eindringling. Sarah musste sich ein Lächeln verkneifen. Wolf stellte sie gegenseitig vor und Leonie brachte Kaffee und einen Teller mit kleinen Kuchenstückchen und Gebäck an den Stehtisch.

Wolfs Chef verhehlte nicht, dass er angenehm überrascht und beeindruckt war von dem Sommerfest. Er lobte die Organisation und vor allem Disziplin der Jugendlichen. Sie unterhielten sich angeregt und er stellte viele Fragen. Sarah beantwortete alles ernsthaft, manchmal humorvoll und es wurde viel gelacht. Wolf hielt sich zurück und Hellen kam gar nicht zu Wort, dass schien ihr nicht zu passen, man merkte es ihr an. Wolfs Chef wollte sich eine anzünden und Sarah stoppte ihn charmant.

„Im Quartier und auf dem Platz ist absolutes Rauchverbot, sehr geehrter Herr Wolters, aber ich führe Sie gern durch unseren Gemeinschaftsraum und zeige Ihnen die Raucherzone." Er schaute sie groß an. Eine Ausnahme können wir doch…wollte Hellen vermitteln. „Keine Ausnahme meine Herrschaften, meine Jungs passen genau auf", unterbrach Sarah sie und Wolf ging grinsend zum Haus, seine

Kollegen folgten ihm. Hellen rauschte ab, sie hatte Kati entdeckt, die bei Frank und Joseph stand. Hans wurde am Parcours benötigt und dort strömten jetzt auch alle hin. Peter legte ihr die Wettkampflisten auf den Tisch, schon ausgewertet, die Zeiten fürs Gokart Rennen fehlten nur noch. Wolf kam mit Wolters und Dittrich zurück, die beiden verabschiedeten sich sehr freundlich von ihr und vergasen auch das „Spendenherz" nicht.

„Wie machst du das nur", fragte Wolf kopfschüttelnd und griff nach ihrer Hand.

„Nicht jetzt", reagierte sie abweisend und schaute an ihm vorbei. Im Eiltempo kam Hellen quer über den Platz auf ihren Tisch zu. „Also, wir müssen die Preise aufbauen, den Grill im Auge behalten, Leonie und die Mädels ablösen", sagte Sarah laut, entließ die Mädchen und begann aufzuräumen. Wolfram, kommst du jetzt, forderte Hellen ihn mit Nachdruck schon von weitem auf. Ich habe hier zu tun, antwortete er ruhig und ging ins Haus. Gut, dann helfe ich dir, reagierte sie unwillig und lief ihm hinterher. In den nächsten zwei Stunden heftete sich Hellen an Wolfs Fersen, ließ ihn keinen Moment mehr aus den Augen.

Auf den Tischen in der Mitte bauten sie die Preise auf und selbst die Frau Doktor schien überrascht zu sein. Und das haben Sie alles gekauft, fragte sie. Sarah sparte sich die Antwort und reagierte auf Wolfs Frage, wo sie das aufgetrieben hätte. Also: die Queues und Dartpfeile von Raul; Prepaid Handys und ein Workman von Mussa; Boxhandschuhe und Hanteln von Frank; die Modelautos, Notizblöcke und Kugelschreiber von Henry; Knobelbecher und Skatspiele von Mary, zählte sie auf und ihre Blicke trafen sich. Ein lautes Hüsteln neben ihnen war nicht zu überhören. Ich lass mich mal 10 Minuten bei Joseph sehen, sagte Sarah und trabte los. Er stellte sich an den Stehtisch.

Joseph stand mit Stoppuhr am Start, gleichzeitig Ziel, hatte nur Zeit für ein Lächeln. Sarah zog eine lustig gruselige Grimasse. Er schaute über den Platz und wusste warum, dann konzentrierte er sich wieder. Vier Bauhütchen musste man im Slalom umfahren und auf gerader Strecke zurück. Hans und drei Jungs überwachten das genau und Andrey trug die Zeiten ein. Sarah schlenderte langsam zurück, nahm sich eine noch warme Bratwurst im Brötchen und etwas Krautsalat. Hinter Hellens Rücken grinste Wolf sie an und ehe er seiner Frau folgte, stellte er ein Glas auf den Tisch. Sie nippte daran, schloss die Augen und atmete tief durch.

Eine knappe Stunde später war der Platz wieder rappelvoll. Alle hatten das Rennen auf der Straße, vorbei an Josephs Werkstatthof, der Baustelle und zurück, verfolgt und die Teilnehmer angefeuert. Jetzt zerstreuten sich über den Platz. Auf dem Grill brutzelten Bratwürstchen, Andrey löste Wolf ab und Leonie übernahm wieder mit zwei Mädchen den Kaffee – und Getränkestand. Die Stimmung war auf dem Höhepunkt, Sarah entdeckte einige bekannte Gesichter vom Dönerladen, aus Rauls Wettbüro und die Kids warteten auf die Preise. Ein Mann mit Kamera lief kreuz und quer, unterhielt sich hier und da, stand plötzlich vor ihr. Sie speiste ihn mit ein paar Sätzen ab und bereitete sich auf das Finale vor.

Punkt siebzehn Uhr schlug Wolf den Gong und gab ihr ein Zeichen. Sarah stellte sich auf eine Kiste, musste sich etwas sammeln und verkündete die Preisverleihung.

„Unser Fest geht langsam zu Ende", begann sie ruhig und rief dann laut und fröhlich: „Mädels, Jungs, hat es euch gefallen? Wart ihr zufrieden? Wollen wir es wieder machen?" Und im Chor schallte es zurück, Ja Sarah, wollen wir Sarah, „und wie machen wir es, ich höre", „gemeinsam und ohne Gewalt", kam vielstimmig zurück und alle klatschten. Sie hob die Hände und es wurde still. „Gut, dann kommen wir zum Höhepunkt, auf den ihr ja schon wartet. 22 Teilnehmer an einem oder mehreren Wettkämpfen haben wir notiert. Das heißt, 22 Preise gibt es zu gewinnen, also je vier Mal den ersten Platz, den zweiten Platz, den dritten Platz. Peter liest die Gewinner der einzelnen Wettkämpfe vor, alle drei gehen gemeinsam an den Tisch, suchen sich ihren Preis aus. Die übergebliebenen Preise teilen sich die anderen Mitspieler untereinander auf. Alle Preise wurden gespendet, habt viel Freude daran. Machen wir das so?" „Klar, Sarah, so machen wir das", hallte es begeistert über den Platz, dann knisterte die Spannung.

Jeder Gewinner wurde beklatscht und als der Tisch leergeräumt war, standen die Jugendlichen in Gruppen zusammen. Sie diskutierten, jubelten, tauschten untereinander und freuten sich. Diese Begeisterung erwärmte ihr Herz am meisten. Auch Eltern traten heran. Sie unterhielt sich mit ihnen und hörte heraus, wie froh sie waren, dass es diesen Treffpunkt für ihre Kinder gab. Hellen schaute gelangweilt, redete auf Wolf ein, und dampfte, ohne sich zu verabschieden mit Kati ab. Kurz danach musste Frank auch los. Einladung mit der ganzen Familie bei einer sehr wichtigen Person aus den höchsten Justizkreisen, sagte er mit gequälter Miene, klopfte seinem Vater auf die Schulter und nahm Leonie mit. Bis 19 Uhr war das Sommerfest gedacht und so langsam leerte sich der Platz. Die Jugendlichen, zumindest der harte Kern, halfen fleißig beim Aufräumen und Sarah drängte sie, den Rest Kuchen, Obst und Süßigkeiten mitzunehmen. Das ließen sie sich nicht zweimal sagen und zogen fröhlich ab.

Wolf kontrollierte mit Peter das Quartier, drückte dann Sarah das Spendenherz in den Arm und bat sie, es bis zur Leerung in Verwahrung zu nehmen. Als er die Tür verschließen wollte, stieß Sarah Joseph an und fragte laut, ob er vielleicht Gin oder Rum zuhause hatte. Ne, nur Bier, brummte er und sie grinsten sich an. Wolf zögerte, ging noch einmal rein, kam mit Tonic Wasser und einer halben Flasche Gin wieder heraus und reichte es ihr. Er sah sie nicht an dabei und rief Joseph zu, dass sie noch die Platten runterheben und die Böcke zusammenstellen wollten.

Sarah lief schon mal vor, Wolf hatte sein Auto in der Halle stehen. Wenige Minuten später waren die Männer ran. Joseph stellte die Gasflasche ab und ziemlich wortkarg verabschiedete sich Wolf, er hatte es wohl eilig. Dass es ihm nicht gut damit ging, spürte sie genau und Joseph merkte es auch. Er zuckte mit den Schultern und ging in seine Küche.

‚Gerade eine Woche war sie her, diese außergewöhnliche Nacht‘, grübelte Sarah, und ließ sich ziemlich erschöpft in ihrer Sitzecke nieder. Im Moment wusste sie überhaupt nicht, was sie von alledem halten sollte. Sie hörte Joseph zurückkommen und riss sich zusammen.

Joseph trug ein Tablett vor sich her und schmunzelte. Er stellte Brot, Butter, Wurst und Käse auf den Tisch, sogar eine Kerze hatte er dabei und Streichhölzer. Du rauchst ja nicht mehr, bemerkte er trocken und zündete die Kerze an. Jetzt machen wir es uns gemütlich, Kleines, sagte er liebevoll, väterlich, schenkte sich seinen Bierkrug voll und schob ihr ein leeres Glas hin. Sarah lachte, holte die Flaschen aus ihrem Beutel und mischte sich einen Drink. Ach Joseph, grummelte sie leise und dann aßen sie schweigend, nur der Vollmond sah lächelnd zu.

„Du hast dich wieder einmal selbst übertroffen, Sarah."

„Ich habe es versucht, aber ohne deine Hilfe und die Unterstützung aller anderen, wäre es nichts geworden. Und die Kids waren super dabei, oder?"

„Das waren sie und das ist auch dein Verdienst. Ich kenne das Quartier, seit es besteht."

„Mag sein, deswegen möchte ich das auch nicht beruflich machen, Dienst nach Vorschrift", sagte Sarah voller Überzeugung und beide schwiegen wieder.

„Wolfs Tochter ist dir aus dem Weg gegangen", brummte er in die Stille und nagelte sie mit seinem Blick fest, so dass sie gar nicht ausweichen konnte.

„Ich habe es bemerkt", erwiderte Sarah, „sie hat sich nicht ein einziges Mal nach vorn getraut."

„Und Frau Doktor, die hat Wolf bewacht wie ein Rotweiler. Wie bist du damit klargekommen?"

„Das passt!" Sarah musste grinsen bei diesem Vergleich. „Beißen konnte sie schlecht, zu viele Zeugen. Aber wenn Blicke töten könnten, wäre ich längst tot", antwortete sie leise. Sie atmete dreimal tief durch und schaute ihm in die Augen. „Joseph, ich bin mir nicht mehr sicher, ob ich dieses Spiel weiterspielen möchte. Und ich brauche Abstand. Aber jetzt rufe ich Memet an und brauche mein Bett."

Sie hatte es gerade ausgesprochen, da zuckten beide zusammen. Ein lautes Poltern war zu hören, jetzt erneut und es kam aus der Richtung des Quartiers. Joseph sprang auf, sie lief mit in die Halle, packte ihre Tasche in seinen Raum, steckte Handy, Schrill Alarm und Pfefferspray ein. Joseph nahm die Taschenlampe ließ das Tor runter und schloss die Tür ab. Über die Gasse liefen sie zum Wäldchen, blieben stehen und lauschten. Da krachte es wieder, knallte mehrere Male und dazwischen grölende unverständliche Laute. Joseph zeigte zwei Finger hoch und dann hinter seinen Rücken. Sarah verstand es, ihre Muskeln waren angespannt und der Kopf hellwach. Auf dem Vorplatz lagen die Platten und Gerüstböcke kreuz und quer, dazwischen das Regalteil und die Absperrhütchen. Zu sehen war niemand. Da klirrte es hinter dem Haus an der Raucherecke.

Sarah blieb ein Stück hinter Joseph und im Lichtkegel der starken Lampe schreckten fluchend zwei Gestalten hoch. Panisch rannten sie los, Joseph erwischte einen am Arm, schleuderte ihn zu Boden und beugte sich über ihn. Der zweite Täter flüchtete Richtung Bahnhof, blieb plötzlich stehen, zog etwas aus seiner Hosentasche und rannte zurück. Sie verharrte reglos in ihrer Deckung und erst als er einen Schritt an ihr vorbei war, sprang sie vor und trat ihm mit aller Kraft in die Kniekehle. Er schrie vor Schmerz auf und ging zu Boden. Der konnte nicht mehr weglaufen. Joseph zog seinen Gürtel aus der Hose und fesselte beide aneinander. Ihre Flucht hatte keine fünf Minuten gedauert. Jetzt rief Sarah die 110 an und suchte den Boden ab.

Dieser Mistkerl, dachte sie, der wollte tatsächlich mit einem Messer auf Joseph losgehen. Er sah zu ihr rüber, sie zeigte zum Boden und drückte die Hände nach unten. Er verstand es, zog die beiden mit seinen Pranken etwas hoch, setzte sie mit den Rücken an einen Baum und bewachte sie. Sarah zeigte zum Haus und er nickte. Das Fenster zur Männertoilette war eingeschlagen und auf der Erde stand eine Cola Büchse, ein Lappen lag daneben. Sarah kniete sich hin und ein beißender Geruch stieg ihr entgegen, Benzin, Spiritus oder sonst was. Sie fühlte sich völlig leer.

Der Verletzte jammerte und stöhnte vor Schmerz. Gehetzt schaute der andere umher und als sie sich mit Abstand davor hockte, fluchte er und beschimpfte sie. Du hast meinem Kollegen das Knie zerschmetterter, schrie er plötzlich und starrte sie hasserfüllt an.

„Dein Kollege wollte mit einem Messer auf meinen Freund losgehen", zischte sie und eine unbändige Wut stieg in ihr auf. Kannst du nicht beweisen, du Bitch, gab er zurück. Joseph fing an zu knurren, ballte die Fäuste. Sarah hob die Hand und redete ruhig weiter. „Was geht nur in euren Köpfen vor? Soll ich eure Straftaten von heute aufzählen? Vandalismus, Hausfriedensbruch, versuchte Brandstiftung, unerlaubter Waffenbesitz, da vorn liegt sie, vielleicht versuchte Körperverletzung, reicht das? War es das wert? Sarah zückte ihr Handy und drückte mehrfach den Auslöser, ehe die Polizisten ran waren.

Sie schilderten unabhängig voneinander den Hergang der Ereignisse, angefangen von den Geräuschen bis hin zur Überwältigung der jugendlichen Täter. Sarah führte sie zum Klappmesser und hinter das Haus, wies auf die zerbrochene Scheibe und die Cola Dose hin. Joseph kam erst dazu, als der eine im Polizeiauto und der andere im Krankenwagen saß. Bis dahin hatte er die Täter nicht aus den Augen gelassen. So, so, Sarah Winter, sprach sie ein Polizist an, wir kennen uns schon. Leider sagte sie und lächelte müde, leider wieder unter solchen Umständen. Da grinste er, wurde aber sofort wieder ernst und wollte noch einmal genau wissen, wie es zu der Verletzung des Jungen kam. Wort für Wort wiederholte sie es, sie würde es nie vergessen, und fragte dann laut, ob jemand eine Zigarette für sie hätte. Sein Kollege reichte ihr eine Schachtel, 3, 4 Zigaretten waren noch drin, können sie behalten, sagte er, Feuer auch? Sie nickte, will es mir grad abgewöhnen, und dann das, entschuldigte sie ihre Bettelei und brannte sich eine an.

Joseph inspizierte inzwischen mit zwei Polizisten den Innenraum. Er hatte zum Glück einen Schlüssel von der hinteren Tür. Die hätten sonst Wolf anrufen müssen. Sarah war es ganz recht so. Ihre Nerven lagen im Moment blank und sie war nicht erpicht darauf, ihn heute Nacht noch zu sehen. Jetzt musste sie erst einmal ganz für sich allein diesen deprimierenden Vorfall verarbeiten. Sie war bestürzt und gleichzeitig wurde ihr bewusst, dass ihre freiwillig übernommene Aufgabe, sich um Jugendliche zu kümmern, gerade erst begann.

So gegen drei Uhr verließ der letzte Einsatzwagen den Platz. Schweigend kehrten sie zur Werkstatt zurück. Kann ich heute auf deiner Couch schlafen, fragte sie Joseph und ging zum Nebeneingang. Ein breites Grinsen lief über sein Gesicht. Er holte ein paar Decken. So wie sie war plumpste sie auf das breite Ledersofa und merkte nichts mehr um sich herum.

24

Frühmorgens gegen sieben erreichten Wolf die Hiobsbot-schaften. Ziemlich benebelt griff er zum Handy. Er hatte einen langen Tag und eine lange Nacht mit reichlich Alko-hol hinter sich, obwohl er sonst eher wenig trank. Minuten brauchte er, um zu verstehen, über was die Polizei ihn ge-rade in Kenntnis setzte. Da war er blitzartig hellwach, sprang aus dem Bett. Davon wachte Hellen auf, ‚was ist denn in dich gefahren‘, blaffte sie ihn an. Ohne Antwort stürmte er aus dem Schlafzimmer, nahm eine heiß kalte Du-sche und 10 Minuten später fuhr er aus der Garage. Von unterwegs rief er Frank an, schmiss ihn aus dem Bett. Fast zeitgleich trafen sie vor Josephs Werkstatt ein.

Joseph fing sie an der Straße ab. Fahrt leise auf den Hof, und keine Türen knallen, brummte er sie an und setzte sich wieder an den kleinen Tisch. Ein paar Tassen und eine Ther-moskanne standen drauf. Er hatte es geahnt, dass zumindest Wolf früh auftauchen würde. Leise berichtete er von Sarahs und seiner Nacht. Die beiden Männer starrten ihn fassungs-los an. Dann lasst uns losgehen, sagte Frank und stand auf. Doch Wolf schaute Joseph derart fragend an, dass er schmunzeln musste, den Finger auf die Lippen legte und sie zur Tür winkte. Drei Augenpaare schauten herab auf Sarah. Ihr Gesicht war blass, der Körper unruhig, aber sie schlief so fest, dass sie nichts davon mitbekam. Joseph zog vor-sichtig die weiche Decke bis zum Kinn, da wurde sie ruhig und lächelte. Keiner sagte ein Wort, aber jeder der drei machte sich seine Gedanken.

Das war ihr noch nie passiert. Sarah schlug die Augen auf und wusste nicht, wo sie war. Oder doch, damals vor über vier Jahren. Sie war vom Lehrgang zurückgekommen, hatte endgültig ihre Ehe beendet und platzte als Häufchen

Elend in eine Vernissage. Maren die kleine verrückte Künstlerin hatte sie dann mit zu sich nach Hause genommen. Heute fand sie sich schneller in die Realität zurück. Ach Joseph, dachte sie nur und ging vor die Tür. Von der Sonne geblendet schloss sie kurz die Augen, es war halb zehn. Auf dem Tisch standen mehrere benutzte Tassen. Eine war noch sauber und sie schenkte sich den restlichen Kaffee ein. Sarah zögerte etwas, stellte sich dann doch unter seine Dusche und fühlte sich wesentlich wohler.

Der Platz vor dem Quartier empfing sie, als hätte es die letzte Nacht gar nicht gegeben, wenn nicht das Polizeiauto an der Straße gestanden hätte. Sarah lief ums Haus, das kleine Fenster war mit einer Holzplatte vernagelt und die Tür stand offen. Sie saßen am Tisch und erörterten den Vorfall. ‚Guten Morgen' grüßte sie laut und alle schauten sie einen Moment stumm an. Wie geht es dem Jungen, fragte sie einen Beamten und setzte sich dazu. Soweit ich weiß, ist der Meniskus angerissen, erwiderte er freundlich. Das tut mir leid, reagierte Sarah betroffen, aber es war die einzige Option ihn zu stoppen.

„Machen sie sich keine Vorwürfe, wahrscheinlich haben sie Schlimmeres verhindert", versuchte der Beamte sie zu beruhigen. „Herr Peters hatte erwähnt, Sie hätten Fotos gemacht, würden Sie die einmal Herrn Brunner zeigen." Sarah sah Joseph lächelnd an und nickte. Bis jetzt kannte sie seinen Nachnamen gar nicht. Das hatte ich vor, reagierte sie verzögert, und schob Wolf ihr Handy hin. Er ließ sich Zeit und Frank schaute sich die Aufnahmen auch an.

„Ja, die sind mir bekannt", erklärte Wolf sehr ernst. „Bis vor einem Jahr besuchten sie ab und zu unser Quartier. Leider mussten wir ihnen dann Hausverbot erteilen. Sie verstießen vehement gegen unsere Hausordnung und stifteten andere Jugendliche zu Straftaten an."

„Ihre Strafakte weist einiges auf", erwiderte der Beamte und sah zu Joseph. „Auch wegen Brandstiftung wird noch ermittelt. Aber in der Sache gestern Nacht müssten sie und

Frau Winter nächste Woche auf dem Präsidium ihre Aussagen unterschreiben, Montag, 9 Uhr, ist das möglich?", fragte er. Sarah und Joseph tauschten einen Blick und nickten. Die Polizisten hatten alles aufgenommen und verabschiedeten sich.

Nachdenklich blieben die vier zurück und schwiegen. Keiner wollte es so richtig wahrhaben, dass dieses gelungene Sommerfest mit den Jugendlichen so enden musste. Und vor allem, was noch hätte passieren können. Sarah machte sich Vorwürfe, dass sie ihre Beobachtungen am Nachmittag nicht wirklich ernst genommen hatte.

„Sarah, denk gar nicht daran, damit konnte keiner rechnen", redete Wolf plötzlich auf sie ein, als hätte er wieder einmal ihre Gedanken erraten. Er klärte Joseph und Frank kurz über Sarahs Verdacht auf und jetzt redeten sie alle auf sie ein.

„Ist ja gut, beruhigt euch, ich streiche es aus meinem Kopf", wehrte sich Sarah mit schiefer Miene und holte Papiere aus dem Büro. „Wolf, mal was anderes, das sind Belege über meine Ausgaben für das Sommerfest, 298 Euro, die ich vorgeschossen habe. Reichst du das bitte ein, das Geld können sie auf mein Konto überweisen."

„Du hast das ausgelegt?" Frank schaute sie erstaunt an.

„Ja sicher, umsonst bekomme ich nur Döner und Raki bei Eskil, und das auch nur für mich", erwiderte Sarah lachend, „aber jetzt lasst uns von hier verschwinden." Dass sie nur zwei Drittel ausgeben musste, behielt sie schön für sich. Der Rest kam mit ins Spendenherz und den Kids zugute. „Und Wolf, ich habe den Mädels und Jungs versprochen, am Dienstag gemeinsam mit ihnen das Spendenherz zu plündern, wäre schön, wenn du dabei wärst."

Angekommen auf dem Werkstatthof setzten sie sich noch einmal an den Tisch. Joseph kam gerade mit frischem Kaffee aus der Halle, da rauschte ein silbernes Coupe auf den Hof, offen, drin saßen Hellen und Kati. ‚Wolfram, du denkst daran, dein Chef kommt heute zum Essen, es geht um deine Beförderung, dann fällt der lästige Kleinkram endlich weg' giftete sie Wolf an, und düste wieder ab. Die vier waren perplex über den Auftritt, für Minuten war es totenstill. Sarah starrte Wolf an, der sichtbar blass geworden war. „Lästiger Kleinkram, wir kümmern uns also um lästigen Kleinkram", platzte es aus ihr heraus. „Die Dame sollte mal ihre Berufswahl überdenken." Sie kramte eine zerknautschte Zigarettenschachtel hervor und zündete sich eine an. Wortlos standen die beiden Männer auf und gingen zu den Autos. Frank legte die Hand auf Wolfs Schulter und redete auf ihn ein. Er schüttelte sie brüsk ab, stieg ein und fuhr davon.

„Das waren nicht seine Gedanken", brummte Joseph und legte seine Pranke auf Sarahs Hand.

„Davon gehe ich aus, sie hat ihm nur unmissverständlich klargemacht, was sie von ihm erwartete, was sie will; einen Bürohengst, der 8 Uhr früh im Anzug das Haus verlässt und jeden Tag pünktlich am Abendbrottisch sitzt." Sarah sagte es ohne jede Emotion und Joseph wusste nichts darauf zu antworten. Sie schaute in sein gütiges Gesicht und lächelte. „Mach dir darüber keine Gedanken, es ist nicht unser Problem", beendete sie das Thema, holte ihre Tasche und stellte das Porzellan Herz auf den Tisch. „Was meinst du, wie kommen wir an das Geld, ohne das Teil zu zerstören?"

„Na ja, das müsste schon gehen." Vorsichtig hob er das Herz aus dem Holzständer. „Wenn wir die Spitze fünf Zentimeter abtrennen, müsste man an den Inhalt kommen, die Öffnung danach verkleben wir und stellen es wieder in die Halterung." Er marschierte in die Halle, kam mit einer ganz feinen Stichsäge und Klebeband zurück. Auf einer vorgezeichneten Linie setzte er die Säge an. Sarah hielt das Teil fest und es funktionierte. Ach Joseph, wenn ich dich nicht hätte, zwitscherte sie und nahm ihn beim Kopf.

„Morgen halb neun, mein lieber Freund, danke für Kost und Logis, aber jetzt muss ich nach Hause." Fröhlich wollte sie sich verabschieden, aber es gelang ihr nicht. „Die Spendengelder würde ich am Dienstag abholen, geht das?", fragte sie noch und Joseph nickte. Sie eilte davon, wollte eigentlich noch bei Eskil reinschauen, sich bedanken für die prompte Lieferung der Grillsachen. Doch der Gedanke es könne sie jemand auf gestern incl. Nacht ansprechen, hielt sie davon ab und sie lief schnell vorbei. Im Briefkasten lag Post vom Bürgermeister. Auch die legte sie achtlos zur Seite. Heute wollte sie nichts mehr hören und sehen.

Montagfrüh rief sie acht Uhr im Büro an, erreichte keinen und sprach auf den AB, machte sich dann auf den Weg zu Joseph. Mit dem Jeep durchquerten sie die Stadt. Joseph parkte wo Platz war und nach einer halben Stunde fuhren sie wieder weg. Der Juniorchef stand hinter dem Bürofenster seines Vaters, sah sie kommen und fing sie auf dem Gang ab. Ob hier jeder kommen und gehen könne, wann er wollte, ohne sich abzumelden, zeterte er gleich los. Wenn du pünktlich gewesen wärst, wüsstest du warum. Dann höre wenigstens den Anrufbeantworter ab, konterte Sarah völlig unbeeindruckt und ließ ihn stehen. Das fehlte ihr nach so einem Wochenende auch noch. Sie würde ihren Resturlaub beantragen, war eh nichts mehr los, keine neuen Klienten und langjährige waren abgesprungen.

Das Sommerfest hatte schon Aufmerksamkeit erregt. Bei ihren kleinen Einkäufen in der Stadt nach der Arbeit, wurde getuschelt, freundlich gegrüßt von Leuten, mit denen sie nie Kontakt hatte und einige sprachen sie direkt an. Als sie am Cafe Shop in das Tageblatt schaute, wunderte sie gar nichts mehr. Im Lokalteil sprang ihr ein halbseitiger Artikel mit Fotos entgegen, Wolf und sie am Stehtisch bei der Preisverleihung und die Gokart Bahn mit vielen

Zuschauern. Der Artikel begann mit ihrem Zitat. >
„Schauen sie sich um, dann wissen sie es", bekam ich zur
Antwort, als ich Sarah Winter, die Hauptakteurin des Festes
fragte, ob sie zufrieden mit der Veranstaltung wäre. Dr.
Brunner hat uns aber noch ein paar Details verraten…<
Dann folgten noch lobende Worte über die Arbeit mit Jugendlichen allgemein und selbst ihren Schlachtruf „gemeinsam und ohne Gewalt" fand sie darin wieder. Lächelnd
steckte sie die Zeitung ein, sie würde ihn zuhause noch einmal in aller Ruhe lesen. Und wenn sie ehrlich war; es fühlte
sich gut an. Wolf hatte nichts von einem Journalisten erwähnt, vielleicht mit Absicht, schließlich war seine Frau
auch anwesend.

Frau Brunners Auftritt am Sonntag hatte sich so einge-
fressen bei ihr und je länger sie darüber nachdachte, um so
wütender wurde sie. Am Dienstag nach der Arbeit versuchte sie am Sandsack im Studio ihren Frust loszuwerden.
Das funktioniert nicht, im Gegenteil, Frank konnte ihr nicht
in die Augen schauen, grüßte nur kurz und schien ihr auszuweichen. Sarah nahm es ihm nicht übel, was sollte er
auch dazu sagen und sie selbst wollte eh nicht darüber reden. Kurz entschlossen sparte sie sich heute die Geräte und
machte sich auf den Weg zum Quartier.

Sie hatten es nicht vergessen. Sobald sie zur Tür rein
war, sausten sie zum großen Tisch, ließen alles stehen und
liegen und starrten sie voller Erwartung an. Die leuchtenden Augen entschädigten sie für vieles. „Erst reden und
dann zählen?", rief sie über die Köpfe hinweg und stellte
das Herz auf den Tisch. Zählen, zählen, schallte einstimmig
durch den Raum.

„Joseph hat uns den Zugriff ermöglicht", scherzte sie
und löste den Klebestreifen, drehte es vorsichtig um und es
klimperte laut. Erste Scheine kamen mit rausgerutscht. Mit

einem biegsamen Stöckchen half sie nach. Häufelt mal das Kleingeld, immer 10 Euro, bat sie und schob die Münzen nach links und rechts. Summa Summarum: 277.50 Euro verkündete sie nach ein paar Minuten. Und, 85 Euro vom Einkauf über, macht? Ich höre, sie hob die Hände und lachte. Einige zückten das Handy. Doch Mascha, ein zierliches schwarzhaariges Mädchen stand auf und rief laut: macht 362,50 Euro.

Als sich das Gejohle und Geklopfe gelegt hatte, fragte Sarah, „Was haltet ihr von der Idee. Zwei von euch besuchen Muchad, er konnte nicht beim Fest dabei sein, und ich besorge ein Geschenk für die 12,50. Dann bleiben glatte 350 für das nächste Fest. Machen wir das so?" Das machen wir so, Sarah, kam es zurück, und Peter, der sich rausgehalten hatte, lachte herzlich. Sie unterhielten sich kurz im Büro. Er war natürlich informiert über den Vorfall in der Nacht. Aber von den Jugendlichen hatte bisher keiner danach gefragt. Später war immer noch Zeit darüber zu reden, einigten sie sich. Sollte eigentlich auch Wolf machen, meinte Peter und Sarah widersprach ihm nicht. Er wollte sich auch um das Geschenk für Muchad kümmern und sie nahm es gern an.

Am Mittwoch berichtete die Polizei auch über den Vorfall nach dem Sommerfest. Das machte alles noch schlimmer und sie hatte keine Lust durch die Stadt zu laufen. Von Wolf hatte sie sonntags das letzte Mal etwas gesehen und gehört. Nach Hellens Auftritt ging er ihr wohl auch aus dem Weg. Und im Büro brannte die Luft. Sie hatte es so satt, selbst für ein Gespräch mit ihrem Freund Joseph fehlte ihr der Nerv. Eine gute Nachricht gab es, sie brauchte keinen Urlaub einreichen. Der Junior Chef hatte ab Montag für zwei Wochen „Betriebsurlaub" angeordnet. Das Steuerbüro „Theusdorf" blieb geschlossen, das erste Mal seit ihrer Dienstzeit. Na, wenn das Frau Weller erfahren würde. Sarah grinste vor sich hin und hatte plötzlich eine geniale Idee, sie würde verreisen.

In der Nacht zum Samstag riss ein furchtbares Krachen Sarah aus dem Schlaf. Dicke Bretter waren auf Joseph herabgestürzt, begruben ihn und sie konnte nicht helfen, nur schreien. Ein Blitz zuckte hinter den Vorhängen vorbei und es krachte erneut, ein Sommergewitter. Halb lachend, halb schluchzend verließ sie völlig durchgeschwitzt das Bett und verfolgte das Schauspiel bei offener Terrassentür, brannte sich eine Zigarette an. Der blaue Dunst beruhigte ihre Nerven, das redete sie sich ein, und beschimpfte sich dann selbst aufs Übelste.

Bis um neun döste sie in ihrem Fernsehsessel. Dann sprang sie plötzlich auf. Völlig aufgelöst kramte sie in ihrem Arbeitszimmer herum. Es musste hier irgendwo sein, das Kästchen mit zig Visitenkarten. Vor Jahren hatte sie mit Fred bei Cuxhaven Urlaub gemacht und diese kleine wunderschöne Pension entdeckt. Schlicht und einfach, aber mit einem großzügigen Wellness Bereich und nahe am Meer gelegen. Ihren nächsten Urlaub wollten sie dort verbringen. Dazu kamen es nicht mehr.

Endlich hielt sie die Schachtel in der Hand, schüttete alles auf den Wohnzimmertisch und fand die Visitenkarte. Sie rief sofort an, fragte, ob ein Zimmer frei wäre. Zurzeit ist alles belegt, bekam sie freundlich Auskunft, aber im August wäre kurzfristig was frei geworden. Ich brauche es ab morgen, rief sie enttäuscht ins Handy, ein kleines Zimmer, nur zum Schlafen, bitte, schauen Sie noch einmal nach, bettelte sie und plötzlich war es still. Gerade wollte Sarah auflegen, da hörte sie im Hintergrund eine zweite Stimme und wartete.

„Vielleicht können wir Ihnen doch helfen, eine Dame kann am Montag nicht anreisen aus Gesundheitsgründen. Morgenabend würde das Appartement bereitstehen."

„Das ist wunderbar", jubelte Sarah in den Hörer, „und ich danke Ihnen von ganzem Herzen. Reservieren Sie bitte auf den Namen Sarah Winter, reicht Ihnen das?" Das reicht, alles andere morgen, kam als Antwort und Sarah legte auf. Sie tanzte trällernd durch ihre Wohnung, räumte dabei auf, hatte plötzlich den Brief in der Hand. Eine Einladung des Bürgermeisters zur alljährlichen Ehrung verdienter Mitbürger der Stadt. Diesjähriges Motto „Ein Herz für die Kinder und Jugendlichen unserer Stadt". Na, das passte ja, aber was hatte sie da zu suchen? In diesen Veranstaltungen wurden Personen für außergewöhnliche oder langjährige Verdienste in bestimmten Bereichen des gesellschaftlichen Lebens geehrt.

Unentschlossen legte sie ihn weg. Sollte sie dahingehen? Wolf war bestimmt da und seine ganze Familie auch. Wollte sie sich das wirklich antuen? Sarah warf sich aufs Bett, ihr ganzer seelischer Müll kam hoch und sie heulte jämmerlich in die Kissen. ‚Nicht mit mir!' Sie sprang auf und schmiss ihre Sommergarderobe aufs Bett. Aus der Abstellkammer holte sie ihren Koffer und fing an zu packen für den Urlaub. Da ging es ihr wieder besser. Und schon überlegte sie, was sie abends anziehen würde. Ein knöchellanges Kleid, smaragdgrün, hing noch im Schrank. Sarah schlüpfte rein, es saß wie angegossen, besser noch als vor Jahren. Fred hatte es ihr in einem Urlaub geschenkt. Vorn hochgeschlossen bis zum Hals, schulterfrei und links ein Schlitz bis zum Oberschenkel. Eine beige Seidenstola, passende Pumps und Handtasche gehörten dazu.

Langsam schlenderte Sarah halb sechs durch die Einkaufsmeile. Sie hob ab und zu die Hand, Gesprächen versuchte sie aus dem Weg zu gehen, wechselte von einer Seite auf die andere und betrachtete sich ausgiebig in den Schaufenstern. Sie hatte sich für den roséfarbenen Hosenanzug entschieden und war zufrieden mit ihrem Outfit. Das Gemeindehaus, „Haus der Begegnung", war schon in Sicht. In einer Nebengasse rauchte sie noch eine, ein wenig aufgeregt war sie schon. Kurz vor 18 Uhr schlüpfte sie hinter späten Gästen mit rein und fand in der letzten Reihe einen freien Platz. Sie grüßte freundlich nach allen Seiten und schaute über die Sitzreihen, alle Plätze waren besetzt, so an die einhundert Gäste schätzte sie.

Geraune, leise Unterhaltungen und Lachen verstummten. Die Begrüßung durch den Bürgermeister, danach die Ehrungen, Titel, Namen rauschten so an Sarah vorbei. Sie klatschte mit, wenn applaudiert wurde und doch hing sie in ihrem eigenen Film fest. Alles, was sie erlebt hatte, angefangen in einer dunklen Gasse bis hin zu einem fröhlichen Fest mit lachenden jungen Gesichtern, wirbelte in ihrem Kopf. Dann sah sie Wolf auf dem Podest und war hellwach. Vom Bürgermeister wurde ihm die „silberne Ehren Nadel" der Stadt verliehen. Herr Wolters verkündete die Beförderung und stellte Wolf offiziell als seinen Nachfolger vor. Langanhaltender Beifall hallte durch den Saal und Sarah wurde es leicht übel. >jetzt hat sie, was sie wollte< dachte sie nur und wäre am liebsten davongelaufen. Aufsehen wollte sie nicht erregen und als Bürgermeister Brehmer erneut zum Mikrofon griff, musste sie sitzen bleiben, sie atmete zwei, dreimal tief durch.

„Sehr geehrte Gäste, bevor wir zum gemütlichen Teil des Abends kommen, ist es mir eine Freude, eine junge Frau mit der „Ehrenurkunde" unserer Stadt auszuzeichnen. Erst wenige Monate gehört sie als freiwillige Mitarbeiterin zu unserem Team. Was sie in dieser Zeit geleistet hat, spricht für sich. In ihrem Stadtviertel hat sie wesentlichen Anteil am Aufblühen des Jugendquartiers III, auch „ask" genannt. Für manche ist sie der „Schutzengel", andere flüchten vor ihr. Und was erstaunlich ist, die Zahl der Straftaten ist in diesem Viertel im letzten Quartal leicht gesunken. Ich bitte Sarah Winter nach vorn."

Sarah hatte es alles genau gehört, aber nicht wirklich realisiert. Ihr Nachbar stieß sie an. Sie sind gemeint, sie müssen nach vorne gehen, sagte er leise und lächelte. Etwas aus dem Lot lief Sarah den Mittelgang hinunter, stand plötzlich auf einem Podest und schaute in unzählige Gesichter. Wolf saß mit seiner Frau in der ersten Reihe und Sarah fing einen höhnischen, triumphierenden Blick Hellens auf. Da fegte es heiß durch ihren Körper, ‚Zeit zurückzuschlagen' dachte sie nur und drehte sich lächelnd dem Bürgermeister zu. Mit herzlichen Worten gratulierte er, Urkunde und Blumen wurden überreicht und Hände musste sie schütteln. Dr. Wolters reichte ihr das Mikrofon, sagen sie etwas, forderte er sie auf.

„Es hat mich heute und hier eiskalt erwischt und mir fehlen die Worte", begann sie locker und setzte lächelnd hinzu, „was mir selten passiert." Im Saal wurde gelacht. Sarah entspannte sich und fuhr fort. „Ich fühle mich sehr geehrt und sage danke. Zahlen sind geduldig, ich muss es wissen, ich arbeite im Steuerbüro." Die Gäste lachten wieder. „Aber ich weiß auch", sprach sie etwas lauter weiter, „jede noch so kleine Straftat ist eine zu viel. Deshalb werde ich weiterhin meine freie Zeit nutzen, um unserem Motto „Ein Herz für die Kinder und Jugendlichen unserer Stadt" gerecht zu werden. Sie sind unsere Zukunft und in die Zukunft muss man investieren."

>Haben sie selbst Kinder? < rief jemand aus der ersten Reihe dazwischen. Sarah zuckte zusammen, fing sich wieder und antwortete fröhlich: „Das ist zwar irrelevant, aber ja, mehrere Dutzende." Jetzt hatte sie die Lacher erst recht auf ihrer Seite, die Gäste klatschten, manche standen sogar auf. Dann strömten alle in den Saal gegenüber, das Büfett wurde eröffnet.

Nahe dem Ausgang stellte sich Sarah an einen Stehtisch, nahm sich dankend ein Glas Sekt vom Tablett, die herumgereicht wurden, und beobachtete Leute. Festliche

Abendgarderobe war ausschließlich zu sehen. ‚Da hatte sie wohl das Kleingedruckte nicht gelesen‘, dachte sie und lachte leise vor sich hin. Kein Problem, sie wollte eh nicht bleiben. Beim Verlassen des Saales lief sie Herrn Wolters in Begleitung seiner Frau und Wolf mit Frau in die Arme. Sie nutzte die Gelegenheit und verabschiedete sich.

„Frau Winter, Sarah, sie wollen uns doch nicht schon verlassen“, rief Wolfs Vorgesetzter überrascht. „Kommen sie, der gemütliche Teil fängt gerade erst an.“

„Da wünsche ich den Herrschaften viel Spaß dabei, ich habe leider noch etwas vor“, erwiderte Sarah scharmant und schaute Wolf kurz in die Augen.

„Das ist aber schade, Sarah“, sagte Herr Wolters enttäuscht, „ich hätte mich gern mit Ihnen etwas unterhalten, und das meine ich ernst. Schauen Sie doch danach noch einmal rein, bis Mitternacht spielt die Musik.“

Etwas erstaunt musterte Sarah ihn. Wolf hatte den Blick gesenkt. ‚Bernhard, nun lass doch, vielleicht muss unsere Heldin einen Einbruch verhindern‘, gackerte Hellen plötzlich dazwischen. Sie tat sich keinen Gefallen damit. Wolters sah sie unwillig an, was sollte das jetzt, raunte er ihr zu. Sarah ignorierte einfach diese Farce und wusste, was sie tun würde. „Vielleicht mach ich das sogar, verehrter Herr Wolters, bis dahin.“ Sie nahm ihre Urkunde, den Blumenstrauß und marschierte mit erhobenem Haupt hinaus.

Vor der Tür stieg sie in ein Taxi und vereinbarte mit dem Fahrer, dass er sie gegen 9 Uhr wieder zuhause abholen sollte. Ganz in Ruhe zog sie sich um, erneuerte sorgfältig ihr Makeup und schminkte sich dezent. Dann legte sie sich eine goldene Kette mit einem etwas größerem Herzanhänger um den Hals. Die kam hervorragend auf dem smaragdgrünen Kleid zur Geltung. Die längst nachgewachsenen Haare steckte sie mit einem passenden Kamm an der linken

Seite etwas hoch und drehte sich mehrmals vor dem Spiegel und war zufrieden mit sich. Als es draußen hupte, war ihr letzter Gedanke, ‚dieser Dame mussten Grenzen gesetzt werden, glaubte sie wirklich, sie könnte sich alles erlauben.'

25

Ihr Gang durch den Saal war ein kleiner Spießrutenlauf. Die Gäste starrten sie an, als wäre sie vom Himmel gefallen, Gespräche brachen ab und manchen blieb der Mund offen. Gelassen schritt Sarah auf einen Stehtisch zu. Herr Wolters, Wolf und drei andere Herren unterhielten sich angeregt. Die zugehörigen Damen saßen daneben an einer festlich geschmückten Tafel. Hellen fing an zu husten, sie hatte sich wohl am Sekt verschluckt und ihre Nachbarin klopfte ihr auf den Rücken. Aufmerksam geworden drehten sich die Männer um und nahmen Sarah wahr, staunend, auch voller Bewunderung. Dr. Wolters streckte ihr lächelnd die Arme entgegen. Fein, rief er, da sind sie ja. Wolfs Frau drängte mit an den Tisch, sie konnte es einfach nicht lassen. Das war also so wichtig, sagte sie spitz und zeigte mit der Hand von Kopf bis Fuß.

„Aber nein, werte Frau Dr. Brunner", log Sarah, ohne mit der Wimper zu zucken, „ich musste mich bei einer Vernissage eines befreundeten Künstlers entschuldigen, man muss ja Prioritäten setzten, nicht wahr? Und wie könnte ich diese Gelegenheit verpassen ein Gespräch zu führen mit dem wichtigsten Verantwortlichen unserer Stadt, der über das Wohlergehen unserer Kinder und Jugendlichen entscheidet."

Dieser Wortwechsel ging eindeutig zu Gunsten Sarahs, man merkte es an den Reaktionen. Die Gäste um sie herum schmunzelten, die Herren am Stehtisch auch. Wolf warf ihr einen Blick zu, über den sie gerade nicht nachdenken wollte und Dr. Wolters lachte herzlich, deutete einen Handkuss an und zog sie etwas zur Seite. Dann suchen wir uns mal ein ruhiges Plätzchen, sagte er, winkte Wolf mit ran und steuerte auf einen freien Viermanntisch zu. Hellen lief rot an, wagte nicht, nachzukommen und rauschte raus.

„Mein alter Freund Theusdorf hat mir vor kurzem sein Leid geklagt", kam Wolters gleich zur Sache. Jetzt schaute Sarah erstaunt. Ich glaube es nicht, reagierte sie überrascht, da fehlen mir heute das zweite Mal die Worte. Die Männer amüsierten sich. „Ja, ihr alter Chef und ich kennen uns fast 50 Jahren, wir spielen Golf zusammen und haben vor, gemeinsam in den Ruhestand abzudanken. Und da liegt sein Problem, aber das kennen Sie sicher selbst am besten. Sein Junior fährt gerade das Steuerbüro an die Wand. Er hat mir erzählt, dass Sie Sarah, als seine beste Kraft, angedeutet haben, sich beruflich zu verändern, was er verstehen kann.

„Und das war so wichtig für Sie?" Sarah musterte ihr Gegenüber skeptisch. Wolf konnte sich ein Grinsen nicht verkneifen, aber Dr. Wolters blieb ernst.

„Natürlich nicht, Sarah. Aber Herr Brunner und ich haben darüber gesprochen, dass Sie im Rathaus gute Arbeit leisten könnten in der Abteilung Kinder und Jugendarbeit, dass es der Sache dienen würde. Mitläufer und Ja Sager haben wir genug, es muss mal frischer Wind rein."

Still war es am Tisch und in ihr wirbelten die Emotionen hoch und runter. Was würde das für Wolf und sie bedeuten? Sie würden sich schon am Tag über den Weg laufen oder zusammenarbeiten. Davon träumte sie, seit sie ihn kannte, nah bei ihm zu sein. Aber unter dem jetzigen Status ihrer kraftraubenden Beziehung war das einfach unmöglich. „Ich glaube, das wäre keine gute Idee", antwortete Sarah leise und warf Wolf einen Blick zu, der ihren ganzen Schmerz, die Sehnsucht und Liebe in sich vereinte. Wolf atmete tief ein und schwieg. Herr Wolters schaute von einem zum anderen, ob er sich einen Reim darauf machen konnte, war ihr

247

egal. Er winkte eine Bedienung heran und hielt sein Sektglas hoch.

„Private Belange sind nicht relevant, wir leben im 21. Jahrhundert. Und glauben Sie mir Sarah, ich weiß, wovon ich rede", sagte er genau so leise. „Denken Sie darüber in Ruhe nach, ich bin bis Ende des Jahres im Rathaus zu erreichen. Prost. Und jetzt gewähren Sie mir einen Tanz", rief er fröhlich und führte sie zur Tanzfläche. Gleichzeitig schauten sie zum Tisch zurück und Hellen saß neben Wolf, redete auf ihn ein. Er stand auf und ging zur Toilette. Herr Wolters musterte sie. Fragen sie nicht, murmelte Sarah lächelnd, ich habe seit Jahren nicht getanzt und ich liebe es zu tanzen. Da lachte er, und führte sie ausgezeichnet zu Walzerklängen über die kleine Tanzfläche, beobachtet von tuschelnden Damen und grinsenden Herren.

Am Büfett bedankte er sich galant, packte sich ein paar Häppchen auf den Teller und ging zurück zu seinem Tisch. Genau das tat Sarah auch. Sie verspürte plötzlich Appetit und stellte sich mit ihrem Teller an den Stehtisch nahe der Tür. Schon stand ein Glas Sekt vor ihr und Herr Dittrich, der Sekretär des Bürgermeisters daneben. Er wartete höflich, bis das letzte Häppchen vom Teller war und stieß dann mit ihr an.

„Frau Winter, … „Nennen Sie mich bitte Sarah", unterbrach sie lachend und er fing noch einmal an. „Sarah, wo haben Sie tanzen gelernt, oder ist das Naturtalent? Ich habe Sie dabei beobachtet, einfach perfekt, wie Sie sich den Tanzpartner anpassen können."

„Sie schmeicheln mir, Herr Dittrich, aber ja, mein Exmann und ich besuchten zwei Jahre eine Tanzschule, wir haben sehr gern und überall getanzt, vor allem im Urlaub, Spanien, Italien, Türkei", erwiderte sie und die Erinnerung zauberte ein Lächeln auf ihr Gesicht.

„Sarah, da haben wir etwas gemeinsam, und wenn ich bemerken darf, Sie sehen umwerfend aus, darf ich um den nächsten Tanz bitten?" Er reichte ihr galant den Arm und sie schwebten zu Walzer, Foxtrott und sogar zum Tango über die fast leere Tanzfläche. Es war herrlich, aber nach dem fünften Tanz bat sie lachend um eine Pause und ging zur Toilette. Sie kühlte sich etwas ab, zog die Lippen nach und plötzlich stand Hellen neben ihr.

„Glückwunsch zu Ihren unmöglichen, albernen Auftritten, Sarah", zischte sie ihr im Spiegel entgegen, nachdem sie sich umgeschaut hatte. „Glauben Sie etwa, Sie könnten sich mit einem hübschen Gesicht und Abendkleid einschleimen in unsere Welt? Sie werden nie in unserer Liga mitspielen, immer ein lausiger Streetworker bleiben und mein Mann ist eine Nummer zu groß für Sie, habe ich da nicht recht?"

Sarah sagte kein Wort, sonst wäre sie wahrscheinlich explodiert. In einer offenen Toilettentür stand eine Dame und schaute entsetzt zu ihnen rüber. Sarah lächelte sie an, warf Wolfs Frau einen mitleidigen Blick zu und ging raus. Vom Büfett nahm sie noch etwas Obst mit und schaute gelassen umher. Der Saal hatte sich schon etwas geleert. Die lange Tafel der gehobenen Gesellschaft war noch voll besetzt. Die Herren diskutierten eifrig, über Politik, die Arbeit oder sonst etwas. Und ihre Ehefrauen, die an der anderen Seite, zusammengerückt waren, steckten tuschelnd die Köpfe zusammen, sobald Hellen ihren Mann zur Tanzfläche zog. Mit dem Sekretär des Bürgermeisters drehte sie noch einige Runden auf dem Parkett. Es machte irre Spaß und sie amüsierte sich darüber, dass sie mit Blicken regelrecht verfolgt wurden. Herr Dittrich verabschiedete sich und bedankte sich wortreich bei ihr. Sie beschloss Memet anzurufen, da stand Wolf vor ihr und forderte sie auf. Bist du sicher, fragte sie kühl. Sarah bitte, knurrte er und reichte ihr den Arm. Er führte gut und sie schmiegte sich in seine Arme. Beim zweiten Tanz hielt er etwas Abstand und schaute sie an.

„Was hat meine Frau zu dir gesagt auf der Toilette?"

„Das willst du nicht wissen, Wolf."

„Sarah, schau doch mal da rüber, ich erfahre es so oder so. Die Frauen erzählen es ihren Männern, und die erzählen es mir. Ich möchte es aber von dir wissen, da bin ich mir sicher, dass jedes Wort wahr ist, also!" Gut, sagte sie, möchtest du es als Zitat? Wort für Wort wiederholte Sarah die Beleidigung seiner Frau und erwähnte auch den entsetzten Blick einer der Damen. Sein Gesicht schien zu versteinern, da zog er sie fest an sich und flüstere ihr ins Ohr, >es tut mir alles so leid, Kleines. < Dann begleitete er sie an ihren Tisch und Sarah hielt für einen Moment seinen Arm fest.

„Wolf, und weißt du was, sie hat recht, ich gehöre nicht in diese Welt und ich will es auch nicht. Sie ist mir zu kalt, zu gefühllos und zu verlogen." Stumm schauten sie sich in die Augen. Sarah sah Hellen aufstehen, da hob sie ihre Hand, strich ganz zart über Wolfs Gesicht und ging erhobenen Hauptes zum Ausgang. Das wurde auch höchste Zeit, sie konnte nicht mehr, kramte ihre Zigaretten raus und rief Memet an.

In den 15 Minuten, die sie warten musste, kam ihr ganzes Elend hoch. Und sein Satz >es tut mir alles so leid, Kleines< brannte sich wie ein Abschied in ihrer Seele ein. Sie musste ihn loslassen. Sie hatte sich überschätzt. Der stille Ort reichte nicht aus, wenn aus Verliebtheit Liebe wurde. Und sie konnte jetzt auch nicht allein zu Hause sein, hellwach und nüchtern, wie sie war. Plötzlich stand Memet vor ihr. Sarah, tut mir leid, dass du warten musstes, sagte er und strahlte sie an, bist du schön, setzte er nach und sie fing an zu lachen. Dann wischte sie sich die Tränen ab und stieg ein. Zu Mary, rief sie, drehte sich noch einmal um und sah ihn stehen. Wolf schaute dem Taxi hinterher.

Bis zur Bar hatte sich Sarah wieder gefangen. Sie plauderten ein wenig, Memet wusste alles über die letzten Ereignisse, schüttelte mit dem Kopf und wiederholte immer wieder, Sarah, was du alles machst. Holst du mich in einer Stunde ab, fragte sie und er nickte, nahm wie immer kein Geld von ihr an und fuhr los. Sarah lief zum Hintereingang, sie wusste, dass der offen war und verschwand auf Toilette. Ihrem Spiegelbild schnitt sie Fratzen zu, sie sah furchtbar aus. Mit etwas Rouge und Lippenstift korrigierte sie es und setzte sich still an die Bar.

Mary fiel aus allen Wolken, Sarah, Kind wo kommst du her, mein Gott, siehst du super aus, rief sie laut und einige drehten sich um. Danke meine Liebe, genau das wollte ich vermeiden, grollte Sarah ihre Freundin an. Mary flitzte um die Theke, nahm sie in den Arm, und flitzte zurück. Jo war nirgends zu sehen und es war noch zu tun. Plötzlich standen Frank und Leonie neben ihr. Wow, sagte er nur. Leonie zog sie vom Hocker und tanzte um sie herum. Wenn dich Maren so sehen könnte, rief sie ganz aus dem Häuschen, ich soll dich ganz lieb grüßen, sie hat so viel zu tun, alle wollen ihre Bilder kaufen, plapperte Marens Nichte und Sarah war froh darüber, und kicherte mit ihr, wie Teenager es eben tun.

Frank konnte sie nicht täuschen. Er musterte sie mit diesen verflixten braunen Augen und Sarahs aufgesetzte Fröhlichkeit fror ein. Warst du da, fragte er und sie sah ihn nur an. Wieder meine Mutter, brummte er und Leonie kuckte hin und her. Frank, bitte, frag deinen Vater, wenn es dich interessiert, ich bin durch damit, bremste Sarah ihn aus. Wo kommt ihr eigentlich her, wechselte sie das Thema.

Eigentlich hätte ich dich beim Empfang vermutet. Wieso, ich hatte keine Einladung, erwiderte er, damit habe ich auch nichts zu tun. Wir sind doch schon lange hier, zwitscherte Leonie, und vorher waren wir im Kino, Frank und ich, flüsterte sie und himmelte ihn an. Da freue ich mich aber, da müssen wir doch einen darauf trinken, reagierte Sarah aufgekratzt und bestellte eine Runde.

Das Taxi war längst weg und Wolf starrte in die Nacht. Dieser Blick aus rehbraunen Augen verfolgte ihn. Noch nie hatte er einen so tieftraurigen Blick gesehen, wie gerade eben, als Sarah den Saal verließ. Jetzt stand er hier und die Erkenntnis, dass er sie verlieren würde, zerriss ihm das Herz. Quälend langsam zogen die wunderschönen gemeinsamen Stunden mit ihr an ihm vorbei. Und gleich danach folgten die unzähligen Demütigungen, Beleidigungen Hellens, mit denen sie Sarah bei jeder Gelegenheit attackiert hatte. Das war nicht mehr die Frau, in die er sich vor über 30 Jahren verliebt hatte. Jetzt wurde ihm erst einmal bewusst, dass sie, seit die Kinder erwachsen waren, nur noch nebeneinander und nicht mehr miteinander lebten, Wohlstand, Karriere und makelloser Ruf im Vordergrund standen. Es war auch keine Liebe, wie sie in letzter Zeit ständig als Entschuldigung für ihre Gemeinheiten auf Lager hatte. Es war Macht, die sie ausübte, Besitzansprüche, die sie erhob und damit demonstrierte, dass er ihr gehörte. Und jetzt erst recht nach seiner Beförderung. Noch mehr Einladungen, noch mehr Empfänge, die er hasste, wo klug und überheblich geschwafelt wurde und mit genug Alkohol die Masken fallengelassen wurden und so manche Hand auf fremden Knien herumfummelte. Wie hatte es Sarah auf den Punkt gebracht; >eine Welt, kalt, gefühllos, verlogen<, genauso war es, und er hatte sich aus Bequemlichkeit gefügt.

„Sag mal Alter, was machst du hier draußen?" riss ihm eine Stimme aus seinen chaotischen Gedanken. Bernhard, sein Chef, stand neben ihm. Verdammt, ich liebe diese Frau, antwortete Wolf. Dann unternimm endlich was, sagte Bernhard und ging wieder rein.

Pünktlich steckte Memet den Kopf durch die Tür. Sarah umarmte Mary, grüß Jo, sagte sie und wich ihrem Blick aus. Nimmst du uns mit, fragte Frank. Sie nickte und eilte zur Tür. Schweigend verlief die Fahrt. Beide stiegen kurz mit aus. Sarah streichelte Memet lächelnd, küsste Leonie und Frank auf die Wange, hob die Hand und verschwand im Haus. Sie verdrängte alles, aber auch alles, packte den Koffer fertig und machte Ordnung in der Wohnung. Mit einem Glas Wein und Zigarette stand sie auf der Terrasse, nur ein Schimmer ihrer Leselampe erhellte die dunkle Nacht, den Mond hatten die Wolken verdeckt. Gegen drei ging sie ins Bett und stellte den Wecker auf sieben Uhr.

Wolf betrat mit gesenktem Kopf wieder den Raum. Hellen kam ihm mit ihrem aufgesetzten Lächeln entgegen und wollte tanzen. Ich habe Taxi bestellt, komm mit oder lass es bleiben, knurrte er sie an und schob ihre Hand weg. Ihre Erwiderung blieb ihr im Hals stecken, als sie seinen Blick sah. Wenig später stieg er vorn bei Memet ein. Im Haus angekommen eilte sie Wolf hinterher. Er goss sich einen Whisky ein und ging ins Arbeitszimmer. Wütend mit hochrotem Kopf stand sie in der Tür. Hat diese kleine…hat sie wirklich gedacht, sie kann… sei still, fiel er ihr mit drohendem Unterton ins Wort, stob an ihr vorbei und kam mit Bettzeug zurück. Das kannst du nicht machen, nicht mit mir, keifte sie ihn an und zerrte daran herum. Raus! Zum ersten Mal, seit sie sich kannten, brüllte Wolf seine Frau an.

Josephs Gesicht hätte sie fotografieren sollen. Und das erste Mal konnte Sarah unbeschwert und fröhlich lachen in den letzten Tagen. Fährst du mich zum Bahnhof mein Freund, fragte sie noch unter Tränen und er nickte, brummte etwas vor sich hin, was sie nicht verstand, und fuhr den Jepp aus der Halle. Bevor sie ausstieg, drückte sie ihm einen Zettel in die Hand, umarmte ihn ganz fest. Du wirst das Richtige tun, raunte sie ihm ins Ohr und eilte zum Eingang, in zehn Minuten fuhr ihr Zug.

‚Ich kann sie nicht gehen lassen', war der einzige Gedanke, der Wolf nach einer fast schlaflosen Nacht durch den Kopf ging. Selbst eine ausgiebige Dusche konnte daran nichts ändern. In der geräumigen Wohnküche war der Frühstückstisch festlich gedeckt und Hellen strahlte ihn an. Wollen wir erst reden oder erst frühstücken, fragte sie ruhig und freundlich, platzierte sich graziös in ihrem seidenen Morgenmantel auf den Stuhl und lächelte. Im Stehen goss er sich einen Kaffee ein und schaute ihr ins Gesicht. Reden müssen wir, aber nicht jetzt, erwiderte er emotionslos und ging zur Tür. Wolfram, kreischte sie hinterher, komm sofort zurück. Dann schepperte es und er fuhr aus der Garage.

Ziellos fuhr er eine Weile durch die Stadt, musste seine Gedanken sortieren. Hatte er zu lange gewartet ihr beizustehen, schutzlos den Angriffen seiner Familie ausgeliefert? Hätte ihm nicht klar sein müssen, dass niemand so stark sein konnte das zu ertragen? Gerade er, der berufsmäßig mit unzähligen familiären Konflikten, bis hin zu Tragödien vertraut war und immer versucht hatte zu vermitteln, zu schlichten. Entscheidungen mussten getroffen werden und er hatte sich in dieser Nacht entschieden, egal was es kosten würde.

Lautlos zog Wolf Sarahs Wohnungstür hinter sich zu. Es war still, der frische Duft ihres Duschgels hing noch in der Luft. Zu spät, er kam zu spät, um mit ihr in dieser friedlichen Umgebung ein Gespräch führen zu können. Sie war vor ihm geflüchtet. Diese Tatsache überraschte ihn nicht. Auf dem Bett lag ausgebreitet ihr smaragdgrünes Kleid, obenauf der goldene Herzanhänger. Er musste ihn öffnen. Ein Mann und eine Frau, und Sarah hatte große Ähnlichkeit mit ihr. Wolfs Gefühle spielten verrückt, er musste hier raus, weg von diesem stillen Ort.

Auf dem Werkstatthof war es auch verdächtig still, Tor und Tür zu. Er wusste nun gar nicht mehr, was er denken sollte. In dem Moment bog der Jeep von der Straße ein. Bedächtig stieg Joseph aus, schaute Wolf mit undurchdringlichem Blick an und öffnete das Tor. Schweigend saßen sie einige Minuten später am Tisch in der Ecke und tranken Kaffee.

„Alter Freund, was soll ich machen, kannst du mir das sagen?"

„Ich habe dir vor Wochen schon gesagt, was du nicht machen kannst, ihr wehtun!"

„Habe ich nicht vor, meine Entscheidung ist gefallen. Sie hat meine Welt auf den Kopf gestellt, es geht mir gut damit und das heißt Neuanfang, egal wie kompliziert es wird. Heute muss ich nach Berlin, am Dienstag suche ich sie."

Sie starrten sich minutenlang in die Augen. Joseph stand auf, grummelte vor sich hin, wiegte den Kopf hin und her und ging in die Halle. Als er zurückkam, schob er einen Zettel über den Tisch. Wolf sackte erleichtert zusammen. Die Anspannung der letzten Tage fiel langsam von ihm ab. Er stützte den Kopf in die Hände und begann zu reden. Das erste Mal schüttete er seinem langjährigen Freund sein Herz aus, sprach über seine Gefühle zu Sarah und darüber, dass sie ihm klargemacht hatte, dass es auf dieser Welt noch mehr gab als ein wohl situiertes Leben mit Geld und Beziehung.

Joseph hörte still zu, legte aber plötzlich die Hand auf Wolfs Arm und zeigte zur Straße. Kati kam über den Hof gefegt und Frank trotte hinterher, zog die Schultern hoch und verdrehte die Augen.

„Papa, du musst nach Hause kommen, Mama geht es schlecht", schleuderte Kati ihm völlig aufgelöst entgegen. Wolf senkte den Blick, er verschränkte die Hände und schwieg. „Hast du gehört, Papa, sie ist außer sich, erst tobte sie herum, jetzt heult sie und trinkt morgens schon Wein und das alles wegen der, der…Frank gab ihr einen Schubs und sie schwieg. „Ich meine ja nur", piepste sie kleinlaut, als sie Wolfs Blick sah, wir sind doch eine Familie, Papa, bitte, wir brauchen dich."

Betretenes Schweigen herrschte am Tisch. Joseph hatte sich entfernt, kramte in der Halle herum und brummelte vor sich hin. Frank angelte sich einen Stuhl und schob seiner Schwester den anderen hin. Es musste mal so kommen und Wolf akzeptierte die Empörung seines Kükens, doch es wurde Zeit darüber zu reden.

„Deine Mutter und ich werden immer für euch da sein, das wisst ihr. Aber Kleines, auch du bist erwachsen geworden und wirst die Erfahrung machen, dass es im Leben anders kommen kann als geplant. Die Erkenntnis reift in einem selbst heran, ich habe mich lange dagegen gewehrt. Und es hat auch nur indirekt mit einer anderen Person zu tun. Deine Mutter hat aber einen Menschen, der mir sehr viel bedeutet, auf die unwürdigste, primitivste Art und Weise angegriffen, hat dich mit reingezogen, ihr habt den Bogen überspannt. Da ist mir einiges klar geworden. Und wie wir als Familie in Zukunft miteinander umgehen werden, hängt davon ab, ob Veränderungen von allen mit Respekt behandelt werden."

Wolf erwartete nicht, dass Kati den tieferen Sinn seiner Worte verstehen würde und ließ es damit bewenden. Sie war viel zu aufgeregt, störrisch, aufgehetzt und vielleicht zu jung. Es tat ihm auch leid, bisher hatten sie alle Unstimmigkeiten, die es in der Familie schon gab in den Jahren, von ihr ferngehalten. Über Frank machte er sich keine Gedanken, er ahnte es von Anfang an, dass Sarah etwas in Bewegung gebracht hatte und er konnte das Benehmen seiner Mutter nicht gutheißen.

„Ich muss los", sagte Frank und stand auf. „Nimmst du Kati mit?"

„Natürlich, also los Kleines, fahren wir."

Die Männer verabschiedeten sich von Joseph, Kati warf ihm nur einen unfreundlichen Blick zu und nachdenklich schaute der rotblonde Riese den Autos hinterher. Dann dachte er an Sarah, an ihre traurigen Augen. Er hoffte sehr, dass diese Familie ihr nicht zum Verhängnis wurde, und ihr das Leben schwer machen würde. Doch Schicksal konnte auch er nicht spielen, aber er vertraute Wolf. Und gab es keine gemeinsame Zukunft, würden beide nicht daran zerbrechen.

Die erwartete Entspannung trat auch nicht ein, als Sarah endlich nach langer Zugfahrt die einladende kleine Pension betrat. Aufs herzlichste wurde sie begrüßt und man bot ihr an, den Wellness Bereich zu nutzen, bis ihr Zimmer bezugsfertig war. Sie bedankte sich mit einem müden Lächeln und zog es vor, den Strand und die unmittelbare Gegend kennenzulernen, stellte ihren Koffer ab und machte sich auf den Weg. Einiges kam ihr sehr bekannt vor. In einem Strandkaffe gönnte sie sich einen Cappuccino, danach lief sie zum Meer, das sich gerade zurückzog. Leise schwabbelten ein paar letzte Ausläufer über ihre nackten Füße. Im gleichen Rhythmus zog schmerzhaft der gestrige Abend bis hin zu ihrer Flucht am frühen Sonntagmorgen wie Wellen durch ihren Körper.

Sie empfand es tatsächlich als Flucht und schon auf dem Weg nach Hamburg nagten in ihr Zweifel. ‚Hatte sie zu früh aufgegeben? Wollte sie nicht stärker sein, um ihre Liebe kämpfen?' Aber was sollte denn noch kommen. Wolf war das Problem, er schaffte es nicht sich zu entscheiden. Oder aber, er wollte beides haben. Sie selbst hatte es ihm angeboten, musste sich aber eingestehen, dass es nicht funktionieren konnte. Schluss jetzt! Sarah atmete tief durch, sog die herrliche frische Seeluft ein und musste schmunzeln. Irgendwo hatte sie mal gelesen, man könne sich den Frust von der Seele schreien. Sie pumpte sich die Lunge noch einmal voll und schrie dem davoneilenden Meer hinterher, und es tat gut.

Gerade rechtzeitig zum Abendbrot tauchte Sarah in ihrer Pension auf. Man habe sich schon Sorgen gemacht und die Anmeldung müsste noch erledigt werden, empfing sie die Chefin persönlich und forschte dabei in ihrem Gesicht. Sie habe in dieser wunderschönen Gegend ganz die Zeit vergessen, entschuldigte sich Sarah herzlich und war sehr gerührt von der familiären Atmosphäre des Hauses. Hier würde sie sich wohlfühlen, dachte sie und machte sich frisch.

Aus einem langen Strandspaziergang am nächsten Tag nach dem Frühstück wurde leider nichts. Ein heftiges Sommergewitter tobte vor der Tür und bis ins Haus konnte man hören, wie die mächtigen Wellen an der Steilküste zerbrachen. So wie die meisten Gäste, vorwiegend älter als sie, nutzte Sarah den kleinen Fitnessraum, und ließ sich im Wellnessbereich mit einer Massage verwöhnen. Der nette Masseur sah es ihr wohl an, dass sie es unbedingt brauchte, schob sie dazwischen und opferte einen Teil seiner Mittagspause dafür. Mit einem großzügigen Trinkgeld bedankte sich Sarah bei ihm und verschwand lächelnd im Aufenthaltsraum. Sie hielt es allein in ihrem sehr schönen Zimmer nicht aus. Schnell kam sie mit anderen Gästen ins Gespräch und nahm dankend das Angebot dreier Herren an, als vierter Mann ein paar Runden Skat zu spielen. Ihre Frauen hatten sich zum Rommee verabredet.

Endlich war das Gewitter abgezogen und ein traumhaft schöner Abendhimmel in allen orangeroten Farbtönen lockte die Menschen an den Strand. An der Steilküste klatschten mannshohe Wellen zwischen den Wellenbrechern und unzählige weiße Schaumkronen tanzten auf dem tiefblauen Meer. Auf einem Felsen stehend schrie Sarah erneut ihren Schmerz hinaus und salzige Tränen liefen ihr mit Meerwasser vermischt übers Gesicht. Allmählich kehrte Entspannung in ihr ein. Sie würde es immer wieder tun, bis sie ihre allnächtlichen Albträume auch verscheucht hatte.

Der Frühstücksraum hatte sich geleert. Sarah schaute den beiden hübschen Mädchen beim Tische abräumen zu. Sie waren sehr nett und verdienten sich als Saisonkräfte ein wenig Geld. Plötzlich überfiel Sarah ein quälendes Heimweh. Sie dachte an ihre Schützlinge im Jugendzentrum, an Joseph und vor allem an Wolf. Die Sehnsucht nach ihm trieb ihr die Tränen in die Augen und mit gesenktem Kopf schaute sie auf den Kaffeerest in ihrer Tasse.

„Wer hat dich geärgert, Sarah?"

‚Jetzt höre ich schon seine Stimme‘, dachte Sarah, ‚ich muss nach Hause‘. Entschlossen wischte sie die Tränen weg, schaute hoch und blieb ungläubig, fassungslos sitzen.„Ich finde dich immer“, sagte er leise, zog sie vom Stuhl hoch und mit einem tiefen Schluchzer warf sie sich in seine Arme, küsste ihn wie verrückt, selbst das Kichern der Mädels hielt sie nicht davon ab. Und als die Chefin des Hauses lächelnd herantrat und zu Wolf sagte, dass auf der Terrasse ein kleines Frühstück gerichtet sei, verstand sie gar nichts mehr, aber sie war glücklich.